달콤 살벌한
유럽여행
워크캠프

달콤 살벌한 유럽여행 워크캠프

초판 1쇄 인쇄 2015년 07월 15일
초판 1쇄 발행 2015년 07월 20일

글쓴이   박설이

펴낸이   김왕기   편집부   원선화, 김한솔
마케팅   임성구   디자인   푸른영토 디자인실

펴낸곳   **푸른영토**
주소   경기도 고양시 일산동구 장항동 865 코오롱레이크폴리스1차 A동 908호
전화   (대표)031-925-2327, 070-7477-0386~9 · 팩스ㅣ031-925-2328
등록번호   제2005-24호.(2005년 4월 15일)
홈페이지   www.blueterritory.com
전자우편   designkwk@me.com

ISBN 978-89-97348-41-1   03810
ⓒ박설이, 2015

달콤 살벌한
유럽여행
워크캠프

| 박설이 지음 |

푸른영토

프랑스 시골마을에서 눅눅한 공책으로 나무 탁자에서 손수 쓴 일기가 이렇게 반듯한 책으로 태어나게 되어서 기쁩니다. 시중에 많이 나와 있는 '유럽은 정말 낭만적이고 환상적이에요' 라는 이야기보다 아시아 여자 혼자 유럽여행을 하면서 겪은 어려움과 힘든 일들을 알려주고 싶었고 뿐만 아니라 경비를 줄이면서 각 나라 현지인처럼 여행을 즐길수 있는 '워크캠프' 라는 좋은 프로그램을 알려주고 싶어서 책을 쓰게되었습니다.

많은 사람들이 이 책을 통해서 유럽여행의 사랑과 낭만에 부풀어 있기보다 여행을 떠나기 전, 더 준비된 각오와 좋은 정보를 얻기를 바랍니다.

마지막으로 사랑하는 가족들과 친구들, 절 믿고 출판을 도와주신 푸른영토 출판사에 다시 한 번 감사드립니다.

To. 워크캠프 친구들에게

안녕 친구들아 모두들 잘 지내고 있니? 우리들이 있었던 이야기가 드디어 책으로 나오게 되었어! 같이 캠프를 한 뒤로 어느덧 3년이 지났네. 사키는 뉴욕에서 인턴십을 마치고 도쿄로 돌아왔고 라딕은 결혼을 했다고 들었어. 우리가 처음 만났을 때는 다들 철없는 아이들이었는데 전보다 많이 달라졌다는 것을 느껴. 그만큼 우리가 성장했다는 뜻이겠지?

나는 우리들의 이야기를 그저 평범한 일상 중 하나로 남기고 싶지 않았어. 너희도 알겠지만 우리들의 이야기는 특별했잖아. 모든 사람들이 반드시 알아야 된다고 생각했어. 그래서 세상 발자국을 남기고 싶었지. 그래서 일이 끝나면 항상 미친 듯이 일기를 적었고 드디어 모든 사람들이 우리의 이야기를 알 수 있게 되었어.

이 책을 통해서 우리가 또다시 만날 수 있는 기회가 되었으면 좋겠다. 프랑스 브리트니 지역, 스위스 인터라켄 산속 버스 정류장에서 다 같이 만나는 거야 3년 전 그때처럼. 부디 그 날이 오기를 기다릴게

사랑하는 설이가.

프랑스 워크캠프 참가멤버 소개

워크캠프 리더

프랑소와(François) 프랑스 사람
- 건축일과 더블베이스를 연주할 수 있다.
- 예술인 기질이 있어 매우 예민하다.
- 학창시절 프랑스 유물을 발견했다는 거짓말로 모두를 속였다.

막탄(Martin) 프랑스 사람
- 본인의 월급 명세서를 식탁 위에 놓고 갈 정도로 쿨하다.
- 눈을 부릅뜨고 있으면 매의 눈을 보는 것 같다.
- 외모는 엄격해 보이지만 실상은 그렇지 않다.

참가자 아이들

마리(Marie) 프랑스 사람
- 명랑하고 꾸밈없는 프랑스 아가씨.
- 처음 보는 사람에게 외국인인 척하며 춤을 청할 정도로 당차다.
- 육체적으로 힘든 캠프를 좋아한다.

아란차(Aranxa) 스페인 사람
- 마리와 같이 워크캠프 3번째 참가 경험이 있다.
- 영어를 잘하는 것은 물론이며 빠르게 말해서 귀를 잘 기울여야 함.
- 마리가 활발하다면 아란차는 진중하면서 활기찬 편이다.

칼레(Kalle) 독일 사람
- 초반에 말을 아예 안 해서 우리와 친해지기 싫은 줄 알았다.
- 날이 갈수록 '돌+아이' 끼가 폭발해서 이 영역의 미친놈이 되었다.
- 머리를 풀면 예수님 같다.

체냐(Tiawin) 프랑스 사람
- 힙합을 사랑하며 항상 헤드셋을 몸에 지닌 힙합 여전사.
- 첫날, 나에게 좋은 텐트를 양보한 천사.
- 손을 다쳐서 일찍 집으로 돌아가서 아쉽다.

담라(Damla) 터키 사람
- 마지막 날 헤어지기 아쉬워 펑펑 울 정도로 속이 여리다.
- 마지막 날 두체—막탄과 함께 크게 다친 연기를 하여 모두를 놀라게 하였다.
- 누군가 말을 하면 잘 들어주는 아이.

두체(Tuğçe) 터키 사람
- 같은 터키인 담라와 어릴 때부터 자라 온 소꿉친구.
- 솜사탕같이 웃는 게 사랑스러운 아이.
- 동생 같은 애교가 귀엽다.

노리코(Noriko) 일본 사람
- 첫인상은 소극적이었으나 알고 보니 활발한 아이.
- 여리여리한 외모에 스포츠를 사랑하는 소녀.
- 쉬는 시간에는 남자애들과 축구를 할 정도로 열정적.

아푸(Afu) 타이완 사람
- 유일하게 자국에서 가져온 젓가락, 부채 등을 가져와서 타이완을 소개함.
- 여름인데도 쌀쌀한 북프랑스 날씨를 예측해 패딩을 가져온 예지력이 대단하다.
- 의대생. 자세한 설명은 생략한다.

타파(Tapa) 프랑스 사람
- 학교 대표로 뽑힐 정도로 축구를 매우 잘한다.
- 영어를 못하지만 워크캠프가 끝날 때까지 'A—YO' 'What's up'이 두 말로 의사소통이 가능했다.
- 힙합을 좋아하며 타악기, 북을 칠 때 리듬감이 타고났다.

미타(Mita) 프랑스 사람
- 영어를 못해서 나와 의사소통을 할 때 표정을 총동원한다.
- 고양이 성대모사를 잘한다.
- 기차역에서 나와 노리코에게 3,000원 샌드위치를 사주어서 감동 받았다.

파울로&플로리엔(Paolo & Floriane) 이탈리아 사람
- 워크캠프 멤버 중 가장 늦게 왔다.
- 텐트, 추운 날씨 등 열악한 환경에 경악하며 다음 날 바로 집으로 돌아감.
- 연인 사이인지 친척 사이인지 말이 많았는데 마지막 날까지 아무도 몰랐다.
- 그래도 떠나기 전 이탈리아 홈 파스타를 해주었다.

스위스 워크캠프 참가멤버 소개

워크캠프 리더

나초(Ignacio) 스페인 사람

- 워크캠프를 7번, 카우치 서핑 여러 번 한 여행의 달인이다.
- 엄격함-유연함 사이의 리더로서의 역할을 잘한다.
- 수염 깎더니 미남으로 환골 탈퇴 하였다.

소냐 (Sonya) 독일 사람

- 생각이 깊고 논리적이며 경제 정치에 관해 관심이 많다.
- 캠프 내에 가장 활발하며 감성이 예민한 면이 있다.
- 어릴 때 고국에 대한 회의감을 가지고 있었으며 역사 관심이 깊다.

워크캠프 참가자-

프루지나(Fru Zsiina) 헝가리 사람

- 종이가 다 떨어져 글을 쓸 수 없는 상황에 일기장을 선물해주었다. 책이 나올 수 있게 도와준 중요한 사람 중 한 명!
- 채식주의를 뛰어넘은 '비건'이다. 항상 채식용 소스 튜브를 가지고 다닌다.
- 키가 크며 어른스럽다.

라딕(Radique) 러시아 사람

- 러시아 내 소수민족 '타타르' 사람이다.
- 소방대원이며 직업 자부심이 대단하다.
- 꿀과 초콜릿을 매우 좋아하며 꿀통의 80%를 먹어 치웠다.

보이첵(Wojciech) 폴란드 사람

- 역사에 매우 깊은 관심을 보이며 토론하는 것을 좋아한다.
- 클라리넷 전공이며 피아노 전공인 나와 합주를 할 기회가 없어서 아쉬웠다.
- 스위스 지리에 대해서 잘 안다.

사키(Saki) 일본 사람

- 집시 스타일을 입는 패셔니스타.
- 아야와 같은 대학 다니는데 워크캠프에서 처음 봤다고 한다.
- 말할 때마다 기품이 느껴진다.

아야(Ayaka) 일본 사람

- 모든 게임을 잘하는 숨겨진 여왕님이다.
- 중학교 때 일본 붓글씨 대회에 수상한 경력이 있다.
- 한자, 일본어는 기가 막히게 잘 쓴다.

벤자민(Benjamin) 프랑스 사람

- 축구를 '좋아' 하는 것이 아니라 미쳐있다.
- 그중에서 '파리' 팀을 좋아하는데 내가 '마르세이' 팀이 좋다고 하면 버럭 화를 낸다.
- 영어를 못해서 나와의 의사소통은 단 두 가지 'OUI PARIS!' 'NON MARSEILLE!' (파리 최고, 마르세이 루저!)

쿠엔틴(Quentin) 프랑스 사람

- 성숙한 이미지, 꼬불거리는 머리카락이 귀엽다.
- 영어를 못하지만 듣는 건 어느 정도 한다
- 아야가 가져온 일본 팽이를 참 잘 쳤다.

CONTENTS

불안한 시작

—파리라고? 거기 인신매매 위험한데 조심해.

파리 공항에 도착하자마자 친구에게 온 문자였다. 영화 테이큰에서 주인공 딸이 프랑스에서 납치당한 뒤 인신매매로 팔려간 내용을 보았는데 조심하라는 문자였다.

안 그래도 심란해 죽겠는데 약 올리는 거야 뭐야!

나는 그렇게 툴툴대며 핸드폰 전원을 껐다. 하지만 파르르 떨리는 것은 멈출 수 없었다.

오기 전부터 난 온통 불안했기 때문이다. 유럽 여행을 준비할 때도 불안하고 무서웠다. 보통 사람이 유럽 여행을 준비한다고 하면 온갖 꿈에 부풀려서 가고 싶은 곳, 사고 싶은 것, 먹고 싶은 것을 온통 적어 놓았을 것이다.

프랑스에서 명품 가방과 향수도 사고, 스위스에서는 퐁듀도 먹고 싶다. 돈이 없으면 샌드위치 사다가 공원에 앉아 사람들 구경하는 거 보면서 지내는 것도 좋지.

이렇게 행복한 일탈을 꿈꾸며 여행을 준비하겠지만 나는 달랐다. 유레일패스니 유럽 여행 루트니, 산마르코 광장에 맛집이 있다느니, 유네스코에 등록된 몽생미셸의 야경을 봐야 한다느니 등등. 분명 한국어로 써 있는데 지역명이 너무 어려워서 그게 그거 같았다. 그래서 사람들과 같이 공부라도 하면 나아질까 싶어 유럽으로 떠나기 전에 참가비 만원 내고 유명한 유럽 여행 스터디에 참가했지만 스터디가 끝날 때까지 단 한마디도 알아듣지 못했다. 카페 글에서는,

—머릿속이 백지이신 분, 유럽 여행에 대한 지식이 전혀 없으신 분! 환영합니다.

라고 써 있었으나 막상 가보니, 단 하나도 알아듣지 못했다. 모두들 자신이 알고 있는 배경으로 그들만의 언어로 이야기했으며 나는 3시간 내내 아메리카노만 홀짝 마시며 처음 지구에 관광 온 외계인 마냥 멤버들 얼굴만 뚫어지게 쳐다보고 갔다.

그리고 떠나기 전, 주위 사람들의 걱정과 충고.

"혼자 유럽 가는 거야? 대단하긴 한데 너 괜찮겠어? 뉴스 보면 안 좋은 소식도 들리던데. 다들 소매치기는 기본으로 당하고 돌아오고 말이야. 여권에 노트북에, 스마트폰… 그뿐이니? 거긴 한국과 달라서 6시가 되면 상점이 문 닫고 불빛 하나 없이 컴컴해서 멋모르고 돌아다니다가 총 맞아 죽기 십상이래. 그리고 너 같은 동양 여자애 하나 돌아다녀 봐, 아주 날 잡아 잡소! 라던데. 너는 참 용감한 건지 철이 없는 건지. 하여간 요즘 너나 나나 유럽 여행 유럽 여행하면서 배에 헛바람이나 넣게

하는데, 그렇게 방심하고 헬렐레 돌아다니다가 큰일 나는 거야. 사람들이 자기한테는 안 일어날 줄 아는데, 어림없는 소리지 너도 헛짓거리 하지 말고 그 시간에 토익 공부라도 해."

하아! 정말 괜찮을까? 나 떠나도 괜찮을까?!

결론부터 말하자면 난 살아서 돌아왔다. 매우 안전했다. 심지어 이 탈리아로 갔을 때는 집시/소매치기에 관한 안 좋은 소문들을 너무 많이 들어서 마치 아프리카 소말리아에 혼자 뚝 떨어진 것마냥 벌벌 떨며 눈치 보고 갔지만 그 누구도 나를 신경 쓰지 않았다. 그렇게 많이 당한다던 소매치기 역시 단 한 번도 당하지 않았지만 문제는 그 소매치기가 바로 내 자신이었다는 게 함정이었다.

무슨 이야기냐면 나는 유럽 여행을 총 3개월로 잡았고 반은 봉사활동, 반은 여행으로 비행기 값 포함 총예산을 500만 원으로 잡았지만 집에 와서 계산해보니 결국 비용이 800만 원이나 넘게 들었다.

어떤 사람은 1년 동안 세계여행을 하는데 800만 원밖에 안 들었다고 책까지 냈고 어떤 사람은 500만 원으로 8개월을 버틴 사람도 있는데 3달에 800만 원을 썼다면 도대체 얼마나 공주생활을 한 거야? 잠은 호텔에서 자고 레스토랑 음식만 먹고 다닌 거야? 라고 생각할 수 있겠지만 천만의 말씀! 오히려 돈이 부족해 한 끼 굶거나 샌드위치로 때운 날이 대부분이었다.

그럼 나에게 무슨 일이 있었냐고? 그것은 바로 나의 무지였다. 지금 생각해도 난 너무 멍청했다. 지역 명칭이 어렵다는 것은 그렇다 치더라도 프랑스, 독일이 어디 있는지도 몰랐고 1유로를 100원 1,000원이라고 생각한 나머지 돈을 알게 모르게 펑펑 써버린 결과 여행 시작한

지 2주 만에 알거지가 되어버렸다. (1유로=1,500원)

하루는 한인민박 주인 친구라는 사람이 왔는데 내가 너무 우울한 얼굴로 한숨을 푹 쉬기에 젊은 사람이 왜 이리 걱정이 많으냐고 물어보셨다.

"1유로가 1,500원인 것은 알아요. 하지만 우리한테만 1,500원이지 유럽 사람한테는 100원이라 생각할 수 있지 않아요? 이것 봐요. 동전이 잖아요. 우리나라 100원이 동남아 에서는 1,000원인 것처럼요. 그래서 10유로가 천원이겠거니 생각하고 다녔기 때문에 지금 한 푼도 남아있지 않아요."

그리고 1년 뒤 다시 그 민박을 찾아갔을 때 그분은 그때의 내 말이 너무 충격적이어서 한번 봤는데도 내 얼굴을 잊지 못했다고 하셨다. 이런 식으로 살다 보니 경비가 바닥나는 것이 시간문제였고 자유롭게 기차를 타려고 유레일패스를 60만 원에 샀지만 정작 만 원어치도 써보지도 못했다. 그러다 보니 굶고 다니는 800만 원짜리 유럽 여행을 한 것이었다.

그럼 그 많은 돈은 어디서 났냐고? 4년 동안 탄 장학금과 2학년 때부터 시작한 아르바이트로 모은 돈과 부모님께서 도와주셨기 때문이다. 떠나기 전에 내 힘으로 가보겠다고, 이것이 바로 독립의 시작이고 도움 따윈 필요 없다며 큰소리 뻥뻥 치고 떠날 땐 언제고 돈이 다 떨어지자 부모님께 손을 벌릴 때는 너무 창피해서 고개를 들 수가 없었다. 그러고 보니 4학년 1학기 마치고 휴학한다고 교수님한테 말했을 때는 교수님께서, 유럽 여행 그거 준비 철저히 하지 않으면 고생만 흠씬 한다. 너! 라고 말씀하시자 속으로, 고생하려고 유럽 여행 가는 거지요. 젊은 나이에 고생은 사서도 한다던데 웬 걱정이시람! 이라고 생각했는데 정말로 고생을 사서하고 돌아왔다. 여행하면서 내내, 집에 빨리 가고 싶어. 이런 식충이 멍청이… 라는 자기비하와 스트레스로 시간을 보낸 적이 많았다.

그렇다고 석 달 내내 내 처지를 원망하고 눈물 흘리면서 하루빨리 한국에 돌아가기만을 손꼽아 기다렸느냐?

맞다. 여행이 끝나갈 무렵에는 제발 시간이 빨리 가달라고 하늘에 빌기까지 했으니까.

그럼 내 유럽 여행이 시간 낭비였을까?

NO! 단언컨대 그렇지 않다! 그 이유는 이 책을 쓸 만큼 수많은 에피소드와 독특한 사람들을 만났으며 지금도 힘든 일이 있을 때는 그들의 얼굴과 목소리를 들으면서 위안을 받으며 그 힘들었던 날로 다시 돌아가고 싶다고 생각이 될 정도이다.

그래, 그 당시 너무 힘들었지만 그때 여행을 떠나지 않았으면 더 후회했을 거야. 마구간에서 샤워도 할 수 없었을 것이고, 알프스 산속에서 하이디 생활도 못 했을 거고, 러시아, 폴란드 친구와 울면서 대판 싸우지도 못했겠지, 그래, 나 가길 정말 잘했어.

그리고 파리 공항 안, 인신매매 당할 수 있으니 조심하라는 친구의 문자에 답변을 보냈다.

─그래 고맙다. 근데 지금 에펠탑 보면서 프랑스 음식 먹고 있는데 너무 맛있네. 호호호^^.

정보를 많이 가진 자, 유럽을 정복할 것이다!

내가 비록 여행계획을 철두철미하게 세우지는 못했지만 노력도 했고 나름대로의 기준도 있었다. 관광 보다는 그 지역에 오래 머물러서, 현지인처럼 지내자!가 바로 나의 목표였다. 그러니까 스페인에 3일 있다가 바로 프랑스 가고 2일 뒤에 이탈리아 가고, 이런 맛보기 식의 여행은 사진 찍고 인증만 하는 것 같아서 싫었고 적어도 한 지역에 7일 정도 머물면서 그 지역의 사람들과 부대끼며 여행하고 싶었다. 그럼 그 긴 시간 동안 뭐하지? 그렇다고 딱히 특별한 계획도 없었다. 그러다가 눈에 들어온 것이 있었다.

—워크캠프

내용은 대략 이랬다. 3주 동안 세계 각국에서 온 아이들과 일하면서 지내는 것인데 한마디로 단기 워킹홀리데이라고 생각하면 된다. 차이점이라면 참가비를 내지만 무료로 봉사하고 숙식제공까지 받는다는 것.

완벽했다! 참가비를 제외하고는 돈 나갈 일은 없을 것이며 오래 머물고 세계 각국 아이들과 친구가 될 수 있는 기회를 얻을 수 있으니까. 또한 현지인들만 아는 축제와 음식을 접할 수 있으니 이게 웬 떡이냐 싶어서 당장 두 군데를 신청했다. 프랑스에서 한 달, 스위스에서 2주, 그 이유는 낭만의 나라 프랑스에서 오랫동안 있고 싶었으며 스위스는 경치는 좋지만 물가가 비싸서 여행객으로 오래 머물기 어려운 나라인데 딱히 돈 쓸 일 워크캠프로는 딱이다 싶었고, 특히 알프스 산속에서 일하면서 갓 짜온 우유와 치즈를 먹을 생각하니 가슴이 두근거렸다. 영어로 참가 신청서를 쓰는 것은 매우 곤혹스러웠으나 바로 신청서를 보내고 여행일정 윤곽이 어느 정도 보였고 곧장 노트에 옮겼다. 그리고 그 다음 날 걸려온 달콤한 전화.

"축하드려요. 스위스 워크캠프 합격되셨어요."

와우! 이렇게 쉬울 수가. 영어로 자기소개서 쓰느라 고생한 보람이 있구먼! 하지만 다음 날, 문제가 생겼다. 한국 워크캠프 지사에서 전화가 왔는데 프랑스 워크캠프가 떨어졌다는 것이다.

"아니 뭐라고요? 이보시오 직원 양반! 이게 갑자기 무슨 소리입니까?! 내가 떨어지다니요? 네?!"

듣자하니 거의 선착순으로 뽑는데 내가 참가하는 날은 여름방학 기간이기 때문에 전 세계 각국에서 너도나도 참가한다고 난리이니 빨리 보내지 않으면 선착순에서 뚝! 떨어질 수밖에 없다는 것이다.

"걱정하지 마세요. 저희가 같은 날짜에 다른 지역으로 신청서 넣어볼게요."

하지만 뚝, 뚝, 뚝… 2개월 동안 무려 여덟 번이나 떨어졌다.

내가 심각하게 못 썼나? 욕을 쓴 것도 아닌데 왜 자꾸 떨어지는 거지? 최악의 경우는 떠날 때까지 떨어진 바람에 결국 워크캠프 하나를 못 가게 되면 내 예산에 심각한 문제가 생겨 버리게 된다. 3주 동안 워크캠프 동안 여행 경비를 안 쓸 생각이었는데 여행을 하게 된다면 하루 쓸 비용 10만 원에 곱하기 21을 한다면 210만 원!! 제길, 210만 원이 펑크가 나게 생긴 것이다. 그렇다고 비행기 표를 바꾸자니 혹시 떠나기 직전에 붙어버려서 다시 스케줄을 조정해야 하고 아아! 머리 아파!

그리고 유럽 여행 떠나기 10일 전, 프랑스 워크캠프에 떨어진 이후로 한국 워크캠프 대행사 측에서는 도무지 소식이 없었다. 떨어진 건지 붙은 건지!! 그냥 내 쪽에서 먼저 전화를 걸기로 했다.

"여보세요?"

"네 안녕하세요. 프랑스 워크캠프 신청한 박설이입니다. 저… 이번에 넣은 곳은 또 떨어졌나요?"

"잠시만 기다려 보세요. 음… 어디 보자."

고요했다. 30초 정도 지나자 뒤에서 다른 직원들과 대화하는 소리가 들렸고 그 뒤 상담원은 아무렇지 않은 듯 말했다.

"합격이네요."

"네?! 뭐라고요? 정말로요?"

"네."

"으아아아아!! 감사합니다. 감사합니다!"

너무 좋아서 환성을 질렀다. 사실, 불합격했을 때는 일일이 전화를 해주더니 합격했을 때는 왜 전화를 안 해주었는지 의문이었지만 여행 일정을 엉망으로 만들지 않은 것만 해도 너무 감사해서 그냥 넘어가기로 하였다. 이렇게 기쁜 날에 사소한(?) 일로 내 기분을 망칠 수는 없으니까!

하지만 나에게 닥친 또 다른 난관이 있었으니 바로 유레일패스! 이건 또 뭐 하는 것에 쓰이는 걸까? 듣자하니 유럽 기차 자유이용권으로 개찰구에서 보여주고 그냥 탑승하면 된다는 건데, 거기에 예약비가 어쩌고, 각 나라별, 기간별 유레일패스가 어쩌구저쩌구….

내가 여행 공부를 하는 것인지 수능 공부를 하는 것인지 모르겠다. 그래서 더 생각하지 않고 간편하게 3개월 동안 무료로 이용할 수 있는 유레일패스와 프랑스에서 한 달을 있어야 하기 때문에 프랑스 패스를 끊었다. 그것도 60만 원에! 비싸긴 하지만 직접 그 나라 창구에 가서 표를 사는 것보다 유레일패스를 구입하는 것이 더 저렴하다고 하니까…. 하지만 이것은 나의 엄청난 실수인 것을 깨달았다. 여기서 유럽 여행을 좀 아는 분이라면 이렇게 말할 것이다.

"인터넷 각 나라 철도청에서 일일이 티켓 예매하면 훨씬 싼데."

우선 그 당시의 나는 철도청이 무엇인지도 몰랐고 들어가 보니 온통 **빡빡한** 영어와 유럽어가 나의 눈을 아프게 하였으며, 해외 사이트에서 카드 결제한다는 것 자체가 무서웠고 무엇보다 결정적인 것은 유럽 여행 스터디 조장의 말 때문이었다.

"여러분 여러분들 돈 몇 푼 아낀답시고 철도청에 들어가서 일일이 기차 티켓 예매하지요? 유럽 여행 갔다 오신 분들 100% 본인 계획대로 여행 못 합니다. 항상 일정이 꼬이지요. 제가 한 이야기를 해드리지요. 새벽 2시에 아는 지인이 전화를 걸었는데 철도청에서 티켓 예약을 하고 유럽으로 떠났다고 합니다. 그런데 본인 일정은 하루만 파리에 있고 곧장 네덜란드로 가야 하는데 파리가 너무 예뻐서 3일 더 있었다고 해요. 그리고 저에게 네덜란드 가는 티켓을 사용 못 했으니 환불이나, 교환, 다른 기차를 탈 수 있냐고 물어본 적이 있는데 천만의 말씀입니다! 절대 환불, 교환 이런 거 못 해요. 그리고 네덜란드 가는 기차를 못 탔기 때문에 일정 다 꼬이고 애써 예약해 놓은 기차표들 다 버리게 되고 다시 창구에서 처음부터 다시 티켓을 일일이 샀는데, 직접 사면 아시죠? 티켓 엄청 비싼 거, 그래서 그분 교통비로 쓸데없이 300만 원을 날렸다고 합니다. 그러니까 여러분 일일이 기차표 예매하는 것은 쓸데 없는 짓입니다."

그래, 나도 즉흥적인 성격이라 기차예매가 나랑 안 맞을 수 있어. 자유롭게 탈 수 있는 유레일패스가 맞을지도 몰라.

하지만 예상과는 달리 난 100% 계획한 대로 여행했다. 새벽 4시에 출발이면 새벽 2시 반에 일어났고 더 머물고 싶어도 다음 기차 때문에 미련 없이 떠났다. 일정이 꼬여서 울고불고하는 것보다는 나으니까. 그 사람에게 나는 생애 최초로 계획한 대로 여행한 사람일 것이다.

그리고 숙소문제, 그의 충고에 의하면 숙소는 일일이 다 예약할 필요도 없고 여행 첫날과 마지막 날에만 예약하라고 하였다. 하지만 한번도 못 가본 사람의 입장에서는 불안할 수밖에 없고 혹여 숙소가 전부 만원이라 구할 수가 없어서 길거리에 나앉게 된다면 그것보다 더 끔찍한 일은 없을 것이다. 여행 후기들을 보면,

—숙소 예약 안 했는데 운이 좋게도 구하게 되었네요. 오호호^^.

라는 글들을 보면 그 운이 나에게도 따르란 보장도 없고 그 후기들을 믿고 도박을 하기에는 위험했다. 게다가 내가 떠나는 날이 7월~10월, 최강이자 최악의 성수기이다. 특히 프랑스는 여름이 되면 세계 각

지에서 놀러 오기 때문에 일찌감치 숙소를 예약하지 않으면 큰 낭패를 본다고 하였다. 그래서 80%는 꼼꼼히 예약을 하였고 나머지는 힘들어서 못 하고 그냥 떠나고 말았다. 그렇게 나는 유럽 여행 일정과 워크캠프 일정들을 꼼꼼히 챙기고 비행기에 몸을 실었다.

승무원 머리채 잡을 뻔한 사건

나는 나에게 만의 여행 미신이 있다. 그것은 바로 비행기 승무원으로 인해 그 날의 여행이 결정된다는 것이다. 나는 승무원이 비행기에서 다른 세계로 인도하는 요정이라고 생각한다. 그래서 그녀와(혹은 그)의 사이가 이번 여행의 운명을 점쳐진다고 믿고 있다.

나는 인천공항에서 중국의 공항을 경유하고 파리로 가는 비행기를 기다렸다. 중국 공항에 도착하니 이건 공항이라기보다 거의 난민 굴에 가까운 느낌이 들었다. 세계 각국에서 온 사람들이 후줄근한 옷을 입고 피곤에 쩌들은 채 좁은 공간에서 가방에 기대며 앉을 공간도 없이 북적대는 모습이란 영락없는 피란민들이었다. 아랍여자같이 히잡을 머리에 둘둘 감아 쓴 아프리카 아줌마들과 구석에서 다리 벌리고 입을 쩍 벌리고 자는 백인 아저씨, 바닥에 앉아 머리를 흔들며 신나게 이야기를 하고 있는 인도사람들 그리고 중간중간 보이는 소수의 중국인들…. 내가 중국 공항에 온 건지 인종 박람회에 온 건지, 그들은 가끔 내가 신기한 듯 힐끔힐끔 쳐다보다가 나랑 눈이 마주치면 얼굴을 휙 돌리고는 했다.

아! 이런 느낌이구나.

외국 사람이 한국에 오면 어떤 느낌을 받을지 간접적으로나마 체험했다. 그러고 보니 나도 길가에서 외국사람 만나면 얼굴을 힐끔 쳐다보는데 그들은 어떤 기분일까? 그것도 한두 명이 아닌 수백 명이, 안보는 척 힐끔힐끔 시선을 한 몸에!

내가 진짜로 여행을 왔긴 왔나 보다. 그래, 여기서부터는 한국이 아니다. 내가 아는 상식들은 이곳에서 무시될 수 있다. 여기서 난 이방인일 뿐이다.

4시간을 기다린 끝에 드디어 파리행 비행기를 기다리고 탑승했다. 시간은 새벽 1시, 난 배가 몹시 고팠다. 새벽에도 밥을 주긴 할까 궁금했다. 누군가에게 물어보려던 찰나에 마침내 앞에 키 큰 여자 승무원과 남자 승무원이 표정이 굳은 채 진지하게 이야기를 하고 있었다. 중국어로 말해서 무슨 이야기인지는 모르겠지만 여자 승무원의 표정이 좋지 않은 것을 보니 심각한 이야기일 것이다. 그녀의 표정이 피곤하고 짜증이 섞여 있었지만 난 궁금한 것은 못 참는 성격이기 때문에 용기를 내어 그녀에게 영어로 말을 걸었다

"익스큐즈미."

"?"

"음… 여기. 먹을 것? 음식을… 몇 시에…?"

"What?"

"그 그러니까. 음식을… 몇 시에?"

"Ah the food would be served after 1 hour."

"…?…."

그녀가 너무 빨리 말해서 무슨 말인지는 몰랐지만 그냥 알아듣는 척하고 자리에 앉았다. 젠장! 나의 저렴한 영어 수준을 탓해야지. 그렇게 영어를 공부했지만 밥을 1시간 뒤에 먹을 수 있다는 것을 못 알아듣다니 한국 가면 영어 공부 정말 열심히 해야겠다. 그렇게 창가에 기대고 눈을 붙이고 있었는데 앞에서 익숙한 언어가 들려왔다.

"제 자리는 여기에요. 주무시고 내일 파리에서 뵈어요."

"네!?"

세상에! 한국 사람이다. 한국 사람이야!! 이곳에서 한국 사람을 만나다니! 그 두 명 중에 한 여자는 내 옆자리로 와서 앉았다. 속으로 너무 반갑고 기뻐서 인사라도 하고 싶었지만 바로 말을 걸면 내가 이상한 사람이 될 거 같아서 그냥 창밖을 보는 척했다. 그분은 앉자마자 내 얼굴을 빤히 보았고 인사를 했다.

"Hello! Are you Chinese?"

"아닌데요?"

"어머! 죄송해요. 중국 비행기라서 중국 사람인 줄 알고…."

"네. 제가 화교같이 생겼지요. 하하하. 평소에도 이국적이란 말 많이 듣습니다."

"혼자 여행 가시는 거세요?"

"네. 그쪽은?"

"아! 저도요. 비행기 기다리던 중에 한국 사람을 만나서 같이 이야기하고 있었어요. 저분은 일정이 있어서 혼자 따로 가시는데. 혹시 괜찮다면 저랑 같이 동행할래요?"

한국 사람은 호스텔이나 한인 민박에 가면 알아서 동행이 생긴다고 들었지만 이렇게 초스피드로 비행기에서 만날 줄은 상상도 못 했다. 그렇게 이야기를 주고받는 사이, 마침 승무원이 음료수를 나누어 주고 있었다.

"You want red wine? white wine?"

"(둘 다 마시고 싶은데.)I⋯ I want to⋯. 둘 다."

"RED WINE?!! WHITE WINE?!!"

"레⋯ 레드⋯ 레드 와인 플리즈."

와인은 떫떠름했고 기분은 착잡했다.

내가 영어를 잘못 말했나? 본의 아니게 실수라도 한 것일까?

내 표정이 어두워지자 동행한 언니는 화제를 돌렸다. 어디서 사는지, 프랑스 가면 뭐할 것인지 많은 것을 물었다. 그리고.

"설이 씨, 여기 앞에 USB 꽂는 데가 있는데 이 비행기에서 USB도 주나요?"

"음. 글쎄요."

별로 알고 싶지는 않았지만 마침 그 승무원이 지나갔고 이번에야말로 나의 영어 실력을 발휘할 수 있는 절호의 기회라고 생각했다. 솔직히 옆 동행 언니에게도, 나 이만큼 영어 잘해요, 라며 으스대고 싶었다.

"익스큐즈미!"

"?"

"음⋯. 여기 어⋯ 나누어 줍니까? USB를?"

"하아⋯."

그녀의 깊은 한숨 소리, 그녀의 얼굴은 이미 짜증으로 가득했다.

"THIS THIS!!!! THIS!!!!!"

그녀는 USB 꽂는 곳을 가리키며 소리를 지르고 앞 의자를 탁 치며 중국어로 짜증 섞인 목소리로 혼잣말을 하면서 가버렸다. 그리고 뭔 일이 났나 싶어서 달려오는 남자 승무원에게, 이 사람이 자꾸 이상한 걸 물어봐! 라고 말하며 나가버렸다.

나는 뒤통수를 세게 맞은 듯 얼떨떨했으며 언니도 넋 놓고 앞만 바라보고 있었다.

내가 도대체 무슨 잘못을 했기에 왜 저렇게 화를 내는 것이지?

나는 불안함과 분노가 뒤섞였다. 더 화가 나는 것은 그녀가 내 근처로 지나갈 때마다 나도 모르게 몸이 움찔해졌으며 그녀의 눈치를 보는 것이었다.

난 140만 원 내고 이 비행기를 탔는데 왜 불안함에 떨면서 앉아야 하지? 억울했다. 도대체 뭐가 문제인지 알고 싶었다. 그녀가 다가오자 나는 웃으면서 영어로 또박또박 물어보았다.

"Um, Muss, May I ask, when you see me, why you are so angry with me?(음, 있잖아, 너 아까부터 나만 보면 화를 내는데 왜 그러는 거니?)"

완벽했다. 내가 들어도 정확한 문법에 완벽한 문장이었다. 이 정도면 알아듣기 충분할 터.

"What?"

"Uh⋯. I⋯ I mean that."

"저기요 제가 할게요."

그러자 앞에 앉은 중국 사람이 고맙게도 내 말을 통역해 주었다. 승무원은 뭔가 알아들었단 듯이 고개를 끄덕이며 나를 쳐다보았다.

"쳇!"

그녀는 입을 쑥 내밀며 이보다 더 짜증 날 순 없다는 표정을 짓고는 휙 가버리고 말았다.

"아니 이보시오! 아무리 외국이라 해도 이건 좀 도가 지나치지 않소!"

마침 대장처럼 보이는 남자 승무원이 오길래 나는 그에게 하소연을 하였고 그녀의 이름을 물어보았다. 당장 컴플레인을 할 것처럼. 그리고 몇 분 뒤 잠을 청하려고 눈을 붙이고 있는데

"Is she sleeping?"

조그만 여자 목소리가 들렸다. 뭐지? 설마 사과하려고 온 것인가? 못 들은 척 자려고 했으나 그녀는 내 어깨를 잡고 흔들어 깨웠다.

그 사람인가? 자기에게 안 좋은 말 했다고 시비 거는 것이 아닐까? 내게 싸우자고 멱살을 잡고 덤비면 어쩌지? 이 많은 사람들 앞에서? 젠장! 눈을 뜰까? 계속 자는 척할까?

실눈을 떠서 보니 단발머리에 풋풋한 승무원이 내게 무릎을 꿇고 있었다.

아니 이건 또 무슨 상황이야?

내가 눈을 뜨자 그녀는 배시시 웃으면서 말했다.

"더 필요하신 것은 없으신가요, 손님?"

"뭐라고요?"

"제 동료가 손님을 특별히 신경 써달라고 하였습니다. 따뜻한 차라

도 가져올까요?"

"아. 아니요… 괜찮아요."

"네. 그럼. 저….″

"네?"

"손님 기분은 괜찮으신 것이지요?"

"아… 네. 괜찮습니다. 괜찮고말고요."

본인이 직접 오지 않고 딱 봐도 신입으로 보이는 애에게 대신 사과를 시키다니! 그렇게 13시간의 비행 후, 파리에 도착하였다. 비행기에 내리는 사람들과 인사하는 승무원들, 나는 그 무례한 승무원과 또 마주쳤다. 그녀는 나를 흠칫 보더니 역시 짜증 섞인 얼굴로 입술을 삘죽 내밀었다.

됐다 됐어. 내가 너와 무슨 말을 하겠니!

파리에 도착한 나의 설렘은 불쾌감으로 바뀌었고 심술 궂은 비행기 요정의 장난으로 나의 여행 서막을 알렸다.

샹 웨이! [SHEN WEI] 난 당신의 얼굴을 아직도 기억하고 있어!

동양인 여자가 유럽에서 여행하는 것이란

드디어 파리 도착! 하지만 안타깝게도 나는 전혀 기쁘거나 설레지 않았다. 보통 파리에 도착하면 오 샹젤리제! 하고 팔을 벌리고 춤을 추며 낭만에 부풀어 있어야 하지 않느냐고?

우선 첫 번째로 이 공항에서 어떻게 파리 시내로 가는지부터 몰랐다. 공항 문을 열면 자연스럽게 에펠탑이 바로 눈앞에 떡하니 있는 줄 알았으니까. 이 이야기를 하니까 비행기에서 만난 동행 언니가 빵 터졌다.

파리의 인천공항, 즉 샤를 드골 공항은 우리나라로 비유하자면 인천에 위치해 있는 곳이고 인천공항의 문을 열면 바로 한강이 보이지 않듯이 이곳에서도 공항철도를 타고 파리의 서울역 샤틀렛까지 가야 거기서 에펠탑을 찾든 말든 한다는 것이다. 문제는 그 이후로 하는 말들을 전혀 알아듣지 못했다.

샤를 드골에서 전철도 지하철도 아닌 RER B선을 타고 샤틀렛 역에서 내려서 어쩌고… 나비고를 끊네 마네 어쩌구….

단언컨대 비행기에서 만난 언니와 동행이 되지 않았으면 난 패닉이 되어 그 자리에 주저 앉아 울었을 것이다.

난 아무것도 모르는 백지상태! 언니를 따라 표를 끊는 곳으로 갔다. 그곳에서 파리 시내로 가는 티켓도 끊을 겸 여러 가지 정보를 물어보기 위해서다. 사람들은 끔찍할 정도로 길게 줄을 서 있었고 우리는 각자 다른 곳에서 줄을 섰다. 나는 오른쪽 줄, 언니는 왼쪽 줄. 그런데 내가 서 있는 줄이 꽤 빨리 끝나서 그런지 먼저 창구로 갔다.

"Hello!"

나는 역 창구 직원에게 먼저 인사를 건넸다. 하지만 그녀는 내 말을 아랑곳하지 않고 옆 동료와 신나게 이야기를 했다.

"He… Hello… 보… 봉즈르…?"

하지만 그녀는 여전히 내 말을 듣는 척도 하지 않았다. 무슨 재미난 이야기를 하는지 폭소까지 하면서 수다를 떨었다.

뭔 이야기를 하기에 손님은 내팽개치고 그리 재미지게 하시오? 나도 좀 낍시다! 라고 말하고 싶었으나 영어도, 불어도 못 하는 나로서는 그저 잠자코 지켜만 볼 수밖에 없었다.

30초가 지나자 옆 동료가 나를 힐끗 보자 그녀는 그제야 나를 보기 시작했다.

"Hello what can I do for you?"

기다리게 해서 미안하다는 사과는 없었다.

"제가 파리 시내로 나가고 싶은데요. 듣기로는 파리 원데이 카드가 있고 나비고가 있고. 무슨 7일권이 있다고 하는데 잘 몰라서… 설명해

주실 수 있나요?"

나는 영어로 더듬더듬 이야기했으나 그녀는 누구보다 빠르고 남들보다 다르게 프랑스 발음이 잔뜩 섞인 영어로 설명해 주어서 단 한마디도 알아듣지 못했다. 한 번만 더 설명해 달라고 부탁했으나 그녀는 아까 전보다 더 빠르게 말했고 더 지체했다가는 뒤에 기다리는 사람들 눈치 보여서 그냥 알아듣는 척 고개를 끄덕이고 나갔다.

외국에서 혼자 전철 표 끊는 것도 어려운데 앞으로 국제선 기차며, 저가항공이며 다 어떻게 하지?

나는 언니 쪽으로 다가갔다. 언니는 미국 힙합 가수 스눕독을 닮은 창구 직원과 열심히 이야기하고 있었다.

뒤에 사람들도 잔뜩 있는데… 이렇게 오래 이야기해도 괜찮나?

그렇게 생각한 것도 잠시, 나처럼 아는 척만 하고 가다가는 아무것도 얻지 못 하기 때문에 차라리 이게 나을 수도 있겠다는 생각이 들었다. 언니 덕분에 정보도 많이 얻고 공항에서 시내로 가는 티켓도 발급받을 수 있었다. 하지만 역시 예상했던 대로 뒤에 있는 사람들의 시선이 곱지 않았다. 나는 최대한 그들의 얼굴을 보지 않고 걸어갔다. 그런데…

"집이라도 구하시나 보지? 빌어먹을 동양인들!"

그 말을 듣자마자 순간 몸이 얼어붙었다. 완전히 마비상태가 되었으며 심장은 파르르 떨고 있었다. 그러자 언니가

"쏘리. 암쏘 쏘리. 하하하…."

언니는 웃으면서 말했지만 여전히 그들의 표정은 좋지 않았다.

"풋, 영어는 알아듣나 보지?"

순간 주먹이라도 날리고 싶었다. 물론 우리가 오래 기다리게 했지만

이런 식으로 그놈들에게 비아냥거림을 들을 이유는 없기 때문이다.

"언니 그 개자식한테 왜 미안하다고 했어요?"

"우리가 오래 기다리게 했잖아. 그리고 원래 유럽에서 동양인은. 에휴… 그냥 우리가 참는 수밖에 없어. 시끄럽게 만들지 말고 조용히 있자."

이것이 현실이다. 인종차별이라 하기엔 아니고, 그렇다고 농담으로 치부하기에도 아닌, 이 아슬아슬한 말들과 시선을 참고 받아들여야 한다.

우리는 공항에서 시내로 연결하는 열차를 탔고 언니는 나랑 숙소가 달라서 파리의 샤틀렛 역에서 먼저 내렸다. 이제 백인 흑인 아랍인 사이에서 동양인은 나 혼자가 되었다. 갑자기 사람들의 시선들이 집중된 것이 느껴졌다. 이제 동내 길을 가다가 가끔 스쳐 보이는 외국인이 바로 내가 되었다. 힐끔힐끔 보는 시선들… 그 시선들이 모여모여 내 몸을 여러 군데를 관통하고 있었다.

나는 호스텔을 찾기 위해 유럽 여행 카페에서 남들이 올린 '호스텔 후기' 종이를 꺼냈다.

역에서 도보 5분 거리에 **호스텔이 있습니다.

문제는 그 역이 몇 번 출구에 있으며 동서남북 어느 쪽에서 5분 거리인지 안 써있다는 것이었다. 결국 나는 도보 5분 거리에 있는 호스텔을 찾아 사람들에게 물어물어 20분을 헤맨 끝에 찾았다. 나는 지친 몸을 이끌고 호스텔로 도착했다.

"봉주르! 설이 씨죠? 3일간 머물 군요. 파리에 오신 것을 환영합니다."

"고마워요."

"네 우선 방값을 결제하시고 안내해 드릴게요. 총 14만 원입니다."

"네. 저 카드로 결제해도 될까요?"

"물론이죠. 어디 보자… 저 그런데 손님, 이 카드는 결제가 안 되는데요?"

"그럴 리가. 무슨 소리에요? 다시 한 번 해보세요."

"네 알겠습니다. 음… 역시 안 되는데요."

이건 갑자기 무슨 소리야. 난 10만 원 현금을 제외하고는 모든 경비는 전부 통장에 넣어두어 체크카드로 결제하거나 뽑아 쓸 생각이었다. 그런데 지금 그 체크카드가 안 된다니. 이게 무슨 소리야 대체!! 내색하진 않았지만 속마음은 이미 돈 한 푼 없이 외지로 떨어진 사람마냥 떨고 있었다. 호스텔 직원도 그것을 파악하고 있었으리라.

"현금이나 신용카드는 없으세요?"

신용카드? 그래 엄마가 돈이 모자라면 신용카드를 쓰라고 하였다.

"저 신용카드 있어요. 여기요."

신용카드를 긁는 동안 혼자 팔짱을 끼고 팔을 꼬집으며 덜덜 떨었다. 이것마저 안 통하면 끝장이다. 돈 한 푼 없이 국제 미아가 되겠지. 앞으로 남은 3개월 동안 어떡하지? 대사관에 찾아가서 임시 카드라도 발급받아야 하는 건가? 큰일이다, 큰일이야….

"네 14만 원 결제되었습니다. 저를 따라오세요. 방 안내해 드리겠습니다."

천만다행이었다. 하마터면 첫날부터 프랑스 길바닥에서 노숙을 할 뻔했다. 내 체크카드가 왜 안 되었는지 그 이유는 뒤에 설명해 주겠다.

"3층에 있는 4인실 여성용 방입니다. 저를 따라오세요."

호스텔 외관은 과연 옛 귀족이 살았던 집인 만큼 훌륭했지만 나의 방은 작고 낡았으며 매트리스 위에는 언제 빨았을지 모를 작은 초록색 담요가 놓여있었다. 쥐가 나와도 이상하지 않을 것 같았다. 심지어 화장실에는 호스도 없었으며 그냥 손으로 어떻게든 씻으려고 했지만 수압이 약해서 씻기 불편할 정도였다. 이곳이 유랑(유럽 여행 카페)에서 A+ 호스텔이라고 칭찬이 자자한데 내 머리로서는 왜 A+ 인지 이해가 불가능했다.

사람은 인터넷 후기보다 자기가 직접 겪어 봐야 하는구나.

내가 표정이 굳어지자 호스텔 직원이 말을 붙였다.

"룸메이트는 대만 여자들인데 벌써 나간 것 같군요. 그리고 내일 밤에는 코리안 여자 한 명이 올 것입니다."

그 말을 듣자 속으로 환호성을 질렀다. 프랑스 사람들의 불친절함, 서양인들의 묘한 시선 그리고 멍청한 동양인이란 말까지 들었으니 나의 상태는 최악이었다. 맥이 빠졌고 의기소침해졌다. 만약에 백인 혹은 흑인들이 내 룸메이트였으면 말도 못 하고 옆에서 바보처럼 벌벌 떨었을 것이다.

짐은 호스텔에 놓고 파리 시내를 돌아다니기로 했다. 언니와 헤어졌고 실수로 연락처도 주고받지 않아서 다시 만나기는 불가능하다. 혼자 이곳에서 뭐할까? 그래 달팽이 요리라도 먹어볼까?

나는 유럽 여행 가이드북에서 본 유명한 음식점을 여러 사람들에게 물어물어 찾아갔다. 역시 책에서 본 것처럼 저렴한 가격에 점심을 먹으려는 파리 사람들이 북적거렸다.

"봉주르, 점심 먹으러 왔는데 자리 있나요?"

"봉주르! 혼자 오셨군요. 그런데 왜 혼자세요?"

"하하하! 전 친구가 아예 없거든요. 그래서 혼자 올 수밖에 없었어요."

"네?"

"농담이에요. 사실 혼자 배낭여행 중이에요."

"그렇군요! 이런 아름다운 아가씨를 혼자 둘 수 없지요. 따라오세요."

난 당연히 혼자 앉을 수 있는 테이블로 안내해 줄 알았는데 할아버지 두 명이 앉아 있는 테이블 쪽으로 주었다.

'잉? 이게 무슨 상황이지?'

난 졸지에 프랑스 할아버지들과 같이 합석을 하게 되었다. 신기한 것은 웨이터가 할아버지들에게 합석 요구도 안 하고 날 앉히게 했는데도 그들은 전혀 당황해하지 않고 자연스럽게 받아주었다.

이것도 프랑스 문화 중 하나인가?

처음에는 얼떨떨했지만 익숙해져 갔다. 그분들은 친절했다. 짧은 영어를 섞어 나와 대화를 하였고 달팽이 먹는 법도 가르쳐주었다. 내가 그대로 따라 하자, 왈라! 하며 기분 좋아하셨다. 그리고 달팽이 밑에는 초록색 소스 국물이 있는데 빵에 찍어 먹는 것이었고 그대로 먹으니 첫걸음마를 뗀 아기를 본마냥 박수를 쳐주며 칭찬해 주셨다. 프랑스에 도착하자마자 느낀 불안함과 실망은 두 할아버지에 의해 사르륵 녹았다.

이상한 집게로 달팽이껍질을 고정시킨 다음 포크로 그 속을 빼서 먹는 것인데 집게를 고정 시키는 게 너무 힘든 나머지 먹어서 얻은 에너지를 다시 고대로 쏟아 붓게 만들어 금방 또 배고파졌다. 메인 요리는 시킬 생각이 없었지만 달팽이를 먹고 메인 요리를 안 시키면 왠지 이상한 사람이 되는 것 같은 생각에 마지못해 시켰다. 메인 요리는 끔찍했다. 마치 하얀 쌀벌레들이 고기를 감싸는 것 같았으니까.

모습만 이렇지 먹기에는 괜찮지 않을까?

하지만 전혀 그러지 않았다. 고기는 목구멍에 쑤셔 넣기도 힘들었고 물과 같이 삼켜야 겨우 먹을 수 있는 수준이었다. 이건 뭐 고문도 아니고, 그만 먹자고 생각했지만 예전에 읽은 책에 의하면 '프랑스 사람뿐 아니라 서양 사람들은 음식을 남겨두면 엄청난 모욕감을 느낀다'라는 구절을 본 기억이 있어서 예의 차린다 생각하고 입에 억지로 쑤셔 넣었다. 나중에 알고 보니 음식점에서 남겨도 뭐라 하는 사람은 한 명도 없었고(그들도 많이 남긴다), 달팽이(애피타이저)만 시키고 메인 요리를 안 시키는 것은 비록 웃기게 보이기는 하나 외국인이니까 별로 신경도 안 쓴다는 사실을 알게 되었다.

식사를 마치고 더부룩한 배를 부여잡으며 길거리를 나섰다. 마침 앞에는 오페라 극장이 있었다. 오페라 극장 앞에는 갤러리 라파에트라는 백화점이 있었고 관광객과 현지인들이 바글바글했다.

"어? 설이 씨 아니에요?"

"어? 언니!?"

우연히도 오페라 극장 앞에서 비행기에서 만난 그 언니를 만나게 되었다. 이 넓은 파리 도시에서 다시 만나다니 참 신기했다.

"와! 어떻게 여기서 다 만나지? 점심은 먹었어요? 저는 오므라이스 먹고 오페라 극장 구경하고 왔어요. 생각보다 별로더라고요."

"저는 오페라 건물 구경 안 하고 진짜로 느끼고 싶어요. 오페라 극장에 와서 귀족처럼 공연을 관람하는 것이 꿈이었거든요."

"네? 이번 달에 오페라 공연 안 해요. 7월부터 8월까지 공연 안 하는데 몰랐구나?"

그렇다. 여름시즌, 특히 성수기인 7~8월은 오페라 극단 사람들도 여름 휴가를 가야 한다며 아예 공연을 안 한다고 한다. 우리나라 같으면 공연과 이벤트 엄청 열 텐데 참 다르긴 다르다.

"음… 뭐 다음을 기약할 수밖에 없네요."

"저는 콩코르드 광장 갈 건데 같이 갈래요?"

"좋아요. 전 딱히 할 일이 없거든요."

그러자 갑자기 딱 봐도 집시로 추정되는 인도 여자가 내 길을 가로막고는 서류를 내밀었다.

"혹시 영어 하실 줄 아세요?"

"네?"

"영어 하실 줄 아냐고요!"

"예스!"

"다행이다. 저희들은 장애인들을 위한 시민단체예요. 장애인 복지 시설을 늘리려고 여러 사람들의 서명을 모으고 있어요. 협조 부탁드려도 될까요?"

"물론이죠. 여기에 서명하면 되나요?"

"설이 씨, 그냥 가자."

"왜요? 좋은 일 하신다잖아요. 도와 드려야지요."

"고마워요. 마담."

나는 망설임 없이 서명을 했다.

"자 서명했으니 장애인들을 위한 기부금으로 15,000원 주세요."

"15,000원이요?"

"네. 15,000원이요."

"……."

잠깐의 침묵.

"서명한 것뿐인데 제가 왜 돈을 내야 하지요?"

갑자기 인도여자는 표정이 돌변하며 매섭게 쏘아붙였다.

"이건 장애인들을 위한 거야! 서명을 했으니 기부금 내놔!"

"서명만 하라면서요. 제가 왜 돈을 내야 하는 거지요? 여기에 기부금 내라는 글도 없잖아요!"

"빌어먹을 년! 뭔 말이 그리 많아? 너 여기 사인 했잖아! 당장 돈 내놓지 못해?"

그녀와 나는 실랑이를 하였고 두세 명의 집시들이 몰려왔다. 이거 큰일 나겠구나 싶어서 지갑에서 마침 2$가 있기에 그거라도 주었다.

"이건 미국달러잖아! 지금 장난하는 거야?! 유로로 줘 유로!"

그들은 매섭게 나를 노려보며 엄청 화를 냈다. 그들은 곧 나에게 해코지를 할 것 같았다.

"너희들 지금 여기서 뭐 하는 거야!!!"

"그… 그게 아니라 이 사람이."

"더러운 수법 집어치우고 당장 꺼져!"

갑자기 나타난 프랑스 흑인 경찰 덕분에 집시들에게 벗어났다. 너무 고마워서 그에게 절이라도 하고 싶었다.

"감사합니다. 정말 감사합니다."

"별말씀을요. 그리고 앞으로 저런 녀석들 보면 그냥 무시해요."

"네."

난 그 흑인 경찰 덕분에 무사히 오페라 거리를 빠져나왔다.

"설이 씨 너무 순진하다. 저런 거 다 거짓말이야. 관광객들 대상으로 돈 뜯는 거지. 그러니까 내가 아까 상대하지 말라고 했잖아."

"보기에 너무 안 돼 보여서요. 도움이라도 주고 싶었는데."

"에구… 아까 경찰이 왔기에 다행이지, 안 그러면 큰일 날 뻔했어."

나는 언니를 따라 유명한 곳에 오면 어김없이 사진 찍었다. 감상이 아닌 인증 관광이어서 나와는 다른 여행 스타일이라 약간 불편했지만 같이 이야기할 수 있고 의지할 상대가 생겨서 재밌었다. 해가 지자 내일 일정에 대해 이야기했다.

"내일은 루브르 박물관을 보러 갈까? 프랑스 하면 루브르 아니겠어? 루브르는 찍고 가야지 프랑스의 50%는 루브르로 결정짓는데 안 보고 가면 여기 헛걸음한 거나 마찬가지잖아."

언니는 자신감 있게 말했다.

"네. 그럼 내일 11시에 박물관 앞에서 봐요."

그렇게 우리는 헤어졌다.

그리고 그날 밤 한숨도 제대로 자지 못했다. 나는 자리에 앉아 아침을 먹었다. 음식은 매우 부실했다. 시리얼과 우유, 빵, 과일 몇 개가 전부였다. 많이 먹어도 배가 부르지 않았다.

이건 과자지 밥이 아니라고….

하지만 나는 아침밥에 크게 신경 쓰지 않았다. 오히려 오늘은 맛있

는 거 많이 먹고 즐거운 하루를 보낼 수 있으니까. 오늘의 하이라이트
는 유람선을 탄 뒤 파리투어, 저녁에는 물랭루주 공연을 보는 것! 후후
출발하기 전 나름 준비해 온 것 중 하나다. 그것도 한국 여행사 쪽에서
나온 관광 상품이 아니라 프랑스 쪽에서 만든 관광 상품이라서 영어 사
이트 보느라 고생했지만 물랭루주 공연만 보는데 24만 원이니 본 가격
보다 싸게 구입해서 뿌듯했다.

우선 언니와 루브르 박물관에 가는 것이 먼저였다. 언니는 나보다
10분 먼저 박물관에 와서 기다리고 있었다.

"설이 씨 왔군요. 그럼 들어갈까요?"

아침 11시. 줄이 꽤 길었다. 언니는 박물관 패스를 8만 원에 구입해
서 제일 먼저 들어갈 수 있었는데 그 정보를 알지 못해서 다른 사람들
과 같이 줄을 서며 기다렸다. 하지만 금방금방 들어가 져서 그렇게 오
래 기다리지는 않았다.

제일 먼저 그리스 로마 조각 작품들이 눈에 들어왔다. 나는 어렸을
때 그리스 신화를 만화로 읽어서 감정이입을 하며 재미있게 구경했는
데 프랑스에서 루브르를 안 본다면 헛걸음한 것이라고 말한 언니는 10
분도 지나지 않아 금방 지쳐버렸다.

지겨워.

루브르라고 별로 다를 것이 없었다. 평소에 한국에서도 박물관에 관
심이 없던 사람이 세계3대 박물관에 왔다 해서 미술과 역사에 급 흥미
가 생기지는 않으니까. 나는 옛날이야기를 생각하며 작품을 감상했고
언니는 억지로 꾸역꾸역 보았지만 결국 미술관이 재미없다며 먼저 다
른 곳에 가야겠다며 작별인사를 했다.

"설이 씨, 다음에 인연이 닿으면 또 만나요."

짧고 미련이 없었으며 깔끔했다. 우리는 그렇게 헤어졌다.

루브르는 하루 만에 볼 수가 없었다. 엄청 넓어서 미로 같았으며 박물관 안에서 길까지 헤맸지만 안내직원의 도움을 받아 무사히 밖으로 나올 수 있었다. 이제 어디로 갈까? 옛날 고대 작품을 루브르에서 봤다면 2012년 작품을 만나볼 시간이다. 예술가들의 동내, 몽마르트르 언덕을 가보기로 하였다. 거리의 화가들을 만나려면 우선 몽마르트르 언덕 사크레쾨르 성당을 지나야 한다. 성당은 작은 언덕으로 되어있고 밑에는 흑인들이 진을 치고 있었다. 사람들도 많은데 해치기야 하겠어? 라며 걸어갔는데, 하쿠나 마타타!라며 키가 멀대같이 큰 흑인이 오더니 내 팔을 잡더니 끈으로 팔찌를 만들어주었다.

"하쿠나 마타타 하쿠나 마타타. This is from Africa. Real Africa."

오오, 그래? 이렇게 환대를 받다니! 앞으로 좋은 일만 일어날 거라고 축복을 빌어주는 것이구나! 순박한 아프리카 사람이 내게 현지 팔찌를 만들어 주다니 기분이 좋았다.

"정말 고마워요. 땡큐 땡큐."

"좋아? 그럼 팔찌값 6,000원 내놔."

"왓?"

그렇다. 세상에 공짜는 없었다. 어제 만났던 인도 여자처럼 뭔가를 하면 돈을 내놓으라고 협박을 하는 것이었다. 내가 싫다고 하자 갑자기 두 명의 흑인들이 내 주위를 둘러쌌다. 정말 무서웠다. 심지어 주위엔 경찰도 없었다. 키가 160도 안 되는 동양 여자가 180이 족히 넘는 흑인들에 둘러싸여 있으면 얼마나 무서운지 상상이 되는가? 하지만 웃기게도 이 상황에서 돈을 아끼고 싶어서 1달러와 유로 동전을 주었다.

"노노! 노 아메리카 머니, 노 동전, 오직 유럽 머니, 지폐 오케이?!"

와! 이 미친놈들이 이 상황에서 동전 지폐를 따지다니! 지갑을 열자 기가 막히게도 5유로 지폐가 있었는데 그것을 보자마자 휙 가져가 버렸다.

화가 머리끝까지 났다. 프랑스에 와서 온갖 시달림을 당하다가 심지어는 삥까지 뜯기다니! 경찰은 어디 갔는가? 몽마르트르 뒷골목 흑인들과 암묵적 계약이라도 한 것인가! 순박한 아프리카 사람인 줄 알았는데 바로 뒤통수 맞으니까 분노가 치밀었다.

이놈도 저놈도 다 내 돈을 훔쳐갈 궁리만 하고 있어!

불안과 짜증이 솟구쳤다. 왜 안 좋은 일은 나만 따라다니는 것인가? 갑자기 누가 해코지하지 않을까 하는 온갖 상상들. 그나마 거리의 화가들과 개인 갤러리를 본 덕에 내 마음이 진정됐다. 걸어 다니며 그림 그려주겠다며 흥정하는 화가들, 오래전부터 자리 잡고 손님이 오기만 기다리는 화가들, 싸게는 6만 원에서 비싸게는 15만 원까지 다양했다.

배가 고팠다. 루브르에서 길 잃고, 몽마르트르에서 흑인들에게 시달린 나머지 점심시간이 지난 줄도 몰랐는데 그러다 마침 가게 안에서 문득 피아노 소리가 들렸다. 난 피아노에 이끌려 가게 안으로 들어갔다. 작은 레스토랑이었는데 피아니스트가 재즈를 아주 맛깔나게 연주하고 있어서 기분이 좋아졌다.

"봉주르, 여기 자리 있나요?"

"들어와요."

식당 주인은 매우 불친절하게 나를 맞이했다.

"저, 여기에 피아노 치는 거 보면서 점심 먹고 싶은데 이 자리에서 먹고 싶어요."

"안 돼요. 여기는 저녁 7시에 예약되어 있는 자리입니다."

"지금 2시밖에 안 되었잖아요."

"그래도 안 됩니다."

"……."

식당주인의 알 수 없는 이유로 피아노 앞에서 밥을 먹을 수 없게 했다. 자리를 보니 4인용 식탁이었고 혼자 앉히기엔 좀 그랬나 싶기도 했지만 서운했다. 나는 적어도 그가 피아노 근처 자리라도 안내해 줄 것이라 생각했는데 나를 피아노가 전혀 보이지 않는 어둡고 구석진 곳으로 안내했다.

"이곳에서 식사하세요."

어찌나 구석진지 빛도 들어오지 않았지만 아늑하고 피아노 소리는 들리니 그것으로 만족하며 자기 위안을 했다.

"제발 음식이라도 맛있었으면 좋겠다."

나는 고기와 샐러드를 시켰다. 영어로 된 메뉴가 없어서 고르기 불편했지만 마음에 끌리는 것으로 아무거나 집었다. 하지만 나온 음식은 기가 막혔다.

야채 샐러드와 이상한 고기가 들어간 샐러드였다.

"이게 뭐지?"

하지만 되돌리기엔 이미 늦었다. 난 졸지에 맛없는 샐러드를 16,000원에 먹은 꼴이 되고 말았다. 식사를 마치고 나가는데 피아노 앞좌석에 백인 연인이 하하호호 웃으면서 식사를 하고 있었다.

지배인이 영어를 못해서 2시인데 7시로 잘못 말한 것일 거야.

그렇게 자기 위안을 하고 몽마르트르 언덕에서 개인 화랑을 구경한 뒤 정처 없이 떠돌다가 물랭루주가 있는 곳까지 오게 되었다.

오늘 밤 11시에 여기서 공연을 보게 되겠구나. 그나저나 지금 몇 시지? 아차! 벌써 저녁 7시잖아! 7시 40분까지 에펠 탑 근처에 있는 유람선 선착장이 개인투어 모임 장소인데! 여기서 에펠탑까지는 10분에서 20분 정도 걸리겠지? 슬슬 출발해 볼까?

계단을 내려가자 운 좋게도 지하철이 떠나지 않고 문을 활짝 열고 기다리고 있었다.

나는 잽싸게 안으로 쏙 들어갔다. 하지만 타는 것까지는 좋았는데 문제는 10분이 지나도 이놈의 전철은 출발하지 않는다는 것이다. 사람들이 웅성거린다. 옆 사람에게 물어보니 방금 안내방송에 10분만 더 기다리면 출발하니 조금 기다리라고 하였다. 하지만 10분이 지나도 열차는 움직이지 않았다. 사방에서 사람들이 불어로 불만을 토로했다. 나는 도대체 무슨 일이 일어났는지 알 수가 없었다. 그리고 안내방송이 나오고 사람들은 더 흥분했다. 나는 옆 사람에게 다시 물어봤다.

"지금 무슨 일이에요? 지하철이 10분이 지나도 안 가는데."

"빌어먹을, 지하철이 고장이 났대요. 그래서 다른 역에서 타라고 하지 뭡니까. 빌어먹을!"

사람들은 밖으로 빠져나갔다. 큰일이다. 뭔가 잘못돼가고 있는 것 같다. 난 근처에 다른 역까지 사람들에게 물어봐서 겨우 찾았지만 그곳 역시 사람들의 출입을 막았다.

여기서 7시 40분까지 모임 장소에 도착하는 것은 무리다. 에펠탑 근처라고만 들었지 유람선 정착선이 어디 있는지 정확히 알기 위해서는 사람들에게 물어물어 가야 하는데 그러면 또 20분은 금방 가고, 투어도 못 하고…. 우선 투어를 신청한 프랑스 여행사에 전화를 해야 한다. 무슨 이유인지는 모르겠다만 전철이 고장 나서 7시 40분까지 갈 수 없으니 여기로 나를 데리러 오던지 무슨 수를 써달라고 말해야 한다. 전화를 걸었으나 통화 버튼만 누르면 통화 종료가 되어버렸다. 역시 불행의 여신은 나를 실망시키지 않는구나. 다섯 번이나 넘게 통화를 시도해보았으나 오류라며 통화가 되지 않았다.

이대로 포기할 수 없었다. 나는 얼굴에 철판을 깔고 지나가는 사람들에게 전화 한 통 빌려달라고 부탁했지만 쉽지 않았다. 대부분 무시하거나, I don't know English! 하고 지나가 버렸다. 미치고 환장할 노릇이다.

저 멀리서 네 가족이 지나가는 데 마지막이다 생각하고 그들에게 다가갔다.

"봉주르! 실례지만 제가 시티라마라는 프랑스 여행사에 전화를 해야 하는데 제 폰이 불통이라서 혹시 그쪽 폰을 쓸 수 있을까요?"

"어?! 저 시티라마에서 근무해요! 무슨 일로 그러세요?"

신이 나타났다. 유람선이고 물랭루주고 다 포기하려고 한순간 프랑스 시민이 날 구제해 주었다.

"오늘 일요일인데 전화를 받지 않네요. 유람선 탄다고 했지요? 바토 무슈? 우선 지금 7시 지났으니까 배는 포기해요. 투어 티켓은 프린트해오셨죠? 그걸 물랭루주 관계자에게 보여주면 공연은 볼 수 있을 거예요. 나머지들은 시티라마 회사에 직접 가서 이야기하면 내일 유람선도 타고 파리 투어도 할 수 있을 거예요."

이다지도 친절할 수가! 파리지앵들에게 다친 나의 마음은 그로 인해 사르륵 녹아내렸다. 시계를 보니 8시다. 이제 에펠탑 유람선에 갈 필요는 없고 나의 물랭루주 공연은 11시에 시작하는데 남은 3시간 동안 혼자 뭐할까? 혹시 9시 공연을 미리 땅겨 볼 수 있지 않을까 기대를 하고 물랭루주 앞을 지키는 직원에게 물어봤으나 절대 미리 들어가서는 안 되고 티켓에 나와 있는 11시 공연만 가능하다고 단호하게 말했다. 뭐 그건 그렇다 치고, 문제는 끝나는 시간이었다. 밤 11시 공연은 새벽 1시에 끝난다.

티켓에 나와 있는 대로 새벽 1시에 시티라마 버스를 타고 호스텔 앞까지 내려다 준다고 나와 있는데 문제는 물랭루주 공연장 바로 앞에서 버스가 대기하고 있는지 아니면 5분 정도 걸어가야 버스가 보이는지 쓰여 있지 않았다. 최악의 경우에는 버스도 못 찾고 혼자 파리 시내에서 걸어가다가 납치돼서 감금당하는… 생각만 해도 끔찍하다.

우선 물랭루주 관계자들에게 시티라마 여행사의 버스가 어디에 서는지 물어보았지만 불어를 사용했기 때문에 무슨 말인지 알아들을 수가 없었다. 막판에는 직원도 답답해서, Madam!! Please!! 라고 소리 질렀다. 그리고 주머니를 뒤지더니 100원, 10원짜리 동전을 꺼내면서 여기서 귀찮게 하지 말고 어디 카페에라도 가 있으라고 했다.

저놈이 지금 장난하나? 내가 거지야?!

나는 기분이 상해서 나가버렸다. 이제 3시간 동안 뭐한다? 직원이 말 한대로 카페에 가 있을까? 그러기엔 너무 지루하잖아! 그러자 갑자기 나는 엉뚱한 생각이 들었다.

물랭루주는 관광객들에게 보여주는 환락가이지 진짜는 아니잖아?
과연 파리의 진짜 뒷골목은 무엇일까?

물랭루주 주변에는 전부 환락가이다. 섹스 숍과 야한 업소가 동네 슈
퍼보다 많고 길에는 업소 주인들이 호객행위를 한다. 오후 8시지만 여
름이라서 날이 밝았으니 안전하리라 믿었고 이왕이면 야한 쇼도 보고
싶었다. 관광객들을 위한 어줍지 않는 쇼 말고 진짜 파리 환락가 쇼를!

"쇼 하나에 10유로(15,000원)요!"

"쇼를 한다고요?"

"마담. 관심 있으세요? 한 번 들어가 볼래요?"

"뭐, 그렇다면….'

나는 호객행위 하는 사람의 팔에 이끌려 들어갔다. 술집의 외부는
화려했지만 내부는 싸구려 술집 그 자체였다. 큰 간판과는 다르게 작
고 허름했으며 비싸 보이는 술집으로 보이려고 어설프게 꾸민 것이 매
우 티 나서 보기가 안쓰러울 정도였다. 그리고 중요한 것은 손님이 나
혼자였다. 그래 오후 8시에 이런 곳에 오는 사람은 없겠지, 두려움은
거기서부터 시작되었다.

물랭루주와 어둠의 뒷골목

두 명의 중년 남성(바텐더 혹은 포주라고 짐작)과 두 명의 술집 여자. 그녀들의 상태는 소금에 절인 채 절어있었다. 더 자세히 말하자면 밑바닥 끝까지 떨어졌지만 그 바닥에서 계속 오물을 몸에 버무린 채 살아가는 사람으로 말하는 것이 정확하겠다. 그 어두컴컴한 가게 안에도 그들의 다크서클과 깊은 주름이 한눈에 보였다. 그녀 중 한 명은 도시락을 먹고 있었고 한 명은 내게 다가오더니 옆에 앉았다.

"너 레즈니?"

매우 강렬한 첫마디였다.

"…!? 그냥…."

"너 여기 왜 온 거야? 레즈라서 온 거 아니야? 여기에 동양 여자애가 온 것은 처음이야. 나 신기해? 너 내 몸 만져도 좋아. 어서 만져."

난 어찌할 바를 몰라서 팔을 어색하게 쓰다듬어 주었고 그녀는 귀엽다며 깔깔깔 거렸다. 그녀와 너무 가까이 붙어 있어서 그 광대 안에 있는 보형물이 웃을 때마다 씰룩씰룩 움직이는 게 보일 정도였다. 딱 봐도 페트병을 쑤셔 넣은 것 같은 얼굴과 수박 같은 가슴, 눈은 빨래집게로 억지로 크게 올려놓았고 코에는 분필 3개 이상은 들어간 것 같았으며 입술은 거대한 튜브가 부풀어 있는 것 같았다. 이것은 마치 의사에게 사람 얼굴을 엉망으로 만들어달라고 일부로 요청했거나 혹은 플라스틱으로 사람 얼굴을 조각한 것 같았다. 내가 그녀의 얼굴을 넋을 잃고 보자 그녀는 말을 건넸다.

"나 술 마시고 싶어. 나 술 사줘!"

그녀는 마치 내가 돈 많은 중년 아저씨마냥 양주를 사주길 원했나 보다.

"지금은 마시고 싶지 않아. 나 여기 쇼를 보러 왔어. 쇼는 언제 시작해?"

그들은 이건 뭐야! 라는 표정을 지으며 낄낄거렸다.

"쇼는 15분에 시작할 거야, 쇼 값은 15,000원이야 미리 선불로 줘. 그리고 맥주는 쇼 값에 포함되어 있어."

내가 돈을 주자 그녀는 맥주 한 잔을 주었다.

이 맥주에 약을 탔을 수도 있어, 이것을 마시고 잠들면 날 납치해서 어디로 팔아버리거나 혹은 이상한 수술대 위에 올려서 성형을 시키는 거지, 저 여자들처럼… 그리고 이상한 일본풍 기모노를 입힌 채 노예처럼 일해야 할 거야. 여권도 돈도 다 뺏기고 이곳에서 평생을!

순간 온몸에 소름이 돋았다. 그리고 문을 바라보았다. 지금 이 안에 있는 사람들은 나를 제외한 총 네 명이다. 저 네 명이 나를 제압하는 것은 일도 아닐 것이다. 저 포위망을 빠져나간다 해도 밖에서 이미 자물

쇠로 잠가버렸으면 그야말로 끝장이다. 내가 이런저런 생각을 하는 동안 그들은 불어로 신나게 떠들고 있었다.

"너 핸드폰 없지?"

"뭐?"

"핸드폰 없는 거 같은데?"

"무슨 소리야 있고말고! 나 요 앞 스타벅스에 내 친구 있는데 지금 전화해서 여기로 오라고 할게."

"그래? 너 지금 내 앞에서 통화해봐."

당장 도망쳐야 한다. 내 망상이든 아니든 내 몸이 여기는 위험하다며 비명을 지르고 있다. 방금 전에 낸 15,000원 따위는 안중에도 없었다. 그들은 정말로 날 이 가게에 처넣을 생각 하는 것일까? 말도 안 통하는 어린 동양 여자애가 나 잡아 잡소! 하고 호랑이 굴에 들어오다니 내가 미쳤지 내가 미쳤어! 싸구려 환락가 쇼를 보겠다며 이런 위험한 곳에 내 발로 들어오다니! 이것들 내가 도망치려고 하면 내 입에 약을 탄 맥주를 들이붓는 거 아니야? 소름 끼치다 못해 정신이 나갈 지경이었다.

"너… 사실은 친구 같은 거 처음부터 없는 거지?"

그 말을 듣자마자 나는 핸드폰을 꺼내고 번호를 누르고 통화 버튼을 누르는 척 귀에다 갖다 댔다.

"어! 그래 순이야! 나 여기 물랭루주 근처 거리에 있는 술집이야! 간판은 **로 되어있고. 너 지금 어디니? 스타벅스에 있지?"

나는 한국말로 그들에게 위화감을 느낄 수 있게 화난 사람처럼 소리를 지르며 통화했다. 그리고 더 세게 보이려고 사투리까지 썼다. 한국 사람이 보면 날 미친 사람이라고 생각할 만큼 더 흥분되게 연기력까지 가미해서 호통치듯이 통화하고 종료버튼을 눌렀다.

"내 친구가 그러는데 자기를 여기로 데리고 오래."

"뭐! 왜?"

"길을 잘못 찾겠나 봐. 그래서 내가 같이 가줘야겠어."

그들은 날 묘한 표정으로 바라보더니

"좋아, 그러면 맥주는 여기에 두고 나가, 들어와서 다시 마셔."

"그래, 곧 돌아올게. 기다려."

바보들아! 내가 미쳤다고 다시 오겠어? 겉으로는 태연한 척 나갔지만 속으로는 한시라도 더 빨리 빠져나가고 싶어서 영혼이 몸보다 먼저 탈출할 기세였다.

그렇게 그 무서운 곳에서 빠져나갔고 근처 커피점에서 마음을 추슬러 앉아있었지만 이미 나의 몸과 마음은 제정신이 아니었다. 3시간은 금방 지나갔고 나가라는 종업원의 말도 들리지 않을 정도로 머리가 어지러웠다.

다시는 이런 미친 짓을 하지 말아야지. 위험한 모험을 하면 그 뒤에 책임져야 할 무게도 감당해야 하는구나.

그리고 드디어 11시에 시작되는 물랭루주 쇼! 그래! 이걸로 놀란 마음을 진정시키고 오늘을 장식해야지. 나는 무용수들의 호흡을 느끼고 싶어서 맨 앞자리에 앉고 싶었으나 가운데 앞자리는 이미 점령되었기 때문에 앞자리의 맨 구석에 앉았다.

그래도 앞자리가 어디야!

웨이터는 샴페인을 가져왔고 (투어에 신청된 무료 음료) 쇼에 대한 기대감이 부풀어 올랐다.

하지만 제일 맨 앞자리는 무대 전체를 볼 수 없었다. 그저 앞에서 춤추는 무용수의 엉덩이만 보일 뿐, 자칫하면 내 얼굴로 부딪힐 뻔할 만큼 가깝게 다가왔다. 나는 몸을 어떻게해서든 빼며 무대를 감상하고 싶었으나 여전히 그녀의 엉덩이만 보였다.

새벽 1시가 돼서야 쇼는 끝이 났다. 무용수들은 바이바이를 외치며 또 만나자는 말과 함께 웃으면서 손님들을 떠나보냈고 손님들은 너무 재밌었다는 듯이 같이 온 일행과 하하 호호 이야기를 하며 나갔지만 나는 전혀 그렇지 못했다. 우선 쇼가 끝나고 시티라마의 이동 버스가 어디에 있는지 모를뿐더러 호스텔의 새벽 1시까지가 통금시간이었기 때문에 그들이 문을 안 열어 줄 수도 있기 때문이다.

우선은 내 이동 버스부터 찾는 것이 급선무다. 지금은 모두가 북적대지만 10분만 지나면 사람들이 없어져서 텅 빈 거리에 혼자 남게 되면 위험해 질 것이 뻔할 터. 다행히도 문 앞에 서 있는 물랭루주 관계자들에게 물어물어 드디어 시티라마의 차량이 어디 있는지 알아냈다. 나에게는 정말 기적 같은 일이었다.

드디어 시티라마 여행사를 만나다니!

나는 다행히 차량 명단에 있었고 탑승할 수 있었다.

탑승과 동시에 온몸에 긴장이 완전히 풀어져 버렸다. 술기운에 기대어 미국인 노부부와 수다를 떨 수 있을 정도로 날 완전히 놓아버린 것이다. 그들은 파리가 얼마나 아름다운지 입이 닳도록 칭찬을 했고 나는 오늘의 고생담을 그들에게 한탄하듯이 풀어냈다.

내가 가장 마지막으로 내리는 사람이었는데 노부부는 내리기 전에 가이드에게 이 작은 아이를 안전하게 숙소까지 데려다줘야 한다며 신신당부를 했다. 버스가 숙소 근처에 차를 세웠다. 시간은 새벽 2시, 숙소가 골목에 위치해 있어서 대형 버스가 들어가기 어려워지자 골목 앞에서 내려야 한다고 했다. 나는 가이드에게 호스텔 앞까지 바래다 달라고 했지만 그는 버스에서 내릴 수 없다며, 농! 이라며 거절했다.

그래 봤자 30초 걷는 거리인데 왜 바래다주지 않는지 알 수 없었지만 프랑스 사람 특유의 싸가지라고 치부해버렸다.

그래, 여기서 달려가면 10초 안에 도착할 수 있어, 그리고 빨리 들어가는 거야.

내리자마자 젖 먹는 힘까지 짜내서 달렸다. 흰자로 은근슬쩍 양쪽을 슬쩍 보니 노숙자 몇몇이 구석에서 웅크리며 나를 유심히 보고 있었다. 온몸에 소름이 돋아서 더 빨리 달렸다. 지금은 우사인 볼트가 나타날지라도 나를 이길 수 없었다.

문 앞에 도착하자마자 벨을 눌렀다. 반응이 없다. 한 번 더 눌렀다. 역시 반응이 없다. 3분을 기다렸는데도 답이 없다. 그때부터 패닉이 시작되었다. 나는 미친 사람처럼 벨을 막 누르기 시작했다. 최악의 경우에는 저 구석에 있는 노숙자들이 룸메이트가 될 수 있다. 벨을 세차게 누르자 얼굴이 우락부락하고 통통한 프랑스 남자직원이 문을 열어주었다.

"너 미쳤어? 너 때문에 다른 사람들이 잠에서 깰 수 있잖아! 한 번만 누르면 어련히 나오는데 왜 난리야!"

그는 숙소 손님들을 깨워 컴플레인이 들어오면 어쩔 거라며 분노에 찬 얼굴로 쏘아 붙였지만 난 이제 안전하다는 안도감에 그가 무슨 말을 하든 전혀 들리지 않았다.

"다시는 이러지 마! 알았어?"

그는 5분 더 설교를 하고 안으로 들여보내 주었다.

몽마르트르에서 흑인들에게 삥 뜯기고, 술집에서 위험해 처하고 물
랭루주에서 엉덩이만 실컷 본 뒤 호스텔 직원에게 혼나는 것, 나에게
파리란 그런 곳이었다.

괴상한 나라의 엘리스!

아침에 일어나자마자 호스텔 직원의 도움으로 시티라마 여행사가 어디 있는지 알 수 있었다. 물랭루주는 보았지만 크루즈와 파리투어를 받지 않았기 때문에 투어는 포기한다 치고 유람선이라도 타고 싶었다. 이때까지 여행한 나의 운을 보면 당연히 환불교환은 되지 않을 거라 생각했지만 이번에는 나의 운이 통했는지 유람선 티켓을 받을 수 있었다. 이걸로 저녁에 센 강 유람선을 타면서 서서히 지는 노을을 감상할 것이다.

유람선을 타기 전까지 무엇을 하는 게 좋을까? 여행사 문밖을 나가 보니 에펠탑이 보이길래 얼마 안 걸리겠거니 하고 걸어갔다. 센 강을 따라 걸어갔는데 가도 가도 좀처럼 가까워지지 않았다. 마치 신기루를 좇는 듯했다. 여름 한복판에 파리 시내를 3시간 동안 땀을 뻘뻘 흘리며 갔는데도 아직 반도 도착하지 못했다. 나중에 알고 보니 여행사 장소가 루브르 박물관 근처였는데 배낭여행자 3대 바보 중 하나가 루브르 박물관에서 에펠탑까지 걸어가는 사람이라고 했다.

　본의 아니게 바보가 되고 운동을 심하게 한 관계로 난 탈진 직전까지 이르렀다. 땀에 흠뻑 젖은 얼굴을 돌려 센 강을 보니 순간 내 눈을 의심했다. 더위를 먹어 신기루를 본 것인가? 강에서 사람들이 수영복 차림에 선탠을 하고 있었던 것이다. 그곳은 바다 컨셉으로 잡은 모래사장이었으며 아이들은 모래성을 짓고 어른들은 배가 불뚝 나온 채 시원하게 수영복을 입고 걸어 다녔다. 흥미로웠던 것은 여자인데도 아예 상의 수영복을 탈의한 채 뒤로 누어 선탠을 즐기고 있는 사람이었다. 한마디로 서울 한강에 사람들이 수영복 차림에 놀고 있다고 생각하면 될까? 우리나라에서 진짜로 저러면 어떻게 될까? 오픈하자마자 인터넷에 수영복 차림의 자기의 모습이 떠돌게 될 것이며, ***녀 브라 벗다! 라며 한동안 시끌시끌하게 만들 것이다. 역시 이건 한국 스타일이 아니다.

　그들에게 부러웠던 것은 벗든 말든 사람들 시선은 아랑곳하지 않는 것이고, 다른 사람들도 그러려니 하고 지나가는 것이었다. 뭐, 소수의 디지털카메라를 든 여행객 남자가 눈치 보며 몰래 사진을 찍는 것 외에는 말이지만. 나 역시 너무 지치고 더워서 같이 옷을 벗고 그들과 같이 모래찜질을 하며 휴식을 취하고 싶을 정도였다.

　그러다 길을 가려고 하는 중 근처에 마사지를 하는 사람들이 보였다. 흑인, 백인, 황인종 전부 마사지를 하고 있었으며 나에게는 서양인이 마사지를 하는 것이 재미있게 보였다. 내 편견일지 모르지만 역시 마사지는 동양권이 더 전문적이고 고도의 기술을 가진 것처럼 보이기 때문이다. 내 눈에 포착된 것은 중국인 아줌마, 아저씨였다. 인공해변에서 실컷 논 뒤 그들에게 마사지를 받는 사람들이 몇몇 있었다. 얼마

인지 슬쩍 보니, 요금은 무료! 마음에 드신다면 팁! 이라고 되어있는데 그걸 보는 순간

적당한 팁이 얼마를 이야기하는 거지? 마음에 안 들면 팁을 안 줘도 되나? 라는 생각이 들었다. 차라리 팁을 요구하는 대신 대놓고 얼마를 받는다고 금액을 써 주는 게 훨씬 속 편할 것 같은데 말이지.

계속 돌아다녀서 피곤하기도 하니까 어디 한번 받아볼까 싶어서 마사지의 달인처럼 보이는 빼 싹 마른 몸매에 머리를 정수리에 묶은 아저씨에게 받았다. 하지만 아저씨는 모습과는 달리 매우 초짜셨다. 심지어는 마사지 견습 보다 못하는 것 같았다. 세게 주물러 주는 게 아니라 어린아이가 어설프게 피부를 주물럭거리는 느낌이었다. 내가 하도 답답해서 직접 그 아저씨의 팔을 주물러주며

"이렇게 세게세게, Not, 살살, 오케이?"

하지만 아저씨는 전혀 알아듣지 못했다. 헤헤헤 웃더니 여전히 간지러움에 가깝게 주물러주었고 중국인 아줌마는 나를 아주 잡아먹을 듯이 노려보았다. 그리고 마침내 5분 간지러움 마사지가 끝났고 너무 형편없어 그냥 가려고 하자 갑자기 중국인 아줌마가 벌떡 일어나더니 소리쳤다.

"*@^$@&!##!&$@%#!&!!!!!!!!!!!!!!!!!!!!!!!!!!"

아줌마의 말을 전혀 알아듣지 못했으나 내 머릿속 상상통역으로는 이것이 내 남편에게 여우처럼 웃음을 흘리더니, 이제는 돈도 안 내겠다고? 이런 천하의 X를 봤나! 넌 죽었어! 라고 말하는 것 같았다. 이 이상 가만히 있으면 난 그 아주머니에게 머리채를 잡혀 얻어맞을 것 같아서 주머니에 들어있는 2유로(3,000원)를 주었는데 목소리를 더 높여 삿대

질까지 했다. 아저씨는 부인을 말리며 됐다고 괜찮다고 하며 나에게는 어서 빨리 도망가라는 눈짓을 했다. 나는 곧장 알아듣고 그곳을 빠져나갔다. 아줌마는, 저년이 도망간다! 라고 소리치는 듯이 목청을 높였다. 나는 무서워서 다시는 그곳을 가지 말아야겠다고 결심했다.

그리고 나는 겨우 유람선 타는 곳에 도착했다. 바토 무슈라는 유람선인데 정해진 시간 간격으로 센 강을 한 바퀴 쭉 도는 유람선이었다. 나는 너무 지쳐서 저녁에 타는 것을 포기하고 곧장 유람선에 탑승했다. 운이 좋게도 사람들이 몇 없어서 2층으로 올라갔고 유람선은 온전히 내 것이었다. 시원한 바람을 쐬며 파리의 옛 건물들을 감상했다.

옛날에 무슨 기술이 있어서 어떻게 저리도 섬세하고 아름답게 지었을까? 집이 대부분 옛날 건축형식인데 빌딩이 없는 게 신기하다. 너무 아름다워! 저건 유적지인 줄 알았는데 음식상점이잖아? 대단한데?

드디어 처음으로 관광다운 관광을 한순간이었다.

끝나고 나니 배가 고팠다. 이제는 가이드북에 나와 있는 음식점으로 일일이 찾아가지 않고 대충 사람들이 많아 보이고 붐비는 곳으로 들어갔다. 웬만하면 거의 다 맛있었다. 첫날 가이드북에 나와 있는 유명 음식점에 갔더니 쌀벌레 고기를 대접해서 앞으로는 그냥 사람 많은 곳이 맛집이겠거니 하고 들어갔다. 그렇게 맛있게 점심을 먹고 내일 남프랑스인 니스로 떠나는 기차역으로 가서 한국에서 미리 예약한 파리→니스 구간 티켓을 받은 뒤 숙소로 돌아가려고 했다. 하지만 운명의 짓궂은 장난은 날 끝까지 내버려 두지 않았다. 나는 지하철을 타고 파리의 서울역 뻘인 레옹 역으로 갔다.

"안녕하세요. 제 이름은 박설이라고 합니다. 저는 프랑스 패스 소지자고요, 내일 7월 25일 파리에서 니스로 가는 구간을 예약했어요. 확인해주세요."

"네 알겠습니다. 확인해 드리겠습니다. 음… 저 손님. 예약이 되어있지 않는데요?"

"네? 그게 무슨 말씀이에요?"

"여기 손님의 성함이 나와 있지 않습니다. 혹시 예약번호는 알 수 있을까요?"

"716w2au514이에요."

"음… 이상하네요. 역시 없는 사람이라고 나와 있어요."

또 패닉이 되었다. 프랑스 패스만 15만 원에 TGV 기차 예약비만 3만5천 원 주고 했는데 예약이 되어있지 않는단다.

"그… 그럴 리가 없어요!"

"혹시 영수증이라던가 저희가 확인할 수 있는 방법은 없을까요?"

"여기 혹시 PC방 있나요? 제가 계정 들어가서 이곳에서 예약 완료한 종이를 뽑아 올게요."

"네. 레옹 역 바로 나가서서 쭉 가시면 PC방이 보일 거예요."

"네. 감사합니다."

나는 미친 사람처럼 달려나가 레옹 역 밖, 동서남북 어느 쪽으로 쭉 가야 하는지 사람들에게 물어본 뒤 PC방을 발견했다. PC방은 작고 매우 허름했으며 컴퓨터 사용과 프린터까지 하는데 총 2,500원이었다. 나는 예약 확인종이를 프린트하고 직원에게 보여주었다.

"정말 이상하네요. 예약 확인종이도 있는데 예약 번호도 이게 맞고 근데 뭐가 잘못된 거지?"

그래 여기서 일어나는 모든 일은 이유 따위 없다. 갑자기 지하철이 고장 나지 않나, 예약을 해왔는데도 안 되었다 하지를 않나, 심지어 증거를 보여줘도, 나는 모르오 자세. 정말이지 미치고 팔짝 뛸 노릇이다.

그 직원은 동료와 이야기한 뒤 나에게 이번 일은 자기들도 처음 있는 일이라 당혹스럽지만 예약비 4,200원을 주면 티켓을 준다고 하였다. 나에게는 기가 막히고 코가 막힐 일이었지만 더 이상 힘 빼고 싶지 않아서 그냥 예약비를 주고 나왔다. 더 어처구니가 없는 것은 우리나라에서 보통 미리 예약을 하면 더 싼 가격에 예약할 수 있는 시스템인데 이곳은 미리 예약하면 다른 사람이 좌석을 못 타는 손해를 보니 더 비싸게 내라는 거다. 웃기는 일이다. 인터넷으로 하는 유레일패스 소지자 좌석 예약비는 12,000~50,000원. 하지만 직접 창구로 가서 유레일패스 좌석예약을 하면 대부분이 4,200원에 할 수 있다는 것이다. 나는 미리미리 준비한 것이 도리어 손해를 봤다는 것에 화가 났다.

레옹 역 밖으로 나가니 벌써 저녁이었다. 밖은 아까보다 밝지 않았다. 이미 남프랑스로 가는 설렘 따위는 남아있지 않았다. 우중충한 하늘과 곧 비가 쏟아질 것 같은 먹구름은 나의 기분을 대변해 주는 것 같다. 지하철은 타지 않았다. 레옹 역에서 호스텔까지 터벅터벅 걸어갔다. 찔끔찔끔 몸에 닿는 빗방울은 신경 쓰지 않았다. 주위를 둘러보니 야외에서 저녁을 먹는 사람들, 카페 문밖에서 담배 피는 여자들, 얼굴을 가릴 만큼 커다란 지도를 보며 두리번거리는 배낭 여행객들 그들은 모두 행복해 보였다 나만 빼고! 그들의 얼굴을 멍하니 서서 빤히 보고 있자 갑자기 굵은 빗방울이 우르르 쏟아지며 얼굴을 가렸다.

나는 괴상한 곳에 왔다.

서양인 공포증

드디어 TGV를 탔다. 과연 프랑스에서 가장 빠른 고속열차답게 깔끔하며 세련되었지만 너무 빨리 달린 나머지 매우 어지러웠다. 빨리 감기로 보는 것 같아서 이 이상 보면 토할 것 같아 커튼을 치고 눈을 감았다. 창가에 기대 프랑스의 풍경을 볼 것이라는 나의 환상은 무참히 깨졌다. 이젠 어떤 환상이 깨져도 전혀 당혹스럽지 않을 것 같다.

서서히 잠이 들었다. 새근새근 낮잠을 자고 있는데 갑자기 깔깔깔거리는 소리에 잠이 깼다. 뒤를 돌아보니 금발에 키 큰 여자와 갈색 머리 여자, 늘씬하고 쭉쭉 빵빵 흑인 여자가 뒷좌석에 자리를 잡고 시끄럽게 수다를 떨고 있었다. 도중에 잠이 깨서 짜증 났지만 따질만한 배짱도 언어 실력도 없기 때문에 내가 할 수 있는 거라고는 앞을 쳐다보며 눈을 질끈 감고 입술을 꾹 오므리는 것뿐이었다.

그렇게 30분이 지나고 갑자기 화장실에 가고 싶어졌다. 자리에서 일어나 그들 옆으로 지나가자 나를 보더니 재미난 것이라도 발견한 것마냥 자기들끼리 키득키득 수군대었다. 화장실에 다녀오고 자리에 앉자 내게 눈을 흘기더니 또 수군거렸다.

나에 대해 무슨 말을 하는 것일까?

나는 학교 일진 책상 앞에 앉은 불쌍한 범생이 마냥 바들바들 떨었다. 그러자 그들 중 한 명이 나를 불렀다.

"거기 너! 너!!"

"나?"

"그래, 너 말이야! 이리 좀 와볼래?"

다리를 꼬며 껌을 짝짝 씹고 나를 위아래로 훑고 있는 그들에게 다가갈 때는 마치 호랑이 아가리에 스스로 들어가는 불쌍한 어린 양이 된 기분이었다.

"있잖아. 미안한데 불쾌해 하지 말고 들어봐."

"무… 무슨 말인데?"

"너한테 냄새가 나!"

순간 내가 잘못 들었는지 귀를 의심했다.

저 사람들이 지금 무슨 말을 하는 거지? 이게 말로만 듣던 인종 차별인가?

그러고 보니 여행을 떠나기 전에 유럽은 인종차별이 심하다고 들었고 내가 차별을 받으면 그 자리에서 빡큐를 날리고 소리 지르려고 했지만, 막상 인종차별을 당하니 뇌 자체가 정지되어 그 자리에서 멍해졌다. 심지어는 내가 인종차별을 당한 것이 아니라 그들이 진심으로 충고해 준 것이라고 합리화까지 하기 시작했다.

그래 저들이 나를 놀리는 것이라고 생각하기에는 표정들이 매우 진지하잖아. 정말 내가 냄새가 나서 그들에게 피해를 주고 있어.

나는 그들의 포스에 눌려 그들의 잘못이 아닌 내 잘못이라고 스스로 합리화까지 하기 시작했다.

"하지만 걱정 마. 우리가 무엇을 가지고 있는지 아니? 짠! 이것 봐."

그들은 상표명이 '도브'인 것 빼고는 난생처음 보는 물건을 내게 보여주었다.

"그게… 뭐에 쓰이는 거야?"

"너 이거 모르니? 이거 굉장히 비싼 거거든, 그러니 안심해도 좋아. 뭐, 너희 나라에서는 쉽게 구할 수 없는 것인데 내가 특별히 뿌려줄게. 팔 좀 들어볼래?"

나는 팔을 들었다. 그러자

치이익~~

"뭐… 뭐야?"

"특히 그곳에서 냄새가 심하게 나거든, 도저히 참을 수가 있어야지. 깔깔깔! 왼쪽 팔도 들어봐. 하하하!"

그들은 친절하게도 스프레이 같은 것을 내 양쪽 겨드랑이에 뿌려주었다.

"이제 가도 좋아. 훨씬 나아졌어. 너무 불쾌하게 생각하지 마. 넌 예쁜 아이니까. 하하하."

나는 프랑스 일진들에게 몸과 영혼까지 탈탈 털린 채로 좌석으로 돌아갔다. 그 뒤에도 그들의 비웃음과 수군대는 소리가 들렸고 난 그제야 모욕감을 느꼈다. 프랑스에 온 첫날 공항철도에서 집이라도 구하시나 보지? 빌어먹을 동양인들이라는 말을 들었을 때 언니에게 왜 따지지 않았냐며 다그친 주제에 정작 본인은 그보다 더 심한 말을 들었는데도 아무 말도 못 하고 벌벌 떨기나 하다니…

그렇게 마음에 상처를 안고 니스에 도착했다. 주위는 온통 현지 사람들 혹은 서양인들뿐이었다. 파리에서 몇몇 보이는 동양인들조차 아예 보이지 않아서 이제 나는 혼자 외계 섬에 도착한 사람이 된 것 같았다. 역을 나가고 숙소를 찾는 도중 이 혼잡한 역에 한국어가 귀에 쏙 들렸다.

"야야! 캐리어를 거기다 놓으면 어떡해!"

"오늘 날 새겠다. 진짜! 하하하."

반가운 마음에 나도 모르게 울컥한 나머지 진심으로 그들을 따라갈 뻔했다. 유럽에서까지 한국 사람들을 만나기 싫어서 일부로 한인민박 대신 호스텔을 예약한 나인데 언제부터 이렇게 변해버렸을까.

우선은 오늘 내가 묵을 호스텔이 어디에 있는지 찾아야 했다. 나는 미리 한국에서 준비한 호스텔로 찾아가는 위치를 프린트한 종이를 꺼냈다.

―니스의 기차역에서 10분 거리이며 마세나 광장 근처 라파예트 백화점 위치에 있습니다.

역시 기차역에서 동서남북 어느 쪽에서 10분 거리인지, 라파예트 백화점은 또 어디에 있는지 전혀 나와 있지 않았다. 나는 사람들에게 물어보며 가기로 했다. 그리고 내 눈에 포착된 것은 카페 앞에서 커피를 마시고 있는 한 남자였다.

"익스큐제모아?(실례합니다)."

"하하! 불어 발음이 좋구나."

"저기… 제 숙소가 라파예트 백화점 근처에 있다고 하는데 그 백화점이 어디에 있는지 아시나요?"

"라파예트 백화점? 거기는 왜 가게? 쇼핑하게?"

"아니요. 제 숙소가 그 근처라고 했는데… 그래서 그 백화점부터 찾아야 해요. 여기서 어떻게 가야 하는지 혹시 아시나요?"

"라파예트 백화점에서 무슨 백 사고 싶은데? 우선 내 옆에 와서 앉아 봐 같이 차라도 마시자."

그 말이 끝나자마자 그놈이 마시고 있는 커피를 뺏어 얼굴에 시원하게 뿌려주고 싶었지만 이미 나의 자존심과 당당함은 이미 죽은 지 오래되었기 때문에 그러지도 못하고 발을 돌렸다. 나는 그 뒤로 지나가는 사람들을 붙잡아 라파예트 백화점이 어디 있는지 물어보고 겨우 숙소 근처로 도착할 수 있었다.

숙소는 번화가 광장 안에 있고 바다로 도보 5분 거리이며 사람들에게 호평을 받은 A+ 호스텔이라고 생각했으나 막상 가보니 불을 켜도 매우 어두운 방인 데다가 주위도 그닥 깨끗하지 않아서 매우 불편했다. 심지어 화장실은 홍수를 만난 듯이 물이 넘쳤고 이상한 냄새도 났다. 당장 방을 바꾸고 싶어서 데스크에 있는 안내 직원에게 갔으나 영어를 너무 빨리 말한 나머지 하나도 알아듣지 못했고 나는 어색한 미소를 짓고 알았다는 양 고개를 끄덕이는 것이 다였다. 방으로 돌아가려는데 복도에서 캔맥주를 들고 있는 외국인들이 나를 보고 인사를 하였고 어디에서 왔냐며 물어보았다. 하지만 나는 고개를 푹 숙이고 어깨를 움츠린 채, 오… 오케이…하고 가 버렸다. 그 뒤로 마주치는 사람들에게도 시선을 돌리고 고개를 숙이면서 자신을 감추었다.

나는 외국인 공포증에 걸려버렸다. 정확히 말하자면 서양인 공포증이라고 말하는 게 정확하다. 최근에 일어난 겨드랑이 사건과 커피남 사건이 이 공포증을 더욱 증폭시키게 만들었지만, 그전에도 내가 영어를 하면 알아듣지 못하겠다는 제스처를 취하면서 특유의, What? 을 하는 것과 반대로 내가 못 알아들으면 짜증 섞인 표정으로 매우 답답하다는 듯이 쳐다보는 것, 특히 몰래 안보는 척 힐끔힐끔 쳐다보는 시선들이 쌓이고 쌓여 결국 폭발하기까지 이르렀다.

5분 거리에 바로 멋진 바다가 있는데도 불구하고 나는 호스텔 침대에서 웅크린 채 사람들로부터 숨어버리고 싶었다. 나는 이야기할 상대가 절실하게 필요했다. 핸드폰을 키고 와이파이를 연결했다. 유럽 대형카페 유랑에 들어가서 동행을 구하는 글에 들어갔고 글을 썼다.

—안녕하세요. 내일 프랑스 니스에서 같이 다니실 분 없나요? 제 카톡 아이디 ****입니다. 시간 있으면 같이 다녀요!

그러자 10분 뒤에 기다렸다는 듯이 연락이 왔다.

—안녕하세요. 저도 니스에 있는데 어느 호스텔이세요? 저도 심심하던 차인데 내일 아침 기차역에서 뵐 수 있을까요?

나는 뛸 듯이 기뻤다. 바로 답장을 주었다.

—물론이지요. 그럼 내일 아침 10시에 니스 기차역에서 봬요. 저는 내일 모나코로 갈 생각이에요. 여기서 버스로 30분 걸린다는데 특별한 일정 계획이 없으시면 같이 갈까요?

—네네 모나코 좋아요! 그럼 내일 아침 10시에 봬요.

나는 너무 기뻤다. 그 순간만큼은 정말이지 날아가실 것 같았다. 갑자기 서양인 천 명이 내게 우르르 덤벼 와도 그들을 물리칠 수 있을 것만 같았다.

오늘 컨디션이 좋은데! 다른 동행도 구해볼까?

나는 이 기세를 몰아 내일 모래 아비뇽에서 같이 숙소를 쓸 사람을 열심히 찾았다. 글이 몇 개 없었지만 가장 최근에 쓰인 글을 클릭했고 글에 나와 있는 연락처로 카톡을 보냈다.

―안녕하세요. 글 보고 연락드립니다. 저는 지금 프랑스 니스에 있고 내일모레 아비뇽으로 떠나는데 마침 저랑 같은 날에 머무시더라고요. 저도 합류해도 될까요?

꽤 오래 기다렸지만 답변이 없다.

이미 구했겠지. 더 일찍 연락했으면 좋았을 것을….

그래도 내일 동행을 구했으니까 기분은 좋았다. 나는 머리도 식힐 겸 바람을 쐬기 위해 호스텔 밖으로 나갔다.

남프랑스의 바닷가에서 맨발로 걸어 다니며 보드라운 모래와 파도를 적시며 산책하리라 생각했지만 그것은 환상일 뿐이었다. 우선 고운 모래처럼 보드라운 모래 따위는 없었고 온통 검은 자갈밭 투성이었으며 지압하기에 매우 안성맞춤이었다. 말이 남프랑스 바다지 솔직히 말해서 해운대가 훨씬 나았다. 그리고 군데군데 보이는 몇몇 쓰레기들, 물속이 다 비치는 바다를 생각하고 온 나에게는 완전한 오판이었다. 그래도 여기서 포기할 수 없어서 돗자리를 깔고 일기를 쓰기 시작했다.

―니스의 바다. 온통 자갈투성이라서 앉고 있는데도 엉덩이가 아프다.

서서히 어두워지고 그림자가 글씨를 가리자 나는 고개를 들어 바다를 보았다. 멋진 노을이 바다 끝에서 서서히 지고 있었고 너무 아름다웠다. 산책하는 연인들 휴식을 취하고 있는 가족들 모두 행동을 멈추고 노을의 아름다움에 매료되었다. 겨드랑이 일진, 변태, 자갈밭투성이 검은 바다에 실망했던 마음은 노을에 의해 사라져 갔다.

주홍색 태양이 바닷속으로 완전히 가라앉자 나는 숙소로 돌아갔다. 침대에 누운 채 바로 와이파이를 켰다. 그리자 바로, 카톡! 소리가 울렸다. 누가 보낸 것일까?

―안녕하세요. 아비뇽 숙소 글을 올린 다휜입니다. 제가 소매치기를 당하는 바람에 폰을 새로 사고 지금 연락드려요. 네 숙소 같이 사용할 수 있고요. 아비뇽 역에서 가까워요. 오시는 길은 사진으로 보내 드리겠습니다 ****호텔이고 데스크에 다휜이라는 이름으로 예약했다고 하면 방을 안내해 드릴 거예요. 먼저 도착하시면 짐 푸시고 관광하고 계세요.

"와아아아!!!"

보자마자 환호성을 질렀다. 그동안 검은 안갯속에 갇혀 답답했는데 이제 나에게도 보이지 않던 운이 서서히 싹을 트기 시작했다.

모나코의 인형들

니스 동행과의 약속 시간은 아침 10시 기차역, 하지만 서로 얼굴도 이름도 모른다. 아는 것은 아이디가 You21이라는 것뿐, 약속하기 전에 미리 인상착의라도 말하고 올 걸 후회가 되었다. 하지만 동양 사람들이 그리 많지는 않으니 찾기에 어려움은 없을 것 같다. 그러나 막상 역에 도착하니 생각했던 것과 달리 동양 사람들이 엄청 많았다. 정확히 말하자면 동서양 할 것 없이 다들 시장통 마냥 매우 북적북적 거렸는데 지금이 딱 여름 휴가 기간이라서 정신없이 많은 것 같았다. 티켓을 사려는 사람, 화내는 사람, 어리둥절한 사람, 우는 사람 등 역 직원들은 곧 정신이 나갈 표정이었다. 나는 이 아수라장 속에서 역 주변을 돌아다니는 동양 여자들을 유심히 살펴보기 시작했다.

저 사람일까? 아니야 저 사람인가?

5분이 지나자 누군가 내 어깨를 툭툭 건드렸다.

"저… 혹시 유랑에서… 니스 동행?"

"네 맞아요! 제가 글 올린 사람입니다. 혹시 어떻게 저를 알아보셨는지?"

"아! 카톡 사진 보고 금방 알았죠."

"그렇군요! 저는 어떻게 서로 알아볼지 고민하던 차였는데, 하하!"

"그럼 가볼까요?"

역을 떠나려 하자 갑자기 한 남자가 우리를 덥석 붙잡았다.

"저기, 한국 사람이시죠?"

"네?!"

남자는 구원자라도 본마냥 손을 덥석 잡더니 감격에 찬 듯 우리를 보았다.

"아! 다행이다. 여기서 한국 사람을 만나다니! 저 혹시 불어 좀 하시나요?"

"저희도 불어는 아예 못 하는데…."

"제가 모로코에서 프로방스로 가는 버스를 탔는데 갑자기 이 근처에서 세우더니 버스 기사가 뭐라고 말하고는 사람들이 전부 내리는 거예요. 버스가 고장 나서 내리라는 것 같던데 다른 버스로 타라는 것인지 기차를 타라는 건지 도무지 알 수가 없네요. 갑자기 엉뚱한 곳에서 내리라는 것도 황당한데 여기서 나보고 뭐 어쩌라는 건지…. 이 상황을 알면 무료로 태워주는 것인지 물어보려고 하는데 도무지 말이 통해야지 말이죠."

"여기서 프로방스로 가는 기차는 있을 텐데 공짜로 탈 수 있으려나? 이 사람들 그래도 영어는 통하니까 직원에게 물어보세요."

남자는 바쁘게 지나가는 직원을 붙잡아 영어로 이야기를 하려고 하자 직원은 매우 짜증 난다는 듯이 손사래를 치며 휙 가버렸다.

"하… 진짜, 미치겠네요."

"우선 가족들에게라도 지금 어디에 있는지 연락이라도 해 보시는 게…."

"핸드폰도 모로코 사막투어 하다가 소매치기당했어요."

"아…."

"정말이지… 버스를 모르는 곳 한복판에다 세우고 알아서 길을 찾아가라고 하지를 않나, 직원들은 손님이 물어보면 대꾸도 하지 않고… 한국에서는 상상도 할 수 없는 일이야."

남자는 다른 직원을 보고 쫓아갔다.

"저분 괜찮을까요?"

"뭐 유럽에서는 별별 일이 다 있으니까요. 저도 이야기하면 한도 끝도 없지만요. 근데 버스를 중간에 세우고 알아서 가라는 것은 좀 심했네요."

"그럼 우리는 우리 갈 길 가지요. 오늘 모로코로 가신다고 하셨죠?"

"모나코에요! 모로코가 아니라 하하하 잘못 하다간 아프리카로 가겠어요."

"아! 맞다. 이름이 비슷해서 저도 모르게…."

"그럼 갈까요? 여기서 버스정류장까지 걸어서 10분이면 가는데 모나코로 가는 버스가 있어요."

우리는 이런저런 이야기를 하며 모나코로 가는 버스를 탔다. 프랑스인보다 외국인이 더 많은 덕분에 모나코의 유명 관광지가 어디 있는지 애써 찾으려고 하지 않아도 그냥 사람들이 우르르 몰려드는 곳을 쫓아가면 쉽게 찾을 수 있었다. 모나코는 나라라고 하기에는 마을에 가까울 정도로 매우 작았다. 실제로 국왕이 존재하는 이 나라에서 동화책 속의 환상을 실제로 볼 수 있는 좋은 기회기 때문에 마음이 설 다. 우리는 모나코에 내리자마자 왕족들이 사는 성을 보기로 했다. 언덕을 조금 올라가자 성이 나왔고 이 이상 앞에 나갈 수 없게 빨간 줄을 궁전 앞에 세워 놓았다. 재밌는 구경거리는 두 명의 경비 대원이 병정 인형처럼 성 앞을 또각또각 걸어 다니며 가지고 있는 총으로 간단한 묘기를 보여주고 다시 또각또각 제자리로 돌아가는 것이었다. 그들이 서로 번갈아가면서 묘기를 부릴 때마다 사람들은 감탄하거나 박수를 쳐주었다. 하지만 나는 그 모습이 왜 그렇게 안타까웠을까. 이 더운 날씨에 두꺼운 옛날 제복을 입고 병정 인형을 따라 하는 모습이 마치 서커스 같았으며 저 궁전에 사는 왕족들은 마리오네트 인형들 같았다. 마치 그들은 이 이상 들어가면, 값비싼 인형들이 훼손될 위험이 있으니 조심하시길 바랍니다! 라고 말하는 것 같았다.

모나코는 할리우드 여배우 그레이스 켈리가 왕자님과 만나서 결혼하여 공주님이 되었다는 동화 속 같은 나라였다. 하지만 직접 눈으로 확인해 보니 훗날 그 할리우드 배우가 왜 견디질 못해서 공주 자리를 박차고 뛰쳐나갔는지 이해가 될 정도였다. 이런 작은 나라에서 성 밖 외에는 자유롭게 나갈 수 없고, 나간다 해도 이미 국민들이 잡고 있는 긴 줄에 맞춰 춤을 추어야 하니, 도망가지 않고서는 견딜 수가 없었을 것이다. 화려한 조명을 받으며 사람들의 이목을 사로잡았던 그레이스 켈리가 이제는 그들이 시키는 대로 움직여야 하는 인형이 되었을 때의 그 답답함이란 얼마나 컸을까?

또한, 내가 동경하던 그 아름다운 동화 속 아름다운 나라가 실제로는 도박판 카지노와 비참하게 죽은 할리우드 여배우를 팔아 장사하며 먹고 살아가고 있는 것을 보고 씁쓸했다. 나는 그레이스 켈리가 어떤 새장에 갇혀 살았는지 궁금했다. 그 속을 자세히 보고 싶어서 동행한 언니와 같이 티켓을 끊어 성안을 구경했다. 천장은 그리스 로마신화 이야기를 그려 넣었고 밖은 금으로 장식했으며 일본에서 가지고 온 항아리도 있었다. 그곳은 마치 작은 베르사유 궁전 같았다.

"이곳에서 산다면 어떤 느낌일까요? 매일매일 행복할 것 같아. 저도 일 다 때려치우고 그레이스 켈리처럼 금 찻잔을 들고 우아하게 왕자와 지내고 싶어요."

언니는 손에 와인 잔을 쥔 듯한 손동작을 우아하게 보여주었다.

"글쎄요. 뭐, 휴가 별장으로서는 좋겠지만 평생을 지낸다고 생각하면 좀 갑갑할 것 같아요."

"에이, 그건 설이 씨가 고생을 안 해봐서 그런 거예요. 바깥세상보다는 이곳이 훨씬 낫죠. 가끔 TV 보면 영국 왕족들이 궁중 생활이 어렵데니 해도 그건 자기들이 사회생활을 한 번도 안 해봤으니까 그런 배부른 소리를 하는 거예요. 바깥세상은 자유로워서 부러워요라고? 칫! 지들이 한번 회사생활 해보라고 해요. 분명 울며불며 당장 궁전으로 보내 달라고 바닥에 누워 땡깡이나 피우겠지요. 뭐 어쨌든 기왕 모나코 성까지 왔으면 왕족 한 명이라도 볼 수 있을 줄 알았는데 그건 좀 아쉽네요."

언니는 그렇게 말하고는 다음 방으로 갔다. 언니 말대로 밖에서 일하는 것보다 궁전 안에서 편안히 생활하는 것이 더 행복한 삶일까? 황

금 새장에 갇혀 편한 삶을 사는 앵무새와 하루하루 먹이를 찾으러 자유
롭게 떠돌아다니는 비둘기 중 누가 더 나은 삶일까.

그렇게 여러 가지 생각을 하게 해준 모나코 여행이 끝나고 언니와
같이 밥을 먹은 뒤 작별 인사를 했다.

"또 봐요, 설이 씨! 한국에 도착하면 연락해요."

"네! 또 봬요!"

그렇게 헤어지고 호스텔로 돌아가 짐을 싼 뒤 내일 아비뇽으로 떠날
준비를 마쳤다.

저녁을 먹기 전에 니스에서 아비뇽으로 가는 티켓과 아비뇽에서 첫
워크캠프 장소인 상브리뉴로 가는 티켓을 얻기 위해 니스 역 창구로 갔
다. 도착하니 사람들이 많이 있었다. 프랑스어보다는 대부분이 영어,
독어, 중국어가 들렸으며 그 모든 언어들이 한꺼번에 섞이자 역의 직원
들은 이미 혼이 나간 지 오래였다. 나는 40분 동안 줄을 서서 창구에 있
는 직원을 겨우 만날 수 있었다.

"안녕하세요. 저는 프랑스 패스 소지자입니다. 좌석 예약을 하고 싶
은데요. 니스에서 아비뇽 가는 티켓과 아비뇽에서 상브리뉴로 가는 티
켓 두 개를 받고 싶어요."

"니스에서 아비뇽… 아비뇽에서 상브리뉴라…. 그래요. 어디 보자!
음… 니스에서 아비뇽 가는 티켓은 있지만 아비뇽에서 상브리뉴로 가
는 유레일 전용 좌석은 전부 매진되었어요. 그러니 새로 티켓을 발급
받아 가서야겠네요. 티켓은 95,000원입니다."

"네?! 그게 무슨!!"

"프랑스 패스 소지자랬죠? 유레일패스이건 프랑스 패스이건 패스

전용 좌석이 기차의 20%가 있고 그 좌석에만 앉아야 해요. 지금 보시
다시피 그 20%가 전부 매진이에요. 이럴 경우 새로 티켓을 구입하셔야
합니다. 미안해요."

나는 그 자리에서 얼어붙었다.

한여름 밤의 아비뇽

기찻값 편도가 95,000원이라고?! 나는 그 비싼 기차들을 자유롭게 타기 위해 이 프랑스 패스를 250,000원에 샀단 말이야! 근데 여기서 별도로 95,000원을 또 내라고? 이건 무슨 말도 안 되는 소리야!

"저… 혹시 다른 방법은 없나요? TGV 말고 다른 기차로 가는 방법이…."

"없어요. 티켓을 새로 끊어야 해요."

"그래도… 다른 방법이 있을 수도…."

"오우!!! 맘마미아! 정말이지 돌아버리겠네."

직원은 미치겠다는 말을 하며 인상을 찌푸린 채 퀭한 눈으로 다시 컴퓨터를 열심히 두드렸다.

"좋아요. 지금 자기가 내 딸 같아서 특별히 찾아준 거예요. 아비뇽→파리→린→샹브리뉴. 이렇게 네 번 갈아타는 것이 있어요. 이것을 26,000원에 해드릴게요."

나는 기가 막혔다. 프랑스 패스와 유레일 패스를 총 850,000원에 구입했는데 또 추가로 26,000원을 지불하기 싫었다. 하지만 생돈 95,000원을 내느니 차라리 26,000원을 지불하고 네 번 갈아타는 것이 낫겠다 싶었다.

"여기요."

"고마워요. 티켓 받으시고 즐거운 여행 하세요."

티켓들을 받자마자 나의 혼은 이미 몸을 떠난 지 오래였다.

왜 유레일과 프랑스 패스 따위를 끊었을까⋯. 전용 좌석 예약이 매진되면 그냥 쓸모없는 종이일 뿐이잖아!!

유레일 좌석 예약이니 뭐니 정말이지 이제는 그것들에 대해 아예 질려버렸다. 나는 티켓들을 보물처럼 들고 호스텔로 도착했고 잠을 잤다. 그리고 다음 날 기차에 몸을 실었다.

이번만은 제발 인종차별주의자들에게 걸리지 말자.

나는 예전 프랑스 일진 겨드랑이 패거리들 때문에 기차를 탈 때마다 항상 예의주시 행동했다.

저 끝쪽에 앉은 사람은 얌전해 보이는군.

저 창가 쪽 사람은 약간 성격 있어 보이는데? 설마 날 괴롭히지는 않겠지?

그렇게 아비뇽에 도착하고 지도를 보며 호텔로 도착했다. 그저께 겨우 연락이 닿은 아비뇽 동행이 같이 숙소를 머물자고 한 곳이 호텔이었다. 그래! 이제 호스텔이 아니라 호텔이라고! 며칠 안 빤은 담요도, 더러운 보금자리와도 이제 안녕이다! 야호! 나는 호텔에 도착하자마자 데스크로 가서 방을 요구했다.

"안녕하세요. 호텔 예약하고 왔는데요. 다흰이라는 이름으로 되어 있을 거예요. 확인해주세요."

"네네. 다흰, 코리안이군요. 방 번호는 387이고 문 비밀번호는 111입니다. 지금 한 코리안이 그 방으로 올라갔는데 확인해보세요."

응? 다흰 씨가 벌써 도착했나?

"네, 알겠어요. 감사합니다."

나는 드디어 한국 사람을 또 만날 수 있다는 기대감에 부풀어 올라 재빨리 3층으로 올라갔다. 그리고 방문을 두드리자 한 여자가 문을 열었다.

"누구세요?"

"안녕하세요. 그저께 유랑에서 숙소 같이 사용하자고 문자 보냈던 박설이입니다. 아비뇽 숙소 공유 글 올리신 분인가요?"

"아닌데요?"

"네?!"

"아!! 저도 다흰 씨라는 사람과 같이 숙소 사용하려고 하는 사람인데…."

이건 또 무슨 상황이지? 나는 순간 멍해졌다. 왜 한 사람이 더 있는 거지? 나야 호텔비 절약하고 좋다만 설마 이 방이 2인실이라서 한 명은 못 쓰고 나가야 하는 상황이 온다면 내가 나가야 하는 건가? 아비뇽에 호스텔이 어디 있는지도 모르는 상황인데….

"아! 걱정하지 마세요. 여기 큰 침대 한 개와 작은 침대 한 개 있는데 그걸 같이 쓰면 될 거예요."

"저… 여기 2인실인데 세 명이서 사용하는 것은…."

"뭐, 데스크 쪽에서 아무 말도 안 하던데요? 그쪽은 세 명인 걸 알았을 거예요. 저도 다휜 씨와 같이 두 명이서만 쓸 줄 알았는데, 한 분을 더 초대한 거 보면 세 명이 써도 괜찮다는 뜻이겠지요. 근데 여기 도착할 때까지 다휜 씨와 연락이 안 돼서 걱정했는데 무슨 일이 있나?"

"제가 최근에 다휜 씨와 연락했는데 핸드폰을 소매치기당해서 새로 사셨다고 해요. 그래서 정신없고 본인도 연락할 틈이 없었겠죠."

"그럼 언제 오는지는 아세요?"

"그것은 저도 잘 모르겠어요."

"음… 우선 들어오세요. 씻고 밖에 나가서 바람이라도 쐴래요? 오늘이 아비뇽 축제 마지막 날이래요."

"네? 여기 무슨 축제 있어요?"

"아비뇽 축제라고 프랑스에서 엄청 유명한 연극 축제에요. 여름기간 동안 하는 데 운이 좋게도 오늘이 마지막 날이지 뭐에요? 오늘 밖에 나가서 같이 즐겨요. 이런 날 아니면 또 언제 놀겠어요?"

나는 재빨리 짐을 풀고 옷을 예쁘게 입은 뒤 새로 만난 동행과 호텔 밖으로 나갔다.

아비뇽 메인 광장은 마지막 축제로 온통 시끌시끌했다. 서커스 공연을 하는 사람, 긴 막대기 위에 양반 다리를 하고 앉아있는 퍼포먼스를 하는 사람 등 특이하고 이색적이었다.

"그래도 이런 것을 볼 수 있다는 것 자체가 행운이네요."

"그래요. 그것도 마지막 날에!"

"이곳 축제는 연극이 유명하다고 했으니까 한번 볼까요?"

"좋아요!"

우리는 어떤 연극들이 하는지 보기 위해 팸플릿을 얻었다. 2백 개가 넘는 공연이 있었는데 글자 따위는 읽지 않고 그림 위주로 보았으며 어떤 연극들이 재밌을지 살펴보았다.

"이건 파스타 그림인데 요리 관련된 연극인가?"

"음… 글쎄요… 딱 봐도 재밌어 보이진 않네요. 아! 설이 씨, 이것 좀 봐요. 이런 건 어때요?"

언니는 의자에 앉아 다리를 쫙 벌린 여자 그림을 가리켰다.

"어때요? 재밌을 것 같지 않아요?"

"언니 이런 걸 대놓고….'

"뭐 어때요? 어차피 퍼포먼스 위주 아닌 이상 무슨 연극인지도 모르고 멍 때리다 올 텐데 이런 자극적인 것이 훨씬 더 나아요."

우리는 포스터 중 가장 야한 그림 혹은 SEX라고 적혀진 문구를 일일이 체크하며 명단을 적었다.

"음… 지금 우리가 추려낸 게 총 열세 개인데… 이 중에서 뭐가 가장 야할까?"

"현지 사람들한테 물어보는 게 좋지 않을까요? 포스터에 적힌 공연 내용이 뭔지 알면 고르는데 훨씬 더 수월할 거예요."

우리는 사람들에게 우리가 고른 목록들을 보여주며 어떤 내용이고 무엇이 가장 야하고 자극적이냐고 물어보자 그들은 하나같이 다리가 쫙 벌어진 여자를 가리키며 불어로 열심히 설명해주었다.

"역시… 사람 생각하는 것은 똑같나요?"

"그럼 이걸 보도록 하지요. 30분 뒤에 공연 시작인데 티켓부터 사요."

우리는 창구로 가서 티켓을 달라고 했고 직원은 우리가 몇 살인지 알기 위해 신분증을 요구했다. 심지어는 공연 내용이 굉장히 야할 텐데 괜찮겠냐고, 도중에 불쾌한 내용이 나올 수 있으니 기분 나빠하지 말라고 충고까지 해주었다. 하지만 그럴 때마다 우리는 더욱 흥분했다.

그리고 공연장 앞으로 가서 대기한 뒤 두근거리는 마음을 안고 맨 앞 가운데 좌석에 앉았다. 극장은 대학로 같은 소규모였고 이 작은 무대 맨 앞에 앉아도 예전 물랭루주 때처럼 고개를 쭉 든 채 배우의 엉덩이만 우러러볼 사태는 일어나지 않을 것이다. 10분이 지나자 사람들이 우르르 몰려들었고 곧 만석이 되었다.

공연이 시작되자 두 여자배우가 크게 소리를 지르며 무대 앞으로 나오자 사람들은 환호성을 질렀다. 우리는 두근거리는 마음으로 공연을 지켜보았다.

언제쯤 화끈하고 야한 장면이 나올까?

하지만 기대와는 달리 점점 지루해지기 시작했으며 우리가 상상한 그런 공연은 나오지 않았다. 대부분이 불어로 빠르게 수다를 떨며 격한 몸동작을 취하거나 웃긴 표정을 짓는 것이 다였다. 그럴 때마다 사람들은 얼굴이 벌게진 채 박장대소를 하고 웃었으며 나와 언니는 어디서부터 웃어야 할지 몰라 어색한 표정을 지은 채 서로를 물끄러미 바라보았다.

도대체 언제 벗지? 언제 벗냐고!!

우리는 포스터에 나온 그 야한 그림의 공연이 나오기만을 기다리다 지쳐서 꾸벅꾸벅 졸았고 이따금씩 들리는 사람들의 웃음소리 때문에 잠깐잠깐 깨었다. 공연이 40분 정도 지나자 한 남자가, 짠! 하고 나왔다.

드디어 시작되려나? 저 남자가 뭘 해주려나?

우리는 드디어 올 것이 왔다는 마냥 심장이 두근두근 거렸다. 그러나 그는 여자들과 수다만 떨다가 5분 만에 쑥 들어가 버렸다. 하지만 그 짧은 순간에 사람들은 얼굴이 벌게진 채 박장대소를 하며 웃었으며 어떤 사람들은 Oh my god. He is crazy라며 얼굴을 감싼 채 웃느라 숨도 제대로 쉬지 못했다.

결국, 공연시간 내내 우리가 상상한 19금 야한 장면은 결국 끝까지 나오지 않았다. 사람들은 배우들에게, 브라보! 라며 아낌없이 박수를 쳐 주었으며 우리는 끝났다는 안도감에 환호성을 질렀다.

"졸려 죽는 줄 알았네, 이게 뭐가 재밌다고 웃는 건지… 우리 그 포스터에 완전 낚인 거 아니야?"

"제가 생각하기로는 퍼포먼스 위주가 아니라 대화 내용 자체가 19금인 것 같아요. 근데 우리는 거의 알아들을 수가 없으니…."

"이건 거의 사기야! 사기라고!!"

공연이 끝날 때는 늦은 오후였고 우리는 허탈감을 달래기 위해 광장을 걸어 다니며 구경했다. 여전히 많은 사람들이 밖에서 공연 및 퍼포먼스를 하고 있었다.

"차라리 여기서 이런 걸 보는 게 나을 뻔했네."

"그래도 프랑스에서 극장 공연을 본 것 자체가 추억이죠. 안 봤으면 그것 나름대로 후회했을 거예요."

우리는 작은 회전목마가 보이는 광장 중앙에 위치한 레스토랑에서 피자를 시켜 먹었다. 그리고 아이스크림이 먹고 싶어서 근처 가게에서 젤라토를 사 먹으며 걸어 다녔다.

"지금쯤이면 다흰 씨가 도착해 있을 것 같네요."

"그래요? 지금 시간이… 어머! 벌써 시간이 이렇게 되었네, 호텔로 가볼까요?"

우리는 호텔로 도착했다. 그리고 방문 비밀번호를 누르고 문을 열었다. 그리고 그 안에서 단발머리에 마른 몸을 가진 여자가 고장 난 캐리어를 열고 짐정리를 하고 있었다.

"안녕하세요… 혹시… 다흰 씨?"

"네. 안녕하세요. 혹시… 예전에 저와 연락했던…."

"네. 니스에서 연락한 박설이에요. 이렇게 만나 뵙네요. 지금 여기 옆에 있는 언니와 같이 연극 보다가 오는 길이에요."

"아! 맞다. 내가 설이 씨에게 우리 숙소 같이 쓰는 분이 한 사람 더 있다고 말을 못 했네요, 미안해요. 내가 정신이 하도 없다 보니."

"뭐 어때요, 셋이 쓰면 더 절약되고 좋죠."

그녀의 얼굴은 피로로 가득했다. 저 마른 몸에 망가진 캐리어를 끌고 여기까지 온 여정이 눈에 선했다. 그리자 옆 언니가

"저기, 캐리어가…."

"아! 이거요? 여행하다가 도보에서 바퀴가 하나 빠졌지 뭐에요. 이젠 뭐 어찌어찌해서 잘 다니고 있어요."

바퀴가 하나 빠진 것쯤이야 아무것도 아니라는 듯 태연하게 말했다. 그리고 언니는 눈치를 살피더니

"그럼 우리 기분전환 할 겸 나가서 와인이라도 마실래요? 아비뇽 성 아래에서 마시면 기가 막힐 것 같은데, 다흰 씨, 설이 씨 오늘 와인 한 잔 콜?"

그러고 보니 와인으로 유명한 프랑스에서 단 한 번도 마시지 않았다. 나는 즉시 좋다고 했고 다휜 씨는 정말 술이 필요하다며 재빨리 나갔다. 우리는 슈퍼마켓에서 사 온 와인과 치즈, 종이컵을 들고 아비뇽 성 아래에서 자리를 잡았다. 주변에는 힙합 음악을 크게 틀며 춤을 연습하는 청소년들, 우리처럼 자리에 앉아 와인을 한잔하는 커플들이 많았다. 아비뇽 성은 어두운 주홍색 조명이 비추었고 주변의 레스토랑 빛 덕분에 그 주변을 더욱 매혹하게 만들었다.

"아비뇽 성 아래에서 와인 한잔하다니, 캬~ 이게 바로 신선놀음이네."

언니는 와인을 종이컵에 따라 마시더니 핸드폰으로 인증샷을 찍었다. 30분이 지나자 우리는 취기가 올랐고 다휜 씨는 속마음을 털어놓았다.

"직장도 그만두고 유럽 여행까지 왔는데 너무 속상해요. 이탈리아에서 아이패드하고 카메라 전부 소매치기당하고 이번에는 핸드폰까지…. 캐리어도 망가져서 비포장도로를 다녀야 할 때는 그냥 지옥이었죠. 제 남은 여행 경비 전부를 도둑맞은 물건 사는 데 써 버린 탓에 예상한 경비의 두 배 이상을 썼어요. 이제 앞으로 뭐 어찌하며 다녀야 할지 모르겠네요. 그리고 다른 건 다 좋은데 카메라를 도둑맞은 건 참을 수 없더라고요. 나머지 물건들은 다시 사면 그만이지만 카메라에 담긴 추억들은 다시 살 수 없잖아요. 그리고 오늘 아비뇽 축제 마지막이라서 그동안 쌓였던 스트레스를 여기서 날려버리려고 했는데 그 망할 놈의 기차가 지연되는 바람에 저녁에 도착했고 보고 싶었던 공연도 못 보고… 그래도 남들이 보기에는 팔자 좋게 여행한다고 하고 부러워하는데… 하! 정말… 미칠 것 같아요, 정말….”

우리들은 어찌해야 할지 몰랐고 그저 그녀를 위로해 주기 바빴다. 한편으로는 온갖 일어나는 고생과 괴상한 일들이 나에게만 일어나는 것이 아니란 것에 작은 위안을 받았다.

“기운 내요. 다휜 씨만 그런 것이 아니에요. 저는 그저께 모로코에서 프로방스 가는 버스 탄 남자 분을 보았는데 프로방스에 안 세우고 갑자기 니스에서 세우더니 느닷없이 알아서 가라고 하는 것 있죠? 정말 이곳에서는 고생을 안 할 수가 없나 봐요. 저도 말하자면 호스텔 통금시간 지나서 거리에서 노숙할 뻔하고, 예약한 기차 좌석이 없다고 하고, 별별 일이 다 있었어요.”

“그래요. 다휜 씨가 고생을 많이 했으니까 앞으로 좋은 일만 있을 거예요. 우선 아비뇽에 무사히 도착하고 성 아래에서 와인을 마신다는 것 자체가 행복 아닌가요? 그리고 호텔 같이 쓸 사람을 갑자기 두 명이나 구한 것도 행운이지요. 다휜 씨도 모르는 사이에 운이 많이 적용하는 것 아시나요? 앞으로 좋은 일만 있을 거예요. 그러니 기운 내요.”

다휜 씨는 알았다는 듯이 옅은 미소를 지었다. 그리고 이제 다 잊어버리겠다며 와인을 벌컥 들이켰다. 그리고 몇 분 뒤 우울한 분위기는 와인에 의해 희석되었고 입안에 맴도는 향기에 취해 더욱 흥이 올랐다. 그렇게 기분 좋게 마시고 있는데 갑자기 키가 큰 아랍 계통 남자가 우리에게 접근해 왔다.

“봉주르 마담? 기분이 좋으신가 봐요.”

“푸하하하! 우리 헌팅 왔다. 헌팅 왔나 봐! 하하하!!”

“오우… 전 한국말을 알아듣지 못해요. 하하하!!”

"아! 쏘리쏘리. 영어로 이야기할게요. 그나저나 무슨 일로?"

"아! 제 소개를 못 했군요. 저는 이번 연극에서 공연한 배우예요. 어머니는 모로코 사람이고 아버지는 이탈리아 사람이에요. 제가 보시다시피 프랑스 사람같이 생기진 않았잖아요. 제가 저쪽에서 세 분을 쭉 지켜보고 있었는데 너무 아름다워서 저도 모르게 말을 걸게 되었지 뭡니까. 하하하! 저 혹시 오늘 시간 괜찮으시다면 따로 술 한잔 같이할까요?"

이런 낯간지러운 말을 아무렇지 않게 할 수 있을까 싶었지만 그 배짱은 높이 살 만했다. 하지만 같이 어울리고 싶진 않았다. 우리들은 어떤 적당한 핑계를 대고 거절할까 고민하다가 남자 친구가 있으니 어울릴 수 없다며 거절했다.

"그럼, 그 남자 친구가 지금 이 아비뇽에 있는 건가요?"

"아뇨, 한국에 있지요. 그러니까, 음… 우리 친구들끼리 여행 온 거예요."

"오우! 그럼 저에게는 매우 행운이군요!"

"네?"

"남자 친구가 여기 없다면서요. 방해할 사람도 없고 그럼 된 거 아닌가요? 오늘 저랑 같이 놀아요!"

그는 남자 친구 따위는 중요하지 않다며 같이 놀자고 했지만 우리는 더 이상 안 된다며 단호히 거절했다.

"안타깝군요. 너무 남자 친구에게 얽매이면서 살지 말아요. 그러기엔 너무 짧은 인생이잖아요. 아쉽지만 다음을 기약하지요. 만나서 즐거웠어요."

그는 우리들에게 얼굴에 뽀뽀하는 프랑스식 인사를 한 뒤 가버렸다. 그가 저 멀리 사라지자 우리는 빵 터지고 말았다.

"와!! 어떻게 저럴 수 있지? 쟤네들 진짜 막장이구나."

"아니면 우리가 이 사람들의 오픈마인드를 이해 못 할 수도 있죠."

"그러고 보니 이 상황이랑 비슷한 이야기를 들었어요. 신혼여행 온 부부에게 한 이탈리아 남자가 신랑이 앞에 있는데도 대놓고 신부에게 자기랑 오늘 밤 같이 놀자고 수작을 부리는 거래요. 그래서 신랑이 무슨 짓 하냐고 화를 내자 그 이탈리아 남자가 '당신의 여자든 아니든 난 관심 없어 선택은 이 여성분이 하는 거야 당신이 아니라!' 라고 뻔뻔하게 말했대요. 대박이지 않아요?"

"진짜 동양과 서양은 참 다르구나."

"그나저나 다들 남자 친구 있는 거야? 부럽다."

"아니요. 같이 어울리기 싫어서 그냥 연막 친 거예요. 언니는요?"

"나도!"

"하하하하하!!"

그렇게 우리는 시간 가는 줄 모른 채 즐겁게 떠들며 마셨고 술에 비틀비틀 취해 호텔로 돌아가 기절한 채 침대에 누웠다. 내일이면 모든 고난과 시련이 이 와인과 함께 취해 함께 없어지길….

워크캠프로 가는 길

와인에 취한 나머지 오전 11시에 일어나고 말았다. 유럽에 온 뒤로 항상 오전 6시에 깨어나다가 처음으로 늦게까지 곯아떨어졌다. 유럽에 대한 긴장이 풀어진 증거일까? 오늘은 언니들과 라벤더 투어를 신청했다. 바깥에 보이는 해바라기들과 라벤더들의 향기가 코를 통해 몸 전체로 퍼져나갔다.

이게 바로 행복이야!

투어를 마치고 아비뇽 광장에서 회전목마가 보이는 식당으로 가서 저녁을 먹고 와인 한잔을 마신 뒤 호텔로 돌아갔다. 이야기할 수 있는 사람들, 아름다운 경치와 맛있는 음식들, 이보다 더 완벽할 수 없었다.

"설이 씨 내일 떠난다고 했나? 몇 시라고 했지?"

"새벽 6시 기차예요."

"어머! 왜 그렇게 티켓을 이른 시간에 끊었어?"

"그때가 가장 쌌거든요. 말하자면 뭐… 길어요."

"그래그래. 다음 날 어디로 간다고 했지?"

"상브리뉴요. 거기서 이제 워크캠프 시작할 거예요."

"그래, 거기서 잘 지내고 친구들도 많이 사귀어."

"네, 고마워요. 언니들."

"우리는 내일 오후쯤에 떠날 거니까 지금 작별인사를 해야겠네. 내일이면 못 일어날 수 있으니까."

"네. 언니들 만나서 너무 즐거웠어요. 이렇게 여유롭고 즐거운 여행은 처음이에요."

"앞으로도 계속 그럴 거니까 너무 걱정하지 말아."

"그래! 앞으로 좋은 일만 있을 테니까."

우리는 그렇게 미리 작별인사를 하고 잠자리에 들었다.

그리고 다음 날,

"하으음… 아직도 어둡네… 지금이 몇 시야?"

나는 핸드폰을 켰다. 그리고 나는 그 순간 기절할 뻔했다.

"미쳤어!! 지금이 아침 6시야??!!!"

나도 모르게 소리를 지르고야 말았고 그 바람에 언니들은 잠에서 깼다.

"설이 씨… 무슨 일…."

"언니!! 저 미쳤나 봐요!! 6시 기차인데 지금이 6시예요!! 이 핸드폰이 바보라서 알람이 안 울렸나 봐요! 이런 고물 같으니!"

"우선 진정하고 캐리어 정리했지? 빨리 나가. 놓고 간 거 있나 확인하고…."

"지금 빨리 가야겠어요!"

"그래요. 설이 씨 잘 가요!"

나는 재빨리 짐을 챙기고 언니들에게 제대로 된 인사도 못 하고 허둥지둥 나갔다.

나는 미친 듯이 캐리어를 끌고 뛰기 시작했다. 아침 운동을 하러 나온 프랑스 사람들이 나를 보고 기겁을 했지만 상관하지 않았다. 지금 나에게는 기차가 더 중요했다. 이 티켓이 어떻게 얻은 티켓인데 여기서 날릴 수 없어!!

나는 역 창구로 무조건 달렸고 시계를 보니 6시 20분이었다.

끝났다. 모든 것이 끝났다. 나라 잃은 사람처럼 넋을 놓은 채 멍하니 서 있었다.

그것이 어떤 티켓인데… 니스에서 겨우겨우 얻은 건데… 하아… 미치겠다. 정말… 나 왜 이러지…

우선 티켓은, 아비뇽→파리→린→상브리뉴 이렇게 있었는데 아비뇽→파리로 가는 6시 기차는 이미 떠나버렸으니 이제 사용하지 않은 파리→린→상브리뉴 티켓을 환불받으려고 창구로 갔다. 다행히도 티켓들은 환불받을 수 있었지만, 문제는 워크캠프 지역인 상브리뉴까지 어떻게 가느냐이다. 나는 앞에 있는 남자직원에게 가서 물었다.

"저기… 제가 보시다시피 기차를 놓쳐서요… 저는 프랑스 패스 소지자구요. 아비뇽에서 상브리뉴로 가는 좌석이 남아있나요?"

"음… 아니요. 지금 전용좌석이 전부 매진입니다. 미안하지만 표를 새로 구입하셔야겠네요."

"역시 그렇군요… 그럼 얼마인가요?"

"아비뇽에서 상브리뉴로 가는 기찻값 200,000원입니다."

나는 순간 귀를 의심했다. 내가 지금 잘못 듣고 있는 건가? 기찻값 편도가 200,000원이라고? 지금 제정신인가?

"다른 방법으로 찾아줄 수 없나요? 니스에 있는 직원은 기차를 세 번 갈아타는 루트로 표를 주었거든요. 저도 그렇게 얻을 수 없나요?"

"미안해요. 예약이 다 찼습니다."

"아니… 하나라도 남아있을 텐데."

"미안해요. 제가 할 수 있는 일이 없네요. 예약이 다 찼습니다."

그는 매우 차갑게 대답했다. 귀찮다며 더 이상 묻지 말라는 눈빛을 보냈고, 다음 손님! 을 외쳤다. 나는 미칠 것만 같았다. 고난과 시련은 와인에 의해 날아간 것이 아니었다. 숙취에 깊이 잠들어 있다가 이제야 눈을 뜬 것이었다. 나는 창구 앞에 표를 끊는 사람들을 넋 놓고 바라보고만 있었다.

그래 이렇게 서 있기만 하면 아무것도 해결되는 것이 없어!

나는 이판사판으로 티켓을 한 번 더 알아보기로 했다. 이미 남자 직원은 나를 위해 표를 구해 줄 생각은 없어 보였으니 그 옆에 있는 여직원에게 부탁하기로 했다. 그녀는 부드럽고 친절한 인사로 나를 맞이했다.

"봉주르 마담!"

"네, 봉주르. 저는 프랑스 패스 소지자이구요. 제가 방금 기차를 놓쳤는데… 상브리뉴로 가는 티켓을 구하고 싶어요. 패스 전용 좌석이 만석이라는 것을 압니다. 하지만 저를 위해 한 번 더 남은 좌석이 있나 알아봐 주실 수 있을까요?"

그녀는 미소를 지으면서 말했다.

"네, 알겠어요. 제가 도와 드리죠. 어디 보자… 흠… 거의 만석이네요… 아! 여기 있다. 손님에게 다행히도 티켓이 몇 장 남았네요."

"정말요??!!"

"네. 오전 7시 기차이고 이곳 아비뇽에서 린, 상브리뉴로 가는 티켓이 있습니다. 총 26,000원입니다."

"아!!"

"그럼 이 티켓으로 드릴까요?"

"네 주세요! 지금 주세요!"

나는 그 티켓이 금방이라도 사라질까 봐 빨리 달라고 재촉했다. 어차피 환불받은 가격과 똑같았기 때문에 나에게 손해 보는 것은 없었다. 그 당시에는 정신이 없어서 아무것도 생각을 하지 못했는데 시간이 지나고 나니까 의문이 들었다. 왜 그 남자 직원은 티켓이 전부 매진되었다고 거짓말을 했을까? 아니, 거짓말을 했기보다 굳이 자기가 애써 찾아주기에는 귀찮았을 것이다. 뒤늦게 그의 불친절에 화가 났지만 기차 안에서 그 일을 잊으려고 했다. 오후 5시에 프랑스 북부 시골 마을 상브리뉴에 도착했고 호스텔은 역과 멀리 떨어져 있어서 걸어서 가기에는 불가능했다.

이제 조금 있으면 어두워질 텐데….

나는 어쩔 줄 몰라 발을 동동 굴렀다. 이대로 밤이 되면 그것보다 더 끔찍한 일은 없을 것이다. 머릿속이 혼란스러워지자 마침 한 프랑스 남자가 나에게 말을 걸어왔다.

"봉주르, 혹시 어디 가세요? 길을 잃으신 것 같은데 어디 목적지까지 태워다 줄까요?"

나는 순간 고민하다가 혹여나 이 시골 마을에서 낯선 남자를 따라가다가 소리소문없이 매장될 가능성이 있기 때문에 그의 친절에는 고마웠으나 정중하게 거절했다. 그렇게 비포장도로에서 캐리어를 20분 정도 질질 끌어가고 있었고 나는 당장에라도 바닥에 쓰러질 지경이었다. 그러자 지나가던 할머니가 차를 세우더니 나에게 물었다.

"아가씨, 그 무거운 캐리어를 끌고 어디 가는 길이세요?"

"안녕하세요! ***호스텔에 가는 길이에요. 역 근처라고 되어있는데 찾아가기가 힘드네요."

"불쌍하게도… 내가 태워다 줄게요. 그곳은 내가 잘 아는 곳이에요."

순간 고민했지만 이 이상 가면 내가 먼저 길바닥에 쓰러져 죽을 것 같았고 매우 순한 인상의 할머니여서 차를 탔다.

"프랑스는 처음 왔나요?"

"네. 여기서 3주간 머물렀어요."

"와우! 많이 있었네요. 어디 어디 갔었어요?"

"파리, 니스, 아비뇽…."

나는 그녀에게 나의 여행 이야기를 모두 들려주었고 순간 몇몇 프랑스 사람들의 불친절에 당혹스러웠다는 말이 불쑥 나오고 말았다.

"오우, 달링… 그건 파리 사람들만 그런 거예요. 보통 프랑스 사람은 그렇지 않아요. 모두들 파리 사람들만 보고 프랑스 사람 전체라고 생각하면 매우 서운해요. 이 지역 사람들은 모두 친절하니까 걱정하지 말아요."

"… 죄송해요. 저도 모르게 그만…."

"여기는 어쩐 일로 온 거죠?"

"제가 내일 이 지역 마을 캠프에 참여하거든요. 워크캠프라고 3주 동안 지내는 것인데. 내일 3시에 기차역에서 만나기로 했어요."

"이곳 브리트니 지역에서요? 그곳에서 뭐하는 건데요?"

"글쎄요. 뭐, 주제가 건축이라고 되어있어서 돌 나르는 건가 싶기도 한데… 일단 가봐야지요. 거기에서 세계 각국에서 온 아이들이 참여하기 때문에 그들과 사귀고 싶어서 참여했어요. 그냥 여행만 하는 것은 재미없잖아요."

"젊어서 좋은 경험 하는군요. 젊음이 부럽구려."

나는 할머니와 이런저런 이야기를 하느라 시간 가는 줄 몰랐다. 그리고 마침내 호스텔에 도착했다.

"여기가 바로 *** 호스텔이에요. 구석에 위치해 있어서 찾기 힘들지만 아름다운 곳이지요."

"감사합니다."

그렇게 할머니의 친절 덕분에 무사히 호스텔에 도착했고 하루 종일 시골 마을을 산책하면서 시간을 보냈다. 가끔 지나가는 할머니, 할아버지가 나를 경계하는 눈빛으로 쳐다보았지만 신경 쓰지 않았다. 이런 시골 마을에 동양인을 보는 게 신기하시겠지.

그렇게 밤이 되었고 내일 약속 시간과 장소가 적힌 종이를 펼쳐 보았다.

―워크캠프 장소 오후 4시 상브리뉴 역 앞

다음 날 나는 오후 3시 반에 체크아웃을 한 뒤 캐리어를 끌고 역까지 걸어갔다.

어떤 나라의 아이들이 와 있을까? 프랑스? 이탈리아? 스페인?

나는 아이들의 모습을 상상하며 가슴이 부푼 채 걸어갔다. 그리고 약속 시간인 4시. 나는 캠프 아이들이라고 짐작되는 사람들을 찾기 시작했다.

저쪽에 모여 있는 10대들? 하지만 캐리어나 배낭이 없잖아. 아니야, 아니야!

저 사람들인가? 아니야 저쪽 사람들일지도···.

나는 역 안에 있는 모든 사람들을 일일이 살펴보았다. 심지어는, 워크 캠프 참가자세요? 라고 직접 다가가서 물어보기까지 했지만 아니었다.

그래, 5분 정도는 늦을 수 있어, 기차가 지연되었거나, 차가 막힐 수도 있지.

하지만 10분 20분이 되도 그들은 오지 않았다. 내가 약속 시간을 잘 못 봤나 싶어서 다시 한 번 종이를 펴서 보았지만 역시, 상브리뉴 기차역, 오후 4시가 약속이라고 적혀 있었다.

참가자가 열다섯 명이라고 했는데 그중에 단 한 명도 안 온 거야? 나 혼자 이 시골에서 어떡하라고? 그럼 나머지 3주 동안 어떻게 살아야 하지? 그런 경비도 없단 말이야!

사람들은 바쁘게만 움직였고 아무도 나를 쳐다보지 않았다.

나는 혼란에 빠졌다.

첫날의 어색함

이제 어떡하면 좋지?

나는 빨리 정신 차리고 최대한 이성적으로 생각해야만 했다.

우선 한국에서 받은 프랑스 워크캠프 리더 전화번호가 있으니 그에게 전화해서 지금 어떤 상황인지 알려야 해. 만약에 단 한 명도 지원을 하지 않아서 캠프가 취소되었다고 하면 그때는 호스텔로 돌아가서 다시 일정을 짜야겠지… 그건 정말 최악의 상황인데….

나는 떨리는 손으로 핸드폰을 꺼내 워크캠프 리더에게 전화를 걸기 시작했다. 그러자

"하… 할머니!"

나도 모르게 소리를 지르고 말았다.

"아니! 달링! 여기서 다시 만나네요!"

나는 구원자라도 만난 듯이 할머니에게 달려갔다.

"안녕하세요! 제가 이 지역에서 캠프 한다고 한 거 기억하세요? 지금

30분 기다렸는데 약속장소에 단 한 명도 나와 있지 않아서요. 저에게 캠프 리더 전화번호가 있는데 불어를 할 줄도 모르고… 혹시 전화해서 지금 제 상황을 캠프 리더에게 전달해 줄 수 있으신가요?"

"아이고 불쌍하기도 해라, 그럼요, 얼마든지 해주고 말구요. 그 사람 전화번호 이리 줘 봐요."

할머니는 친절하게도 나의 부탁을 들어주었다. 그녀는 캠프 리더에게 전화를 걸고 그와 통화를 한 뒤 나에게 말했다.

"리더가 하는 말로는 약속 시간이 3시였다고 하는군요. 이미 참가자들이 여기서 만났고 이미 목적지까지 도착했다고 해요. 하지만 그분이 다시 이쪽으로 온다고 하니까 너무 걱정하지 마세요. 1시간 정도 걸릴 거라고 하니까 여기서 천천히 기다리고 있어요."

"감사합니다, 할머니. 할머니 덕분에 살았어요."

"하하하! 괜찮아요. 그럼 잘 지내세요!"

할머니는 나의 행운을 빌어주고 떠났다.

"그래도 하늘이 아주 나를 버리지 않았구나!"

나는 중앙에 있는 의자에 앉아 종이를 찢어 WORK CAMP라고 대문짝만하게 쓰고 캐리어 위에 올린 채 꾸벅꾸벅 졸면서 그를 기다리고 있었다.

"세 올리 꽉?"

고개를 들어보니 수염이 덥수룩하고 마른 남자가 나에게 말을 걸어왔다.

"워크캠프?"

"오우! 맞군요. 반가워요. 나는 캠프 리더 프랑소와라고 해요."

"그럼 당신이?"

나는 그에게 이태까지 상황을 모두 이야기했다.

"음… 원래 약속 시간이 3시인데 이상 하군요."

"하지만 한국 에이전시 측에서는 4시라고 알려주었어요. 이걸 보세요."

나는 약속장소와 시간이 적힌 종이를 보여주었고 프랑소와는 이상하다는 듯이 종이를 골똘히 살펴보았다.

"뭐, 이젠 괜찮아요. 중요한 것은 만났단 거지요… 우리가… 드디어."

그를 만났다는 기쁨보다 이런 자잘한 실수들과 오류들에 대해 화가 났다. 그의 차를 탔을 때 나는 최대한 기분을 감추려고 애를 썼다.

"멋지죠? 이곳이 바로 브리트니 지역이랍니다."

풍경은 마치 동화 속에 나오는 시골 마을 같았고 밖에는 비가 보슬보슬 내리고 있었다. 나는 피곤함과 스트레스 때문에 그와 별로 말하고 싶지 않았지만 이대로 1시간 내내 말없이 간다면 서로 굉장히 어색할 것 같아서 말을 했다.

"여기서 목적지까지 꽤 걸리나 봐요."

"네, 바깥세상과 차단하기 매우 좋은 장소지요."

가는 동안 서로 적당한 이야기를 주고받았다. 그렇게 1시간이 지나자 목적지에 도착했다. 우리가 머물 곳은 잔디와 풀로 가득한 운동장이었고 제일 먼저 눈에 띈 것은 구석에 설치된 텐트였다. 운동장 오른쪽에는 텐트가 있었고 왼쪽에는 숙식을 할 수 있는 오두막과 나무 식탁이 있었다. 캠프 참가자들은 그 식탁에 모여 앉아 있었다.

비는 여전히 그치지 않았다. 프랑소와 말로는 이곳 지역의 보슬비가 1시간가량 내리고, 5분 햇살, 1시간 보슬비, 5분 햇살… 이렇게 이어진다고 한다. 그래서 날씨가 다른 지역보다 춥고 구름 낀 날씨가 대부분이라고 했다.

문제는 역시 텐트였다. 한 참가자 후기를 보면

―친구가 옆쪽 캠프에서 지냈는데 숙소가 텐트더라고요. 바람에 날아가고 엉망이 된 것을 보면 솔직히 제 입장에서는 저런 곳에 안 걸려서 정말 행운이라고 생각했어요.

그 글 아래에 있는 사진은 거의 무너져가는 낡은 텐트였다. 숙소가 텐트인 곳은 대부분이 바닥이 차갑고 잠도 잘 수 없다며 사람들에게 악명이 높았다. 그래서 워크캠프를 신청할 때 일부로 숙소가 오두막이거나 체육관인 곳을 선택했지만 다 떨어지고 어쩔 수 없이 이곳에 오게 되었다. 매일 비 오고, 날씨는 춥고, 바닥은 축축하고, 숙소는 텐트이고, 정말이지 최악 그 자체였다. 나는 짜증과 흥분된 마음을 참지 못하고 무작정 아이들이 앉아있는 야외 식탁으로 가서 앉았다.

"에잇!"

나는 휴대 가방을 나무 의자에 놓고 자리를 잡았다. 아이들은 나를 보더니 얼떨떨하였다.

"안녕! 괜찮니? 나는 마리라고 해 지각한 아이가 너였구나!"

"난 지각한 거 아니야."

나는 약속 시간이 오류가 있어서 1시간 이상 기차역에서 기다린 것과 그동안 유럽에서 꾹 참고 있던 억울함과 서러움들을 속사포 랩처럼 뱉어냈다. 그것을 듣고 나도 내가 이렇게 영어를 빠르고 많이 할 수 있다는 사실에 놀랐다. 아이들은 웬 사람이 뜬금없이 나타나더니 갑자기 흥분상태로 화내듯이 이야기를 해서 어벙벙한 표정이었다.

"그래서 이렇게 늦게 온 것이었어."

"그래."

"……."

조용했다. 말이 끝나고 10초간 아무도 말을 하지 않고 어색한 침묵만이 맴돌았다. 그 10초가 10분처럼 길게 느껴질 정도였다.

내가 애들 분위기를 망쳐 놓았나?

나는 대화 화재를 돌렸다.

"그래, 너희들 이름은 뭐니? 내 이름은 설이야 한국에서 왔어."

"……."

"음… 네가 오기 전에도 소개했는데, 우선 내 이름은 마리야 프랑스에서 왔어."

"안녕… 나는 담라야 터키에서 왔어."

"나는 아란차야 스페인에서 왔어. 마드리드 출신이지."

아이들은 자기의 이름과 국적을 한 명씩 돌아가면서 이야기했다. 그리고 또다시 조용했다. 아무도 먼저 이야기를 꺼내는 사람이 없었다.

내가 와서 분위기가 어색해졌나?

그러자 마리가 말을 했다.

"그래… 설이라고 했지? 그래서 또 무슨 일이 있었어? 네 이야기 좀 해봐."

"음… 글쎄… 파리에서는 물랭루주를 보려고 했는데…."

나는 이야기를 계속했다. 어떻게서든 이 어색한 분위기를 없애보려고 더 과장된 리엑션과 몸짓을 취했다.

"그래서 이~~런 일이 있었어!"

"하하하! 그래그래!!"

"…"

이야기가 끝나자 아이들은 또다시 조용해졌다. 나는 그 침묵이 견딜 수가 없어서 이야기 땔감을 계속 찾았고 땔감이 다 타면 새로운 소재를 찾아 불을 지폈다. 막판에는 너무 할 이야기가 없어서 괜히 식탁에 있는 프랑소와가 만든 케   에 대해 이야기를 했다.

"자자, 모두 재밌게들 있었니?"

갑자기 프랑소와와 후드를 쓴 남자가 앞에 서서 말을 꺼냈다.

"모두 모였으니 되었고 방금 여기 오지 않은 이탈리안 두 명과 통화했는데 그들은 3일 뒤에 이곳으로 올 거야. 우선 우리의 일을 간단하게 설명할게. 이 운동장을 나가서 오른쪽으로 돌면 시청이 있어. 그 시청 앞에는 작은 돌벽이 있는데, 그 돌벽이 100년이 넘었고 매우 낡았지. 우리의 임무는 그 벽을 허물고 다시 새로 짓는 거야."

"저기… 우리는 건축도 잘 모르는데 괜찮을까요?"

"괜찮아. 여기 프랑소와는 건축을 전공했고 그것에 관련된 일을 하고 있거든. 이 일은 매우 쉬운 편이니 너희들이 잘 따라 하면 완성할 수 있을 거야."

"네!"

"아! 그러고 보니 내 소개를 안 했네. 너희들도 알다시피 나는 이 캠프의 리더 막탄이야, 이쪽은 나와 같은 캠프 리더 프랑소와."

"봉주르!"

"우리의 일은 9시부터 시작해서 2시에 끝날 거야. 그 이후로는 자유 시간을 가질 건데 마을을 관광하거나 다른 놀잇거리를 찾을 수 있을 거야. 그건 그때 가서 보면 되겠지, 이곳에서는 와이파이가 안 되니까, 이메일, 페이스북을 하고 싶다면 시청에 있는 컴퓨터를 한 명당 10분씩 돌아가면서 이용하면 될 거야. 또 궁금한 거 있니?"

"일은 언제부터 시작하나요?"

"내일부터 시작할 거야. 자 그럼 모두 모였으니 각자의 짐들은 텐트로 옮기자!"

우리들은 짐을 텐트로 옮겼다. 대부분이 커다란 배낭을 메고 있어서 옮기기 수월했지만 나는 캐리어를 끌고 오는 바람에 풀밭으로 끌고 가기가 너무 불편했다.

"도와줄까?"

옆에서 상냥하게 생긴 터키 여자가 나에게 말을 건넸다.

"그래 고마워! 애들이 배낭을 메고 오는 이유가 있었구나."

"배낭이 들고 다니기가 훨씬 편하지 너 우리 텐트지? 친하게 지내자."

"고마워, 네 이름이?"

"담라야. 너는 세…올리… 설이지?"

"응. 설이야."

우리는 같이 캐리어를 끌고 텐트로 도착했다. 커다란 텐트 안에 3개의 작은 텐트가 있었는데 마리(프랑스)—아란챠(스페인) / 담라(터키)—두체(터키) / 노리코(일본) —나(한국) 이렇게 배정이 되었다. 처음 내가 도착할 때는 남은 텐트가 하나밖에 없었고 남자 참가자와 같이 텐트를 써야 된다고 해서 당혹스러웠지만, 다행히 체냐(프랑스)라는 아이가 바꿔 줘서 일본 여자아이 '노리코'와 한 텐트를 쓰게 되었다.

"어흐흑… 추워!! 여기 바닥이 왜 이렇게 차가운 거야?"

7월인데도 불구하고 날씨가 꽤 쌀쌀했다. 원래 텐트 바닥이 찬 데다가 그 아래에 담요, 침낭을 깔아도 축축한 풀과 잔디 탓에 잠을 자기에는 어려운 상태였다. 나는 가지고 왔던 긴 팔 세 벌과 반 팔 두 벌, 하체는 추리닝, 레깅스 양말을 각각 세 겹이나 껴입고 나갔다.

"그 대만 남자애가 패딩을 괜히 가져온 것이 아니었구나."

처음에 도착하자마자 제일 눈에 띈 사람은 대만 사람인 아푸였다. 느닷없이 패딩을 입고 있어서 날씨가 쌀쌀하긴 하지만 그래도 7월 여름인데 좀 오버했다라고 생각했지만, 그는 매우 현명한 선택을 한 것이었다.

우리는 짐을 정리하고 밖으로 나와 오두막 앞 식탁으로 갔다. 오두막은 그저 취사용과 화장실/샤워실이 전부인 매우 작은 집이었다. 그밖에는 나무 탁자들이 놓여있는데 곳곳에 보이는 낙서들을 보니 옛날 워크캠프 참가자들의 흔적을 알 수 있었다.

우리들은 체냐(프랑스)가 준비한 밥과 토마토를 섞은 희한한 음식을 먹었고 아무도 맛없다고 말하지 않았다. 분위기는 처음보다 더욱 어색해졌고 이 상태로 3주를 보낸다면 끔찍할 것이다. 밤이 되자 날씨는 더욱 쌀쌀해졌고 마치 초겨울 날씨처럼 변했다.

이럴 줄 알았으면 겨울옷이라도 챙기는 건데….

나는 오들오들 떨면서 잠자리에 들었다. 하지만 바닥이 너무 차갑고 날씨도 추워서 잠에서 세 번이나 깨어났다. 이대로 가만히 있다가는 정말 동사할 것 같아서 텐트 밖에 있는 옷들을 더 껴입고 싶었다. 하지만 조금이라도 움직이면 부스럭거리는 소리 때문에 자고 있는 아이들을 깰까 봐 그것이 더 걱정이었다.

하지만 이대로 있다가는 정말로 얼어 죽고 말 거야!

나는 최대한 소리를 내지 않으려고 움직이려고 하는데 갑자기 다른 텐트 속에서 바스락거리는 소리가 났다.

응! 뭐지?

나는 그 소리에 묻어가려고 조금 더 편하게 움직였다. 그러자 또 다른 텐트에서 부스럭대는 소리가 났다. 나는 소리에 묻어가려고 더 편하게 움직였고 다른 곳곳에서는 바스락 부스럭대는 소리가 점점 크게 났다. 우리들은 동시에 텐트를 열었고 나오자마자 누가 먼저랄 것도 없이 재빨리 배낭을 열어 옷을 껴입었다. 그리고 고개를 들어 서로의 모습을 바라보자 웃음을 참지 못하고 그 자리에서 빵 터지고 말았다.

이런 일 할 수 있겠어?!

오전 7시, 찬 아침 이슬로 잠이 깼다. 어제 그렇게 옷을 껴입고 잤지만, 바닥이 너무 차가워서 중간중간 깼다가 일어났다를 반복하는 바람에 제대로 잠을 자지 못했다. 나는 비누와 칫솔을 챙기고 취사 겸 화장실 용 오두막으로 걸어갔다. 문을 여니 한 여자아이가 양치질을 하고 있었다. 일본인 노리코였다. 나의 텐트 룸메이트이자 이 캠프의 몇 안 되는 동양인이고 어제부터 말을 한마디도 하지 않아서 수줍은 아이로 기억한다. 나는 노리코와 친해지고 싶어서 일부러 간단한 일본말로 말을 걸었다.

"어제는 꽤 쌀쌀했지?"

"져패니즈?!"

노리코는 눈이 휘둥그레지면서 환한 미소를 보였다.

"미안, 난 코리안이야. 하지만 일본어는 조금 할 수 있어. 나 일본만화하고 드라마 좋아하거든."

"아, 그래? 반가워. 누구누구 좋아하는데?"

"음 일본 가수인 *** 좋아하고…."

내가 아는 일본 가수와 배우 이름을 말하자 노리코는 입이 찢어져라 웃었다.

"반가워! 사실 어제 좀 쓸쓸했거든… 다들 영어를 너무 잘해서 따라가기 벅찼어. 어쨌든 일본어를 할 수 있는 사람을 만나다니 너무 기뻐! 친하게 지내자."

오전 8시 반이 되고 아이들이 텐트 밖으로 나오자 우리는 같이 아침을 먹었다. 메뉴는 콘프러스트와 딱딱한 빵, 차, 커피 그리고 어제 먹다 남은 요리였다. 우리들은 반쯤 퀭한 눈으로 아침을 먹었다. 다들 잠을 제대로 자지 못한 게 한눈에 보였다.

"자 다들 잘 잤니? 오늘이 첫 일하는 날이야!"

프랑소와와 막탄이 다가오면서 말했다.

"우선 아침을 먹고 9시부터 일을 할 거야. 일하는 장갑과 부츠, 연장도구는 우리가 준비했어."

프랑소와와 막탄은 우리 식탁으로 오더니 같이 아침을 먹었다. 다들 그냥저냥 먹었지만 나와 노리코에게는 이런 아침이 익숙하지 않았다.

"밥 먹고 싶어… 이건 아침이 아니야 간식이지."

나와 노리코는 남들보다 두 배는 더 먹었지만 속이 꽉 차지 않고 오히려 더부룩했다.

"뭐 점심은 제대로 주겠지."

"아니야. 어제 네가 오기 전에 말했는데 점심—저녁은 우리가 만들어 먹어야 한 대. 난 그거 미리 알고 왔거든 그래서 일본 카레를 가지고 왔어. 넌 뭘 가지고 왔어?"

"나는… 없어. 안 가지고 왔거든, 음식을 가지고 왔으면 짐이 40kg은 넘었을 거야."

워크캠프 한국 참가자들을 보면 대다수 불고기나 라면을 가지고 왔다고 하지만 내가 한국에서 가지고 온 것이라고는 고추장 소스뿐이었다.

"좋아! 다 먹었으면 이제 아침 운동을 하자, 먹자마자 바로 일하면 속 안 좋아지니까 준비 운동부터 하고 일해야지. 누구 좋은 운동 아는 사람 없니?"

막탄이 중앙에 나와서 말했다.

"저요! 저 코리안 준비체조 할 줄 알아요!"

나는 손을 번쩍 들었다.

"한국에서 배운 체조가 있는데 아침 운동으로 딱일 것 같아요."

"그래, 설이! 여기 가운데로 와."

"국민체조 시—작! 하낫 둘 셋 넷!"

나는 아이들 앞으로 나와서 국민체조를 하기 시작했다.

그리고 다들 하나하나 날 따라 하기 시작했다.

"하낫 둘 셋 넷! 그리고 옆—구리!!"

"푸하하하!"

내가 "옆구리!"라고 외치자 아이들은 빵 터지고 말았다.

"옆쿠리! 옆쿠리!!!"

다른 운동을 해도 옆구리만 외쳤다.

"옆쿠리! 옆쿠리!! 옆쿠리 원 모어!!!"

"노노노! 다른 자세도 있단 말이야. 자, 다리 운동!"

"노! 옆쿠리 베스트 넘버원!! 옆쿠리 옆쿠리!!"

아이들은 옆쿠리만 외치면서 운동을 했다.

"자! 설이 수고했어! 모두 박수!"

"짝짝짝."

"자 그럼 각자 장갑, 부츠, 고글 끼고 이쪽으로 와."

우리는 프랑소와와 막탄을 따라갔다. 시청치고는 꽤 아담한 집이었고 그 앞에는 작은 돌벽이 있었다.

"어제 말했다시피 이 돌벽을 허물고 우리가 새로 지을 거야. 자 각자 가지고 온 연장으로 우선 부수자!"

우리는 큰 못으로 돌 사이에 껴있는 시멘트를 걸러낸 뒤 큰 망치와 도구들로 깨부수고 그중에 멀쩡한 돌들을 추려내어 다시 벽을 짓기 시작했다. 무거운 돌을 옮기고 시멘트를 만들고, 초반에는 여자들이 많으니까 힘든 일은 시키지 않을 줄 알았는데 더 많이 시켰고 오히려 여자들이 남자들보다 나서서 힘든 일을 자처했다.

"자, 휴식 타임! 간식 먹자!!"

프랑소와와 막탄은 가방 속에서 빵과 우유를 꺼냈고 다 같이 나누어 먹었다. 나는 사흘 굶은 사람처럼 게걸스럽게 먹어 치웠고 노리코는 혼이 나간 사람처럼 멍하니 아이들이 먹는 모습만 보고 있었다.

"이렇게 힘들 수가! 어떤 일인지 알고는 왔지만 너무 스트롱을 요구해…."

노리코는 기진맥진한 채 축 늘어졌다.

"어쩔 수 없지 뭐. 그래도 이렇게 간식은 주잖아."

"그래도 디피컬트."

"어이! 설이 노리코! 무슨 이야기 하고 있어?"

우리가 구석에서 이야기를 하고 있자 딱 붙는 나시에 긴 청바지를 입은 금발 여자가 우리 옆에 앉더니 말을 걸어왔다. 프랑스 사람인 마리였다.

"일이 좀 힘든 것 같다고 이야기하고 있었어. 우리는 아마추어니까 별일 안 시킬 줄 알았거든."

"아하! 그래 일이 힘들긴 하지. 이런 건축 일이 쉬운 일은 아니니까 말이야."

"너는 어때? 일은 괜찮아?"

"나? 힘들긴 하지만 괜찮아. 이번이 네 번째 워크캠프거든. 축제를 준비하거나 아이들 돌보는 캠프는 쉽지만 캠프 친구들과 친해지기는 어려워. 같은 국적 무리들만 노는 게 보인다고 해야 하나? 근데 이런 힘든 일은 국적에 상관없이 친해지기 쉬워서 좋아. 다들 서로 의지하고 힘든 상황에서 끈끈한 뭔가가 가 형성되거든 그래서 난 일이 힘든 것이 낫다고 생각해."

마리는 나무 아래에서 빵을 먹고 있는 검은 머리 여자를 가리켰다.

"저기 있는 스페인 친구 아란챠는 내가 세 번째 캠프 때 만난 친구야. 그때는 이것보다 두 배는 더 힘들었어. 숙소는 체육관 안인데 화장실 바로 옆에서 텐트 치면서 자야 했고 캠프 리더는 우리가 일하는 중에 어디서 낮잠 자고 농땡이나 치고 있었지, 우리들의 말을 전혀 듣지 않는 최악의 리더였어. 하지만 그런 일이 있을 때마다 아란챠와 서로 의지하고 힘이 되어서 지금 네 번째 캠프 때 같이 참여할 정도로 매우 친해."

마리는 명랑하게 말했다.

"그래도 이런 힘든 일 하면서 가장 좋은 점이 뭔지 아니? 바로 먹을 것을 많이 준다는 것. 봐! 이렇게 간식도 꼬박꼬박 챙겨주잖아. 아! 그리고 좋은 소식 알려줄게, 오늘 프랑소와와 막탄 이야기를 몰래 엿들은 건데 저녁에 마을 사람들이 우리를 위해 축제를 열어준 데. 지역 기자도 와서 취재도 할 거라는데 일 끝나고 당장 메이크업해야지. 뭐 시청 돌벽을 무보수로 고쳐주는데 그 정도쯤이야 해주어야지. 하하하!"

마리는 그렇게 말하고 나무 아래 있는 검은 머리 여자아이 아란챠에게 갔다.

"참 씩씩한 아이구나."

노리코는 감탄하듯이 말했다.

"그래 뭐… 일이 힘드니까 살도 빠지고 좋지."

"이런 걸 안 먹었을 때 말이지."

나는 초콜릿 빵을 흔들었다. 그리고 우리는 그 외에도 돌의 균형을 맞추는 법도 배워서 어떻게 하면 더 효율적으로 벽을 짓는지도 알게 되었고 중간에 여우비가 내리면 큰 쓰레기 봉지로 우비 옷을 만들어서 계속 일을 했다. 빗줄기가 강해지면 시청에 들어가서 잠시 비를 피했고 어떻게 보면 이 일이 못할 짓이라고 생각하겠지만 적어도 나에게는 온갖 고생을 다 한 10일 동안 자유여행 한 것보다 훨씬 행복하고 평화로웠다.

"땡! 2시다. 일 끝났어!"

마리가 소리치자 모두들 마치 기다렸다는 듯이 손에 들고 있는 모든 것들을 내려놓았다. 그리고 우리는 점심을 목이 빠지도록 기다렸다.

"아차! 이런 밥 만드는 것을 깜박했어. 미안해 애들아."

첫날에 밥 만드는 밥 팀을 정하지 않아서 캠프 안에는 점심 메뉴가 준비되지 않았다고 한다. 프랑소와와 막탄은 우리에게 미안하다고 사과했다.

"뭐 어때, 그럴 수 있지. 그럼 먹을거리가 정말 없는 거야?"

"체냐가 만든 토마토 밥이 하나 있긴 한 대 상해서 먹을 수가 없어."

"음… 지금 남아있는 재료 중에 계란하고 쌀이 있니?"

"응, 쌀과 계란은 있어. 이런 거로 뭘 어쩌려고 그래?"

나는 부엌으로 가서 쌀을 씻어서 큰 냄비에 넣어 익힌 다음에 있는 계란을 다 넣고 집에서 가져온 간장을 쏟아 부었다. 그리고 적당히 간을 맞추고 밥과 계란을 마구잡이로 비볐다.

"자! 이게 코리안 계란밥이야."

나는 냄비를 번쩍 들고 식탁 앞에 턱 하니 내려놓았다.

"처음 보는 음식이야!"

"이게 뭐야? 한국 전통음식?"

"뭐… 그렇다고 할 수 있지? 이건 비빔밥이나 불고기와는 달리 한국 관광 책에 소개되지 않은 음식이거든, 내가 어렸을 때 할머니께서 많이 만들어 주신 음식이야 한번 먹어봐."

처음에는 미심쩍은 표정들로 밥을 쳐다보았지만 한입 먹자마자 다들, 어! 하더니 숟가락을 들고 접시에 눈을 떼지 못한 채 밥을 먹고 있었다.

"야! 이거 진짜 맛있나 봐! 다들 아무 말도 안 하고 먹잖아?"

막탄은 감격하듯이 말했다. 심지어 체냐는 냄비를 끌어 앉고 숟가락으로 밑에 있는 누룽지를 긁어먹을 정도였다.

"코리안 에그 라이스 베리 굿!"

"다음에도 코리안 에그 만들어줘!"

다들 한 그릇 더 달라고 아우성이었고 나는 재빨리 밥을 만들기 시작했다. 얼떨결에 요리 당번이 되었지만 맛있게 먹어준 덕분에 뿌듯하였다.

그리고 저녁이 되자 마리가 말한 대로 마을 사람들이 우리를 위해서 시청에서 축제를 열어주었다. 지역 기자들도 와서 우리에게 이런저런 질문들을 했다. 각자 어느 나라에서 왔는지, 왜 이곳에 참여했는지, 기분은 어떤지 등등… 모든 질문이 끝나자 단체 사진을 찍었고 드디어 저녁 식사가 준비되었다. 대부분 빵과 샌드위치 디저트들 위주였고 결정적인 것은 와인을 무제한으로 준 것이었다.

"내가 프랑스 마을에서 와인을 마셔보다니!"

우리는 술기운이 올라 십년지기 친구마냥 부둥켜안고 떠들어댔다.

"내가 처음 도착했을 때 얼마나 당혹스러웠는 줄 아니? 왜 다들 아무 말도 안 하고 가만히 있었던 거야?"

"할 이야기가 없었거든. 처음에 각자 이름 소개하고 어느 나라에서 왔는지 돌려서 말하고 끝이었어."

"그럼 내가 오기 1시간 동안 쭉 아무 말도 안 하고 그 상태로 가만히 있었던 거야?"

"응. 네가 계속 쉬지 않고 말을 해서 그 어색한 분위기가 그나마 트이더라."

"나는 내가 너무 방정맞게 떠든 게 아닌가 걱정했어."

"아니 전혀, 여기 칼레를 봐! 내가 애한테 '너 이름이 뭐니?' '칼레' 이
러고 끝이었다니까. 아무 말도 안 했어!"

"아란챠. 너!"

"하하하하!!"

우리는 시청이 떠내려갈 정도로 크게 웃었다. 마을 사람들은 우리를
위해서 브리트니 전통악기로 공연을 해 주었고 우리들도 그들을 위해
뭔가 공연을 해주고 싶었다. 그러자 담라가 말했다.

"있잖아, 나에게 좋은 생각이 있어. 터키 전통노래가 있는데 중독성
이 되게 강하거든 우리 다 같이 한번 불러보면 재밌을 거야."

우리들은 좋다고 했고 그 자리에서 가사를 외운 다음에 마을 사람들
을 주목시키고 다 같이 즉석에서 노래를 불렀다.

코마쿠니코마쿠니 코마쿠니 쿠시카 (x2)
네~나이 나나이다 푸시카 (x2)
쿠시카마니 살라마니 오바코 와카미니 (X2)
퓌—나 (짝짝짝) 퓌닷퓌닷 (짝짝짝)
퓌나퓌나 퓌시!!!

마을 사람들은 브라보를 외치며 환호성을 질렀고 우리들은 미소를
띠며 답례 인사를 했다.

자정이 넘어도 파티는 끝나지 않았고 어둠 속에서 시청의 작은 불빛
은 반짝이고 있었다.

프랑스 긱(Geek) 코리아 긱(Geek) 의 만남

"아흐흐… 숙취야…."

와인에 덜 깨서 머리가 얼떨떨했다.

"설이, 깬 거야? 우리 조금 있으면 일하러 가야 해. 빨리 일어나서 아침 먹어!"

마리가 옆 텐트 속에서 말을 했다.

"고마워, 마리."

"치이익~~."

"웅!?"

"아 그나마 좀 낫네, 안 씻어도 이거 하나면 씻은 기분이 든다니까. 설이 그럼 빨리 나와서 아침 먹고 일하자!"

"그래 고마워. 마리 아까 뿌린 거 뭔지 물어봐도…."

"아! 그거 사용해도 되. 우리 씻을 시간 없으니까 대충 그걸 뿌리면 좀 나을 거야."

마리는 그렇게 말하고 서둘러 텐트에서 나갔다.

"이게 뭐지?"

나는 마리 텐트에서 스프레이를 발견했다.

"미스트인가? 프랑스 사람들은 세수 대신에 미스트를 뿌리는구나.
하긴 나도 급하면 대충 미스트에다 로션 바르고 나오긴 하지."

나는 미스트를 얼굴에다 뿌렸다.

"향이 좀 강하긴 한대 나쁘진 않군."

나는 미스트를 얼굴에다 한 번 더 뿌린 후 텐트를 나가 아침을 먹었다.

"자 아침도 먹었겠다. 이제 일 시작이다! 다들 준비운동 시작하자.
설이! 앞으로 나와서 가르쳐줘."

나는 중앙으로 나와 열심히 국민체조를 했다.

"하낫 둘 셋 넷 다섯 여섯 일곱 여덟! 둘둘 셋넷…."

아… 왜 이리 간지럽지? 긁적긁적….

"설이 괜찮아? 아까부터 얼굴을 자꾸 긁는데…."

"괜찮아. 잠깐 가려운 것뿐이야. 자, 그다음은 옆구리!"

"옆구리!! 오우~ 옆구리!!"

국민체조가 끝나고 우리는 연장을 챙긴 뒤 일을 시작했다. 시멘트를
만들고 돌을 옮겨서 쌓는 막노동 일이었지만 운동한다 생각하고 뭔가
에 집중할 수 있어서 좋았다.

긁적긁적….

"설이, 아까부터 자꾸 얼굴을 긁는데 어디 알레르기라도 있는 거야?"

"아마 텐트에서 자서 그런 것일 수도 있어 벌레가 막 돌아다니잖
아…."

"우리도 텐트에서 자지만 그렇게 가렵지는 않은걸… 너 얼굴 지금 새빨개졌어, 거울 한번 봐봐."

나는 마리가 건네준 거울을 보았다.

"헐! 이게 뭐야?"

나는 내 거울을 보자마자 그 자리에서 기절할 뻔했다. 얼굴이 새빨갛게 팅팅 부은 채로 있었던 것이다.

"이게 어떻게 된 거야!!"

"혹시 어제 먹은 에그 때문에 그런 게 아닐까? 좀 심각해 보이는데."

"나 달걀 알레르기 없는데! 오늘 네 미스트 뿌리고 난 뒤로부터 좀 가려웠는데 아마 그것 때문일 거야. 내 피부가 워낙 예민해서 화장품도 가려서 써야 하거든."

"뭐? 미스트? 나 미스트 없는데."

"응! 뭐? 무슨 소리야? 오늘 텐트에서 네가 준 미스트 뿌렸는데."

"WHAT?! 뭐라고?! 그럼 너 그것을 얼굴에다 뿌렸단 말이야?"

"미스트를 얼굴에다 뿌리지 몸에다 뿌리진 않잖아."

"푸하하하!! 오우, 설이! 그건 미스트가 아니야 데오드란트라고 겨드랑이에 뿌리는 스프레이야."

"겨… 겨드랑이?"

"응. 겨드랑이 냄새 없애려고 뿌리는 거야. 푸하하하하!! 근데 그걸 얼굴에다 뿌렸다니. 푸하하하!"

어쩐지 뭔가 낯익은 물건이라고 생각했는데 잘 생각해 보았더니 예전 겨드랑이 일진들이 나에게 뿌린 스프레이와 동일한 물건이었던 것이었다. 나는 너무 창피해서 아까보다 얼굴이 더 벌겋게 달아올랐고 당장 화장실로 달려가 얼굴을 미친 듯이 씻었다.

"미쳤어! 미쳤어!!"

화장실에 다녀오자 아이들은 웃으면서 말했다.

"잘 씻었어? 앞으로 데오드란트는 꼭 겨드랑이에 뿌리도록 해!!"

나는 화장실로 달려가서 비누로 얼굴을 박박 씻었다. 벌겋게 달아오른 얼굴이 가라앉는 것은 시간이 좀 걸렸다. 일이 끝나자 프랑소와와 막탄이 말했다.

"자자자! 방금 이탈리안 두 명과 통화했는데 거의 도착해서 지금 그들을 픽업하러 가야 할 거야, 일 끝나고 너희들과 마을 투어를 하려 했지만 시간이 안 될 것 같네. 오늘은 점심 먹고 각자 쉬도록 해."

우리들은 일이 끝나고 밥을 먹은 뒤 텐트로 돌아가서 자거나 벤치에 앉아서 음악을 듣고 있었다.

하아… 지루하다… 뭐 재밌는 거 없나.

혼자 그림을 끄적끄적 그리고 있는 중에 갑자기 어떤 사람이 얼굴을 들이밀었다.

"봉주르 마담!!!"

"악! 깜짝이야!! 뭐야!!"

"하하하! 미안미안. 너네가 이번 캠프하는 애들이지? 난 이 마을에 사는 안토니아. 근데 너 진짜 그림 잘 그린다."

"고마워."

"어제 캠프 애들이 도착했단 이야기를 듣고 뭐하나 구경하러 왔는데 지금 일 끝난 거야?"

"응, 방금 끝났어. 원래 오늘 마을 투어하려고 했는데 리더들이 이탈리안 애들 데리러 가는 바람에 그냥 자유시간 가지고 있고, 보다시피 딱히 할 일이 없네."

"웅 그렇구나. 나 있잖아, 일본에 대해 관심이 많아! 최근에는 일본 어도 공부하고 있는데 너무 어렵더라고."

"아, 그렇구나! 아쉽게도 나는 일본인이 아니야 한국인이지 하지만 일본어는 조금 할 줄 알아."

"아, 그래? 대단한걸! 너 어떻게 해서 일본어를 배우게 된 거야?"

"고등학교 때 일본 만화를 좋아했거든 나루토 원피스 등등… 덕분에 일본어는 자연스럽게 배우게 되었어. 뭐, 오타쿠에게 이 정도는 기본 이지."

"오타쿠? 그게 뭐야?"

"음… 그러니까 일본 만화만 주구장창 파는 애 있잖아. 프랑스에는 그런 사람이 없으려나?"

"우리도 그런 사람 있어 속칭 긱(Geek)이라고 부르는데… 인생을 포 기한 사람 취급해."

"그래 뭐 어쨌든 그 긱(Geek)이 바로 나야."

"푸하하하하하하하!!"

"왜 웃는 거야?"

"아니, 너무 당당하게 자신을 긱(Geek)이라고 말해서. 프랑스는 코 리아처럼 가볍게 받아드리지 않아 진지하게 인생 포기한 패배자 취급 하고 사람으로도 안 봐."

"코리아도 마찬가지야. 오히려 더 심할걸. 나는 고등학교 2학년 첫 날 자기소개 할 때 코스프레가 취미라고 말했다가 1년 내내 왕따 당했어."

"그런데도 너 당당하게 자신을 긱(Geek)이라고 하는 거야?"

"뭐 어때? 그게 나인걸. 덕분에 그림도 그릴 수 있게 되었고 일본어도 배워서 지금은 노리코랑도 자연스럽게 대화할 수 있을 정도야. 나는 내가 인생 패배자라고 생각하지 않아."

"그래, 정말 그렇게 보인다."

"일본어 배우고 싶으면 노리코나 나에게 물어봐 언제든지 가르쳐 줄게."

"고마워, 사실… 나도… 긱(Geek)이야."

"그럴 줄 알았어. 반갑다 동지여!"

나는 안토니와 이런저런 이야기를 하느라 시간 가는 줄을 몰랐다. 대부분 일본 만화에 대한 내용이었고 그가 처음 일본 문화를 접했을 때 커다란 충격을 받았다고 한다. 특히 40대 아저씨가 아무렇지도 않게 여자 교복을 입고 돌아다닌 사진을 보고 크게 충격을 받았고 나중에 돈을 많이 벌면 메이드 코스튬에 고양이 귀를 쓰고 일본에 가고 싶다고 했다. 나는 안토니에게 말했다

"진짜 긱(Geek)스러운 거 말해줄까? 나 오늘 겨드랑이에 뿌리는 스프레이를 미스트인 줄 알고 얼굴에다 잔뜩 뿌린 나머지 얼굴이 팅팅 부었어."

"WHAT?! 오우! 그거 진짜 긱(Geek)이다! 대박이다. 진짜! 너 얼마나 긱(Geek) 스러운 거야?"

"나 자체가 긱(Geek)이야! 아무도 날 말릴 수 없어."

"너 진짜 미쳤구나!"

나는 안토니와 시간가는 줄 모르고 이야기했다.

그리고 오후가 지나자 이탈리안 남녀 두 명이 도착했는데 파울로와 파블라였다.

"이탈리아 나폴리에서 왔어. 나는 파울로고 애는 파블라야 만나서 반가워."

"신입들이 새로 왔는데 이럴 때 파티가 빠질 수 없지!"

마을 사람들은 우리를 위해서 또 파티를 열어주었다. 프랑스 북부 브리트니 지역의 전통 팬 케이크 크레페를 만들어 주었다.

"매일매일 이렇게 먹었으면 좋겠다!"

나는 크레페를 여덟 개나 먹고 배가 불러서 구석 테이블에 앉아 남아있는 종이와 펜으로 그림을 그리기 시작했다.

"오우! 그림을 참 잘 그리는군요."

한 나이 많은 프랑스 아주머니가 나에게 말을 걸었다.

"감사합니다."

"혹시 안토니 친구 코리안인가요? 오늘 안토니를 만났는데 재밌는 코리안 친구를 만났다고 말하는 거예요. 그림도 아주 잘 그린다고 했구요."

"하하하! 네. 제가 그 친구 맞아요."

"그럼 저를 한번 그려줄 수 있나요?"

"네? 네… 물론이죠!"

난 얼떨결에 아주머니의 초상화를 그려 주었다. 이렇게 자신의 얼굴을 그려달라고 요청한 적은 처음이라 나는 최대한 온 정신과 마음을 집중하면서 그렸다.

"여기 다 되었어요."

"어머! 고마워요. 너무 마음에 들어요. 이건 그림에 대한 보수예요."

아주머니는 나에게 4유로(5,800원)를 주었다.

"아니, 이러시지 않으셔도 돼요!"

"그림이 너무 마음에 들어서 그런 거예요. 받아둬요."

나는 4유로 동전을 받았다. 그리고 뒤에서 막탄이 말했다.

"너 첫 보수를 받았구나. 축하해!"

"그렇구나… 나 그림 그려주고 처음 보수를 받았어."

감동을 받는 사이 멀리서 나를 부르는 소리가 들렸다.

"어이! 나의 코리안 긱(Geek) 친구!"

뒤를 돌아보니 안토니와 또래 마을 친구들이 오고 있었다.

"이런 파티에 우리들이 빠질 순 없지!"

"안녕! 나는 안토니 동생 사뮤엘이야, 이쪽은 레아, 이완, 알란, 크리스토퍼, 맥스, 마틸다…."

"나는 설이라고 해."

"내가 소피아 아줌마에게 너 그림 잘 그린다고 했는데 금세 너한테 그림을 요청했구나. 정말 못 말리신다니까."

"하하하! 나 오늘 첫 보수도 받았어. 짠! 4유로!"

나는 자랑스럽게 4유로를 보여주었다.

"오올! 대단한걸."

마을 아이들은 캠프 아이들과 합류했다. 밤이 되자 어둠이 짙어졌고 야외 텐트에 있는 작은 전구만이 서로를 알아볼 수 있게 해 주었다. 우리들은 와자지껄 떠들었다.

"그러니까 내 이름은 안토니가 아니라 옹투니라고!"

"그래. 영어 철자로 A—N—T—O—N—Y잖아, 안토니!!"

"그건 영어야! 멍청한 영어라고! 프랑스 어로 옹투니!"

"안토니!!"

"아오 답답해!!"

옹투니(안토니)는 내가 영어로 말하면 프랑스 발음으로 바꾸어 주려고 애를 썼고 심지어 Q가 큐가 아니라, 쿠! 라며 같은 알파벳이라도 영어와 프랑스어가 얼마나 다른지 열변을 토했다. 그 외에도 안토니는 프랑스어를 매우 열정적으로 가르쳐 주었고 뒤에 이탈리아 독일 친구까지 합류해서 순간 국제 언어 수업이 되었다. 하지만 문제는 자기 언어부터 가르치겠다고 서로 난리여서 아수라장이 되었다.

"독일어로 안녕이 구흙텐 모흐겐!"

"구… 굵텐… 모흐… 흐으읅!!"

"프랑스어는 부옹주흐읅! 자 따라 해봐, 설이! 부옹주흐읅!"

"브옹주흙….."

"노농! 이딸리아노 이딸리아노!! 피니또 피니또!!"

"으아아악!!! 뭐가 뭔지 모르겠어!!"

우리들은 와자지껄 떠드는 소리로 시간 가는 줄도 몰랐다. 고개를 들어 하늘을 쳐다보니 어둠 속에서 작은 별들이 새하얗고 선명하게 촘촘히 박혀 반짝이고 있었고 자정이 넘어 텐트로 돌아가 잘 때까지 파티는 끝나지 않았다. 나는 텐트 안에서 옷들을 껴입은 채 눈을 감았고 사람들의 노래와 웃음소리를 자장가 삼아 잠이 들자 곧장 행복한 단잠에 빠져들었다.

더러워서 못 살겠네!

"끼야아아악!! 살려줘!"

어디서 날카로운 비명소리로 잠이 깼다. 나는 순간 무슨 일이지? 하면서 텐트 밖으로 나가 오두막으로 달려갔다.

"끼야악! 사람살려!"

"무슨 일이야?!"

샤워실에서 터키 여자아이 두체가 젖은 채로 옷은 대충 걸친 채 뛰쳐나왔다.

"두체! 무슨 일이야?"

"저기… 저기… 저기…!!"

샤워실을 들어가자 순간 기절할 뻔했다. 큰 바퀴벌레 세 마리와 작은 벌레들이 새까맣게 배수구를 타고 올라온 것이었다.

"어떡해! 어떡해!!"

"진정해! 우선 프랑소와와 막탄에게 알려야겠어!"

"잠깐! 우선 저것들은 내가 잡을게."

비명소리를 듣고 온 마리가 뒤에서 나오더니 샤워실로 들어갔다. 그리고 아무렇지도 않게 바퀴벌레 큰놈들을 밟아 죽이더니 수화기로 물을 틀어 작은 벌레들을 익사시켰다.

"좋아! 이러면 됐어."

마리는 바퀴벌레를 밟아 죽인 뒤 아무렇지도 않게 부엌에서 빵과 티를 야외 테이블 위에 올려놓고 아침을 준비했다.

"와! 쟤는 정말 대단한 애구나."

다들 아침을 먹으러 텐트 밖으로 나왔고 나는 계란 후라이가 먹고 싶어서 냉장고 문을 열었다.

"아니 이게 뭐야?!"

안에는 달걀들이 깨진 채로 뚝뚝 흘러내리고 있었으며 간장은 뚜껑이 열린 채로 나뒹굴었고 이상한 냄새도 났다. 나는 패닉상태로 냉장고 문을 잡은 채 그저 멍하니 서 있었다.

"이게 바로 워크캠프의 현실이지!"

뒤에서 검은 머리 스페인 여자 아란챠가 말했다.

"이걸 찍어놔서 인터넷에 띄워야 해. 이게 바로 국제 워크캠프의 현실입니다! 여러분!"

뿐만 아니었다. 담요 두 개로는 추위를 막기에 부족해서 더 얻으러 갔다가 담요들이 쓰레기더미 바로 위에 있거나 같이 나뒹굴고 있었던 것을 보고 순간 구역질이 나올 뻔했다.

내가 지금까지 이런 담요들을 덮고 잤단 말이야?

하지만 아무도 이 워크캠프의 위생상태에 대해 불만을 표시하는 자

는 없었다. 다들 좋은 게 좋은 거지하고 넘어가거나 좀 더럽다고 죽지
는 않잖아라고 말했다. 며칠 전에는 텐트에서 웬 벌레가 기어가길래
마리가 벌레를 손으로 잡고 밖으로 던졌고 벌레를 만진 손에는 사람 똥
냄새가 났다. 냄새를 없애려고 비누, 세제로 손을 열심히 박박 닦아도
전혀 지워지지 않았다.

자고 있는 사이에 이런 똥 벌레가 내 몸을 기어 다녔을 수도 있어.

그렇게 생각하니 갑자기 온몸에 소름이 돋았다.

"자자! 이제 일하러 가자! 다들 연장 챙기고 와!"

프랑소와와 막탄이 아침을 다 먹고 앞장서서 아이들을 모은 다음에
일터로 갔다. 오늘도 역시 먹구름에 가랑비가 내렸다. 다들 우비, 혹은
쓰레기봉투를 몸에다 뒤집어쓰고 돌을 나르면서 벽을 쌓았다. 그러자
새로 온 신입, 이탈리아 남녀는 믿을 수 없다는 듯이 쳐다보았다. 심지
어 이탈리아 여자 파블라는 불만이 가득 찬 얼굴로 멀찌감치 팔짱 끼면
서 우리가 일할 때까지 돕지도 않고 계속 쳐다만 보고 있었다.

"잠깐만. 이런 일인 줄 몰랐어. 텐트 안에서 자는 것도 모자라 비 오
는데 이런 힘든 막노동을 한단 말이야? 맘마미아…."

이탈리아 여자 파블라는 파울로에게 가더니 뭐라고 속닥속닥 거린
뒤 둘 다 어디론가 가버렸다.

쟤네들 무슨 말 하는 거야?

그리고 프랑소와와 막탄을 부른 뒤 심각하게 이야기를 했다. 잠시
뒤 돌아오자 프랑소와는 굳은 얼굴로, 막탄은 아무렇지도 않은 표정으
로 왔다. 그리고 파블라가 먼저 말을 했다.

"있잖아, 우리는 가야겠어. 이탈리아에 중요한 볼일이 있어서 이만

가봐야 해."

"그게 뭔데?"

"말할 수 없어. 정말 중요한 일이야."

얼마나 중요한 일이면 캠프에 오자마자 바로 떠날까 싶기도 했지만 아무도 말하지 않아도 이미 모두가 알고 있었다. 그들은 이곳을 보자 마자 당장 도망치고 싶다는 것을.

"음… 미안하지만 정말 중요한 일이야…."

이탈리안 남자 파울로가 어색하게 말했다.

"뭐, 어쩔 수 없지. 중요한 일이라는데 그럼 오늘만 묵고 갈 거야?"

"아니, 당장 가야 해!"

파블라가 차갑게 말했다.

프랑소와는 두 이탈리안을 데리고 짐을 싸는 것을 도와준 뒤 역까지 바래다주었다.

"휴… 이탈리아 사람들이란."

막탄이 고개를 절레절레 흔들면서 말했다.

"괜찮아요, 막탄?"

"뭐 저렇게 놀라면서 갈만해. 이야기를 하다 보니까 본인들은 휴양 지 개념으로 생각하고 왔나 봐. 근데 사실은 그게 아니었던 것이지. 듣 자하니 숙소가 텐트인 것도 몰랐다고 하더라고."

막탄은 두 이탈리안 남녀를 태우고 역까지 바래다주었다. 그러는 동 안 우리들은 마을에 오래 계신 할아버지가 해주는 마을 투어를 했다.

"이 닭들은 알렉송의 것들인데 닭을 훔치려고 하면 알렉송이 총을 들고 쫓아올 거야. 저번에 어떤 정신 나간 놈이 닭을 훔치려다 총 맞았거든, 그러니까 조심하는 게 좋을 게야 허허허."

할아버지는 농담으로 마을을 재미있게 설명해 주었지만 이탈리안 애들이 갑자기 떠난 것 때문에 그런지 분위기는 썩 좋지 않았다.

"시간 내주셔서 감사합니다, 어르신."

마을 투어가 끝나고 우리들은 텐트로 돌아가서 낮잠을 자거나 책을 읽었다. 나는 옷 정리도 할 겸 혼자만의 시간을 가지고 싶어서 빨래를 했다. 캠프에는 세탁기 같은 것은 존재하지 않아서 무조건 손으로 직접 빨래를 해야 했다. 그래서 설거지하는 싱크대 위에 세숫대야를 놓고 직접 손빨래를 했다.

내가 평소에도 안 하는 빨래를 손으로 직접 하다니.

하지만 문제는 속옷이었다. 빨래를 하는 것은 그렇다 치고 말리려면 밖에다 널어놔야 하는데 남자애들이 왔다 갔다 하는 그곳에 속옷을 널어놓기 민망했다. 초반에는 텐트 안에 널어놨으나 잘 마르지도 않고 눅눅해져서 냄새가 나는 바람에 어쩔 수 없이 밖에다 널어놓기로 했다. 그래서 최대한 빛의 속도로 우선 속옷부터 빨랫줄에 널어놓았다. 그러자 옆에서 캄보디아계 프랑스 남자 미타가 오더니 같이 자기 옷을 널어놓기 시작했다.

"앗! 익스큐제모아!"

미타가 빨랫줄을 건드리자 걸어놓은 속옷들이 땅에 떨어졌다.

"미안! 이거 네 것이지?"

미타가 나의 브래지어를 주워주었다.

"마… 맞는데…."

나는 고개를 푹 숙이며 속옷들을 챙긴 다음에 텐트 안으로 달려가서 아무렇게나 내던져놓았다.

"창피해! 창피해! 완전 창피해!!!"

나는 얼굴이 벌게진 채 마구 소리를 질렀다.

"설이 괜찮아?"

옆 작은 텐트 안에서 터키 여자아이 담라와 두체가 말했다.

"응 괜찮아… 단지… 으아아아! 말하기도 부끄럽네."

"괜찮아 무슨 일인데?"

"브래지어를 빨랫줄에 걸어놨다가 떨어졌는데 미타가 주워주었지 뭐야."

"웁스! 저런…."

"너무 민망해서 빛의 속도로 달려왔어. 근데 아직도 그 순간이 떠올라서 미칠 것 같아!"

"괜찮아. 미타는 아직 어리잖아."

"음 19살이면… 그래 어리고 한창 사춘기 때지… 으아아아! 부끄러워! 부끄러워!!"

"하하하하! 우리는 근처 풀밭 언덕에서 소풍 갈 거야. 마을 투어는 좀 지루했거든 빵하고 사과, 과자들을 챙겼는데 너도 가고 싶으면 같이 갈래?"

"오! 그래? 좋아 나도 가고 싶어!"

나는 텐트에서 큰 돗자리와 한국 과자들을 몇 개 챙기고 담라와 두체와 같이 소풍을 갔다.

"이 근처에 사과나무 언덕이 있거든 어제 두체와 산책을 갔다가 봤는데 너무 예뻐서 소풍을 가기로 했어 하지만 소들이 많이 있으니 조심해야 해!"

우리는 꽃과 풀들을 헤치며 언덕 꼭대기까지 올라갔다. 아기자기한 집들과 풍경을 감상하기에 딱 좋았다. 주변에는 소들이 풀을 뜯고 있어서 마치 내가 알프스 산 하이디가 된 기분이었다.

"이곳에 오니까 마음이 탁 트이는 것 같아!"

"웅! 그렇지? 역시 여기를 찜해두기 잘했어. 생각했던 것보다 훨씬 아름다운 곳이야."

"너희를 만나서 행운이야. 고마워!"

"고맙긴 뭘. 넌 참 재밌는 애인 것 같아."

"히히히~"

"이거 사과 좀 먹어봐. 여기 사과나무에서 따온 거야."

"웅 정말? 고마워. 음! 맛있다. 역시 프랑스 유기농은 다르네."

"많이 먹어. 어제 되게 많이 따왔거든 사과나무 주인이 보면 우릴 총으로 쏠지도 몰라."

"하하하하!"

우리는 사과를 먹으면서 즐겁게 이야기를 했다. 어디에서 사는지 캠프가 끝나면 무엇을 할 것인지 등…

"터키에서 저가항공을 타고 와서 저렴하게 올 수 있었어."

"진짜? 한국에서 프랑스는… 에휴… 엄청 멀고 비싸. 저가항공도 없지."

"하지만 우리는 비자가 필요해. 비싸고 얻기도 어렵지. 너도 프랑스 오려고 비자 발급받았니?"

"아니, 한국은 비자 발급받을 필요 없어. 그냥 여권과 비행기 티켓만 있으면 되지."

"정말? 부럽다."

"부럽긴 뭘… 대신 비행기 티켓이 비싸잖아. 그럼 너네 워크캠프 끝나고 또 어디로 갈 거야?"

"우리는 파리로 갈 거야 프랑스에 도착하자마자 워크캠프로 왔거든. 끝나고 파리를 보다가 집으로 갈 것 같아. 너는?"

"나는 프랑스에서 이틀 더 머물다가 스위스로 갈 거야."

"스위스? 와우! 알프스 보려고 가는구나."

"뭐… 알프스도 볼 것이지만 스위스 워크캠프에도 참여할 것이거든."

"정말? 와우 대단한데! 일은 어떤 거야?"

"음… 주제가 농업이라고 적혀있으니까 소 젖 짜는 일을 하지 않을까? 중요한 것은 숙소가 '오두막'이라고 적혀있어. 텐트가 아니라고! 그것만으로도 너무 행복해."

"하하하 텐트는 정말 최악이지. 우리도 항상 새벽에 두 세 번씩 깬다니까! 하지만 그것만 빼면 완벽한 캠프인 것 같아. 애들도 다 착하고 친절하고…."

"그 두 이탈리안 애들만 빼면 말이지!"

"하긴 일도 안 하고 멀찌감치 구경만 하다가 곧장 자기네 나라로 돌아가 버리다니… 좀 무례했지만 한편으로는 이해도 가. 우리도 도망치고 싶은 생각 많이 들었으니까."

"나도 마찬가지야. 그래도 이렇게 너희들과 같이 소풍을 하니까 너무 여유롭고 좋다."

우리는 잠시 말을 멈추고 사과를 먹으며 느긋하게 풍경을 감상했다. 기지개를 켜고 팔을 뒤로 뻗은 뒤 손이 땅에 닿자 뭔가 푹신하고 따끈한 감촉이 느껴졌다.

"이게 뭐지?"

손을 올리자 갈색 물체의 뭔가가 손에서 뚝뚝 떨어졌다.

"이… 이게….”

"어머나 세상에… 이… 이게….”

"또, 똥이야!!!!!!!!!!!!!!”

그 순간 뇌가 정지된 것 같았다. 모두들 입을 벌린 채 멍하니 내 손만 보고 있었다.

"서… 설이 괜찮아? 어머나! 세상에 이것들이 다 뭐야!!!”

아래를 보자 주변이 온통 똥 투성인 것을 발견했다. 대부분이 부식된 채 구멍이 뽕뽕 뚫려있었지만 내가 만진 것은 세상에 나온 지 얼마 안 된 따끈한 놈이었다.

"이런 게 바로 옆에 있었는데도 눈치채지 못했다니!”

"아악 설이! 손 흔들지 마!”

우리들은 짐을 챙기는 것도 잊은 채 허겁지겁 달렸다.

"화장실 어디 있어! 당장 씻어야 해! 당장!!”

캠프에 도착하자 독일인 칼레가 기타를 한가롭게 치고 있었고 스페인 여자 아란챠는 그 옆에서 낮잠을 자고 있었다.

"도대체 무슨 일… 오… 오마이 갓! 그게 대체….”

"똥이야! 똥독 옮아! 얼른 비켜!!”

나는 화장실로 달려가서 손을 박박 씻었다. 아이들은 무슨 일인지 보러 왔다가 안에서 솔솔 나는 냄새를 견디지 못하고 도망쳤다.

"아악!! 이게 무슨 냄새야! 아아아 !!"

"설이가 손에 똥을 묻히고 왔어!!"

"모두 도망가!"

나는 그날 샴푸로 손을 열 번도 넘게 씻었다.

"우리가 소풍을 갔는데 그곳이 똥 밭인지도 몰랐잖아."

"그리고 설이는 불쌍하게도 손에 똥을 묻혔고 말이야."

그날 나는 손에 똥 묻은 동양 사람이 되었고 그 덕분에 우중충했던 캠프 분위기는 다시 화기애애해졌다.

그리고 그날 저녁, 프랑소와가 우리들을 모아서 한 가지 제안을 했다.

"오늘 저녁에 마을 시장이 우리 캠프를 방문한다던데 시장님을 위해서 저녁을 만들어 보는 것은 어떨까?"

"좋아요! 어떤 메뉴가 좋을까요?"

"음… 저번에 계란밥이 맛있었으니까, 그건 어떨까? 한국 전통음식이고 이국적이니까 말이야."

"계란밥은 한국 전통음식까지는 아니지만… 저에게 좋은 생각이 있어요. 부침개라고 이건 한국 전통음식에 속할 거예요. 계란밥과 부침개를 만들어 보는 것은 어떨까요? 재료는 이곳에 웬만큼 있는 것 같으니까요."

"그래. 손은 깨끗이 씻고! 오늘 있었던 일 들었어."

"네. 되도록이면 지휘만 할게요. 저도 똥 묻었던 손으로 시장님에게 드릴 음식을 만드는 것은 사양이에요."

나는 캠프에 있는 모든 채소들을 긁어모아 밀가루와 섞은 다음 기름

묻은 프라이팬에 적당량을 떠서 기름에 부쳤다.

"뭔가 일본의 오코노미야키 같아."

노리코가 말했다.

"음 맞아. 일본인과 한국인이 같이 만들었으니까, 오코노미야키와 부침개의 만남이네."

노리코 덕분에 부침개가 빨리 만들어졌고 나머지 아이들은 달걀과 쌀들을 섞은 다음 간장과 참기름을 부어 계란밥을 완성했다.

저녁이 되자 마을 시장이 캠프를 방문했다.

"음… 그래, 너희들이 이번 캠프 참가자들이구나 반갑다."

그는 중앙에 앉았고 일은 괜찮은지 캠프는 재밌는지 물어보았다.

"오늘의 스페셜 저녁입니다! 코리안 에그라이스와 부침꿰!!"

"오우! 아시안 음식이구나. 이것은 처음 보는데."

"부침개라고 밀가루와 온갖 야채들을 섞어 기름에 부친 거예요."

"그래, 어디 먹어보자… 음… ?!!"

"어… 어떠세요?"

"와우! 딜리셔스! 이런 건 처음 먹어보는데? 이거 조리법 좀 알려줄 수 있니? 부인에게 알려줘서 매일 먹어야겠어!"

"감사합니다."

"허허허! 그래, 브리트니는 어떠니?"

"네?"

"브리트니! 이 지역 말이야."

"아! 네, 프랑스 말이죠?"

"프랑스지만 파리사람들과 같은 사람들이라 생각하면 큰 오산이란

다.”

“음… 확실히 파리 사람들보다는 친절한 것 같아요. 제가 서 있기만 해도, 도와줄까? 라고 먼저 손을 내밀고 사람들도 다 친절한 거 같아요.”

“하하하 그렇군. 그래 와보니까 어떠니? 일은 힘들지 않니? 그렇게 작은 몸으로 이런 힘든 일은 쉽지 않을 텐데.”

“뭐… 돌 옮기고 벽 쌓는 게 쉽지만은 않죠. 하지만 저는 일에만 집중하고 싶지 않아요. 일 끝나고 애들과 놀거나 소풍도 가고, 현지인들만 아는 곳으로 놀러 가니까요. 중요한 건 특별한 경험을 많이 할 수 있으니까 좋은 거죠.”

“맞아요! 오늘 설이는 엄청난 경험을 했어요! 저희와 같이 똥 밭 언덕으로 소풍을 갔죠.”

“똥 밭 언덕?”

“네. 어제 저와 담라가 마을을 돌아다니다가 사과나무 언덕을 보았는데 너무 예뻐서 설이랑 같이 소풍을 갔어요. 그곳에서 담요를 깔고 사과랑 과자를 먹었는데 알고 보니 주위에 소똥들이 가득한 거예요. 하지만 냄새도 안 났고 대부분이 부식된 채 풀 속에 가려져 있어서 전혀 몰랐어요. 설이가 손에 똥을 묻히지 않았으면 그곳이 똥 밭 언덕이었는지도 몰랐을 거예요.”

“사과나무 언덕… ? 혹시 크리스토프네의 언덕 말하는 거니? 오우! 이런… 그곳은 소들을 키우는 곳이야. 그곳에는 소들이 싼 똥들이 가득하다고! 그놈들은 먹고 똥만 싼단 말이야. 그런 곳에 소풍을 갔다니 오우, 맘마미아! 이럴 수가!!”

마을 시장은 한참을 웃었고 우리들은 그 밖의 에피소드들을 이야기 해주었다.

"한국에는 겨드랑이에 스프레이 같은 걸 뿌리지 않아요. 그래서 마리가 사용하는 데오드란트를 멋도 모르고 얼굴에다 뿌렸어요. 덕분에 얼굴이 벌겋게 달아올랐다니까요."

"왓? 오우! 데오드란트를 얼굴에다 뿌린 사람들은 너밖에 없을 거야. 한국에는 데오드란트가 없니?"

"음… 제가 아는 한국 사람들은 사용하지 않아요. 여름을 제외하고는 냄새가 별로 안 나거든요."

"믿을 수 없어."

"한번 맡아보실래요?"

나는 겨드랑이를 들어 올렸다.

"미쳤어! 미쳤어!!"

우리는 밤이 지나가는 줄도 모르고 한참을 떠들었다. 디저트로 마을 시장 부인이 가지고 온 크레페를 구워 먹었고 도중에 프랑스 마리가 타이완 아푸가 가지고 온 중국 전통 소스와 요거트를 섞어 먹어 모두를 기절시켰다. 그리고 분위기는 한껏 올라 있었다.

"그 멍청한 이탈리안 애들이 이런 것을 못 보고 도망쳤다니 불쌍한 것들 같으니라고!"

막탄이 한탄하듯이 말했다.

"솔직히 나는 그 애들의 마음을 이해할 수 있어요. 추위에 떨면서 자야 하는 텐트에다 매일 비 오는 날씨, 일은 막노동이지 프랑스에서 한국으로 가는 기차가 있었으면 나도 당장에 짐 싸 도망갔을 거예요."

"하지만 넌 도망치지 않았잖아. 그리고 제일 중요한 건 왜, 이 크레페를 못 먹고 가버렸냐는 말이야. 얼마나 중요한 일이길래 이 멋진 크레페를 놓치느냐 말이지!

그러고 보니 유럽에 오기 전에 유럽 여행 스터디 조장이 나에게, 워크캠프? 그런 막노동을 왜 가요? 라며 비꼬았던 것이 생각났다. 겉으로 보기에는 막노동에다가 잠자리마저 최악이지만 나는 오히려 호스텔에 지내면서 여행했던 것보다 캠프에서 불편하게 지냈던 것이 훨씬 행복했고 재밌는 것은 이 최악의 숙소와 일은, 또 언제 경험해볼까? 라는 생각이 들었다. 과장 좀 보태면 그 어떤 최고의 호텔보다 이 열악한 텐트 속에서 지냈던 날이 행복하다고 말할 수 있다. 심지어 워크캠프를 참여했던 사람들조차도…. 다른 친구들이 지내는 텐트로 구경 갔는데 그곳을 보자마자 나는 저곳에 안 걸려서 다행이라고 생각했다.

하지만 나는 이 좁고 냄새나는 곳에서 사람들과 부대끼며 서로 냄새 맡고 의지하는 것이 마음을 얼마나 편하게 만들어 주었는지 그들은 절대 이해할 수 없을 것이다. 나는 오늘도 이 포근한 땀 냄새를 맡으며 잠이 들었다.

서서히 드러나는 갈등

시간은 바람과 같이 지나갔다. 처음 이곳에 왔을 때 노리코가 텐트 생활이 너무 힘들어서, 겨우 3일밖에 안 지났어! 라고 투덜거린 지가 엊그제 같은데 벌써 2주가 지나갔다. 갈수록 하루가 지나가는 속도는 가속도가 붙어 손에 붙잡아 두기 힘들 정도였다.

오늘은 모두에게 예민한 날이었다. 아침에 일어나자마자 제일 먼저 보인 사람은 프랑소와였다. 야외 천막이 비바람에 날아가 버린 바람에 식탁과 벤치들은 이곳저곳 아무렇게나 쓰러져 있었고 프랑소와는 혼자 천막을 다시 설치하고 식탁들을 세우고 있었다.

"프랑소와 괜찮아요? 도와줄까요?"

"괜찮아, 다 끝났어."

프랑소와는 얼굴이 굳은 채 묵묵히 천막을 혼자 설치했다. 나는 식탁들을 다시 세운 뒤 부엌에서 아침으로 빵과 치즈 콘프러스트, 우유를 가지고 왔다. 30분이 지나자 아이들은 아침을 먹으려고 텐트 밖으로 한두 명씩 나왔다.

"치즈 좀 줄래?"

검은 머리 스페인 여자 아란챠가 말했다.

"응."

나는 식탁에 있는 치즈를 칼로 자른 뒤 주었다.

"조금 더 줄래? 우리 테이블에 치즈가 많이 없거든."

나는 치즈를 반으로 쪼개서 주었다. 그러자 프랑소와가 쏘아 붙었다.

"욕심부리지 마라니까, 다 같이 먹는 거잖아."

"네?"

순간 얼얼했다. 내 쪽 테이블에 있는 사람들도 치즈를 먹어야 하기 때문에 반으로 쪼개서 준 것뿐인데 왜 이런 이야기를 들어야 하는지 알 수 없었다. 뿐만이 아니었다. 아침을 먹고 하얀 식빵이 딱 하나 남아서 내가 집으려고 하자,

"이건 다 같이 먹는 거야. 왜 혼자 다 먹으려고 하는 거야?"

"딱 하나 남았잖아요."

"그렇다고 혼자 먹을 셈이야? 아까부터 왜 그렇게 욕심을 부려?"

나는 화가 나서 그에게 한마디 하고 싶었지만 캠프 분위기를 망치고 싶지 않아서 말없이 식빵을 올려놓았다. 이깟 빵 쪼가리 하나 때문에 왜 혼나야 했는지 알 수 없었다.

"도대체 프랑소와 왜 저러는 거야?"

"원래 예민해서 그래. 아침부터 야외 천막을 혼자 다 설치했으니까 본인도 좀 꿍해 있겠지, 우리는 그때 다 자고 있었고."

"난 옆에서 식탁 세우는 것도 도와주었고 아침도 준비했다고! 근데

왜 나에게 화풀이하는 거야?"

담라는 내 기분을 풀어주려고 냉장고 안에서 초콜릿을 꺼냈다. 그리고 숨어서 몰래 쪼개 먹은 뒤 프랑소와가 볼까 봐 얼른 다시 집어넣었다.

"이깟 초콜릿도 눈치 보면서 먹어야 하다니!"

일이 시작되고 모두들 시멘트를 만들고 돌을 옮겼다. 그리고 남은 시멘트 찌꺼기들을 물에다 섞은 뒤 땅에다 부으려고 하는데

"꽃들에게 특별한 물을 주어야지."

마리가 갑자기 시멘트 섞은 물들을 꽃 정원에다 부어버린 것이었다.

"마리! 무슨 짓이야!!"

"뭐 어때? 이것도 물이잖아."

"꽃들이 다 죽어 버릴 거야."

"물이니까 괜찮아 신경 쓰지 마."

"……."

뭔가 말하고 싶었지만 마리와 말싸움하고 싶지 않았다. 2시가 되자 일이 끝났고 점심시간이 되었다.

"오늘 점심은 뭐야?"

독일인 칼레가 물었다.

"어제 파티 한다고 재료를 다 써서 계란과 밥밖에 없어. 그래서 오늘은 계란밥이야."

"또 라이스(쌀)야? 벌써 3일째 라이스를 먹었는데 도대체 우리가 언제까지 라이스를 먹어야 돼?"

"그럼 더 좋은 아이디어 있어?"

"그건… 없지."

칼레는 우물쭈물 거리다가 밖으로 나갔고 나는 부엌으로 돌아가서 요리를 준비하고 있었다.

그러자 밖에서 마리가 들어왔다.

"설이, 요리는 잘 준비되고 있어?"

"응. 하지만 지금 쌀이 부족해서 더 만들어야 할 것 같아."

"그럼 채소를 더 많이 준비하면 돼."

"근데 지금 일하다가 들어와서 애들 많이 배고플 텐데 채소만으로 될까? 지금 채소도 부족한데."

"내게 좋은 생각이 있어."

마리는 부엌에 있는 채소들을 몽땅 가져오더니 냄비 안에 있는 밥과 섞고 물을 부어버렸다.

"이게 무슨 짓이야?!"

"이렇게 하면 채소도 같이 먹을 수 있고 밥도 불어서 더 많이 먹을 수 있을 거야. 그리고 간장은 섞지 말자. 나에게 집에서 가져온 치킨 맛 나는 소스가 있는데 그걸 넣고 마지막에는 계란을 장식하는 거야, 어때?"

"뭐… 그래."

마리는 신이 나서 나에게 아무런 상의 없이 이것저것 섞어버렸다.

적어도 하기 전에 물어보면 좋잖아.

나는 마음이 상해서 도중에 부엌을 나가버렸다. 밖에는 칼레가 기타를 치고 있었다.

"뭐, 안 좋은 일 있어?"

칼레가 물었다.

"아무것도 아니야 그냥…."

"너, 에그 라이스 만든다고 하지 않았어? 벌써 다 된 거야?"

"아니… 그건 아니고. 마리가 재료를 아무거나 섞어버린 바람에 그냥 나와 버렸어. 나도 걔가 뭘 만드는지 모르겠지만."

"다른 것을 시도하는 것일 수도 있지."

"그래도 자기 멋대로 재료를 섞어버리다니, 그 전에 나에게 물어볼 수는 있잖아."

"걔가 원래 즉흥적인 성격이잖아. 너무 마음에 담아두지 마."

"그래, 칼레 그리고… 아까 예의 없이 말한 것은 미안해 고의가 아니었어."

"됐어. 나도 그렇게 신경 쓰진 않아."

30분이 지나자 마리는 본인이 만든 음식을 들고 나왔다

"자 모두들 주목! 오늘의 주제는 유러피안식 에그 라이스야! 기존에 먹던 것과 좀 다르지만 더 맛있을걸? 자 다들 먹어봐."

과연 저게 맛있을까? 나는 반쯤 의심하며 먹었지만 혀의 미각을 놀라게 할 정도로 맛있었다.

"이거 꽤 맛있잖아?!"

"하하하 그렇지? 설이, 내가 말했잖아. 유러피안 식으로 혼합하면 더 맛있을 거라고. 그래도 네 기존의 음식이 맛있어서 더 효과를 본 것 같아."

음식은 맛있었지만 내 상의 없이 유러피안 식이라는 명칭으로 음식을 아무렇게나 만든 바람에 기분이 상했고 먹는 중에도 표정관리를 할 수 없었다.

"설이 요즘 괜찮아?"

"응, 난 괜찮아. 왜?"

터키인 담라가 물었다.

"아니, 얼굴이 예전보다 밝아 보이지 않아서. 무슨 일 있어? 프랑스에 한 달 이상 있었지? 가족이 그리운 거야?"

"아니, 그런 거 아니야. 난 괜찮아 좀 피곤한 것뿐이야."

전혀 괜찮지 않았다. 캠프 생활은 즐겁고 다양한 사람들을 만나서 좋지만 시간이 지나고 조금씩 드러나는 단점들이 보이기 시작했으며 특히 나의 영어는 이곳 아이들보다 부족하기 때문에 의사소통을 하는 데도 한계가 있고 표현하고 싶은 말이 있어도 말을 못할 때도 많아서 서로 답답할 때가 많았다. 또한 사람이 많다 보니 같이 다니는 무리가 생겼고 나는 그 어디에도 속하지 못했다.

물론 다른 아이들과 어울리긴 하지만 약간 겉만 맴도는 느낌이었고 마치 내가 그들 세상에 들어온 방문자가 된 것 같았다. 그나마 같은 동양인인 노리코에게 의지할 수밖에 없었는데 언제는 모든 아이들이 즐겁게 파티를 즐기고 있는 중에 노리코가 자려고 텐트로 돌아가려고 하는 순간 혼자 남겨지기 싫어서 나도 재빨리 그녀를 따라 돌아갔다.

"난 먼저 자러 갈게! 모두들 내일 보자!"

마치 노리코가 아니면 같이 놀 사람 없는 것처럼 도망치듯이 나왔다. 이런 나의 상황은 다른 아이들은 알까? 아니면 나만 혼자 깊게 생각하는 것일까?

"설이, 무슨 생각해?"

터키인 달마가 내 옆에 앉았다.

"그냥… 혼자 생각하고 있었어."

"그래? 요즘 고민이 많아 보이는데 무슨 일이야?"

"고민 같은 거 없어… 그냥…."

"혹시 마리가 재료를 이것저것 섞어버려서 화가 난 거야? 마리도 아까 그것 때문에 네가 화난 것 같다고 미안하다고 그러더라. 자기는 새로운 것을 시도하고 싶어서 멋대로 행동했다고."

"아니, 딱히 그것 때문은 아니야."

"그럼 도대체 무슨 일인데? 말해봐, 우리는 친구잖아."

친구라… 확실히 달마는 나랑 친구이긴 하다. 달마와 두체와 같이 소풍도 갔고 대화도 할 수 있다. 하지만 원래 친한 터키인 두체처럼 그녀 속으로 더 깊숙이 들어가지 못한다.

"확실히 느껴지는데 너 예전과 같지 않다는 것이 보여. 무슨 일이야?"

"괜찮아 별것 아니야."

"그렇지 않은 것 같은데?"

"아니야… 그냥… 내가 약간 겉도는 기분이 들어."

"겉돈다고? 네가 여기에서 제일 잘 나가는 슈퍼스타인데 무슨 소리를 하는 거야? 넌 마을 사람들과도 친하고 너의 음식으로 시장님 저녁도 대접했고, 농장에서 손에 똥도 묻히고 온 애야. 모두들 너를 좋아해."

"그렇지 않아. 그렇게 보이겠지만 사실… 너도 알다시피 내가 영어를 잘 못하잖아. 그래서 대화할 때도 못 알아들을 때도 많고 가끔 애들과 대화할 때 그들 표정에서 답답하다는 것이 보여, 뭐 당연한 거지만. 그래서 너희들과 있을 때 이야기도 못 하고 가만히 있을 때도 많아 뭔가 재밌는 파티에 참여했지만 그 무리에 속하지 못 하는 느낌이랄까?"

"겨우 그런 것 때문에 그렇게 꿍해 있었던 거야? 설이, 너는 모두랑 골고루 친하잖아. 왜 굳이 무리를 찾으려고 해? 그리고 우리는 영어가 모국어가 아니라서 당연히 영어를 못하는 게 당연하지. 나도 다른 애들이 영어를 빠르게 말할 때 알아듣는 척 고개를 끄덕거릴 때가 많다고."

"굳이 무리를 찾으려고 하는 건 아니야, 단지 외로워서 그래. 나도 마음 편하게 이야기할 상대가 필요했던 것 같아. 다들 각자 제일 친한 친구가 있고 무리가 있는데 나는 없잖아. 네가 말한 것처럼 난 모두와 친하지만 모두와 적당히 친하게 지내는 것뿐이야."

"그럼 내가 제일 친한 친구가 되어줄게. 고민거리 있으면 나에게 이야기해. 터키랑 코리아는 형제잖아. 터키사람은 형제를 가볍게 생각하지 않아, 그러니까 힘들면은 언제든지 나에게 와."

"고마워."

달마와 차를 마시면서 많은 것을 이야기하면서 내가 모르는 것들을 알게 되었다. 프랑소와의 히스테리부터 서양 사람들 속에서 나 혼자 외로움을 느끼는 것까지.

"그럴 수 있어. 오늘 프랑소와 기분이 많이 안 좋잖아. 혼자 날아간 텐트 천막을 다 설치했는걸, 그리고 리더라서 모든 애들을 통제해야 하는 스트레스도 있고, 너무 깊게 생각하지 마."

달마와 이야기하면서 시간 가는 줄 몰랐다. 덕분에 그동안 속에 담아두었던 것들이 후련하게 풀렸다. 나는 이날 가장 친한 친구를 만났다.

"애들아! 내일 일정 이야기 할게, 모두 모여봐."

프랑소와와 막탄이 모두를 불렀다.

"오늘 수고했어! 덕분에 우리가 예상했던 것보다 일이 더 빨리 끝났어. 너희들이 잘 따라준 덕분이야. 내일은 마지막 날이니까 특별한 이벤트를 준비했어. 내가 확인해 보니까 요 근처 이웃 마을에서 지역축제가 연대, 그러니까 그 지역 바닷가에서 논 다음에 축제에 참여하는 거야 어때?!"

"좋아요!"

"그리고… 하고 싶은 말이 있는데 오늘 본의 아니게 너희들에게 화를 내서 미안하다. 개인적인 감정은 없어. 여기는 단체 생활이잖아. 그러니 서로 존중해 주었으면 좋겠어."

프랑소와는 말을 계속했다. 천막이 날아갔는데도 아무도 자기를 도와주지 않았던 것, 기타 등등. 그리고 무엇보다 자기와 막탄 둘 다 리더이지만 우리들의 협력이 필요하다고 했다.

"네, 알겠어요."

"이미 우리는 좋은 팀이야. 조금 더 노력하면 최고의 팀이 될 수 있을 거야."

우리는 서로 돌아가면서 캠프에 관해서 이야기했다. 지난밤 축제 때 맥주병이 어질러져 있으면 누가 치울지 기다리지 말고 본인이 먼저 치우자는 것, 비록 소금통에 벌레가 있어도 버리기 전에 모두에게 이야기하고 버리라는 점, 각자 서로 참고 있던 점을 조심스럽게 말했다.

"그때 소금통에 개미들이 득실거려서 그냥 버린 거였어."

"하지만 소금이 그거 하나밖에 없었고 요리를 만들 수가 없잖아. 못 먹는 소금인 것은 알지만 그래도 모두에게 이야기하고 버렸으면 좋겠어."

　나는 이날 모두와 이야기하면서 나만 고민을 가지고 있지 않고 각자 가지고 있는 고민거리와 서로 참고 있던 것들이 있다는 것을 알게 되었다. 다들 그러면서 하나씩 배워 나가는 거고 오늘 미팅으로 모두와 의견을 공유하면서 서로 서운한 점을 조심스럽게 이야기하는 법도 배워 나갔다. 그러면서 하루가 지나갔고 나는 조금 더 성장했다.

브리트니 지역의 축제

캠프에 오고 나서 아침에 일어나 제일 먼저 하는 일은 밥을 먹는 것이 아니라 안토니의 집으로 가는 것이었다.

나는 애들이 깰까 봐 조용히 움직인 뒤 안토니의 집 마당 앞으로 가서 핸드폰을 켜고 와이파이를 잡기 시작했다.

"연결되라… 연결되라… 됐다!!!"

프랑스의 북부지역, 브리트니 마을에서 지내는 동안 단 한 번도 인터넷을 사용하지 못했다. 우선 컴퓨터 자체가 없고 이 시골 마을에서 인터넷 연결망을 쓴다는 것 자체가 불가능했다. 그래서 유럽에 온 지한 달 반 동안 한국 소식에 관해서는 눈먼 장님이었다. 가끔 호스텔에서 만난 사람들을 통해 박태환이 금메달을 놓쳤다더라라는 입소문만 들어 한국 소식을 알음알음 알고 있을 뿐이었다. 그렇게 인터넷과 연을 끊었나 싶었으나 노리코와 아푸를 통해서 안토니의 집 앞에 와이파이를 잡아 쓸 수가 있다는 정보를 들었고 이미 몇 아이들은 몰래 가서 인터넷을 사용한다고 했다. 그 이후로 나는 아침 일찍 일어나 몰래 안토니의 집 마당 앞에 쭈그린 채 와이파이를 사용했다.

"봉주르 마담!!!"

"왁!!"

갑자기 안토니가 얼굴을 위에서 가까이 들이밀었다.

"깜짝이야! 심장 떨어지는 줄 알았잖아."

"너야말로 아침 7시부터 우리 집 앞에서 뭐 하는 거야?"

"그냥 뭐… 너네 집 와이파이 쓰고 있었어. 안 되는 거야?"

"나는 괜찮지만 엄마가 알면 화낼 거야. 남이 우리 집 인터넷을 함부로 쓴다고 생각하니까."

"그런가?"

"하지만 괜찮아 마지막 날이니까. 내일 떠나는 거지?"

"응. 담라, 두체, 타파는 아침 일찍 떠나고 나머지 애들은 1시에 떠날 거야."

"그래… 그동안 정 많이 들었는데…. 코리안 Geek이 가면 이 마을은 또다시 따분해질 거야. 오늘은 뭐해? 일은 어제 다 끝났잖아."

"오늘은 바닷가 간 다음에 지역 마을 축제로 간다고 했어. 이 근처라고 들었는데."

"아! 나 거기 어딘지 알아 아마 차 타고 2시간 이상 걸릴 거야. 좋겠다. 나도 가고 싶지만 일이 있어서 못 갈 것 같아."

"그래, 어쩔 수 없지…."

"내일 마중 나갈 테니까 그때 보자. 인터넷 적당히 쓰고!"

"응!"

150

나는 안토니의 집 앞에서 와이파이를 쓴 뒤 캠프로 돌아갔다.

"자! 모두 준비되었지?! 바다가 우리를 기다리고 있다고!"

막탄이 앞에 나와 소리쳤다.

"자, 이제 출발하자! 늦게 오는 사람을 때놓고 갈 거야!"

아이들은 미친 듯이 막탄과 프랑소와 차에 올라탔다.

"자, 이제 출발! 바다야 우리가 간다. 기다려라!!"

오늘은 워크캠프 마지막 자유시간, 그동안 프랑스 마을 시청에서 3주 동안 돌벽을 쌓은 일이 완성되었고 그 대가로 우리들은 꿀 같은 자유시간을 맛볼 수 있었다. 그것은 바로 브리트니 지역 마을 축제에 참가하는 것과 그리고 바다로 가는 것이다.

"오늘은 정말 중요한 날이야. 이번 축제에 브리트니 전통 음악을 들을 수 있는 절호의 기회라고! 난 이날 축제만 기다렸어!!"

프랑소와가 흥분하면서 말을 했다.

"정말요? 음악에 대해서 관심이 많나 봐요?"

"물론이지. 내 일이 끝나면 동료들과 같이 카페에 가서 음악을 연주한다고 공연도 여러 번 열었고 말이야."

프랑소와는 자신의 밴드 음악에 대해 끊임없이 이야기하기 시작했다. 우리는 귀를 기울이며 고개를 끄덕였다.

"이렇게 가니까 뭔가 프랑소와와 아이들 같지 않아요?"

"맞아! 뭔가 프랑소와는 운전하면서 우리를 돌보아 주고, 우리들은 자식들 같아요."

"하하하! 그래 맞아. 나는 프랑스, 스페인, 한국, 일본, 대만, 독일 여자랑 살다가 전부 이혼했어. 내 바람기를 멈출 수가 없었거든, 덕분에 위자료로 돈도 다 날렸고 남은 것은 내 자식들뿐이지, 앞으로 이것들을 어떻게 먹여 살릴지 걱정이 태산이다."

"프랑소와, 나이가 스물여덟 살이죠? 우리들은 스물한 살이니까 뭐야 그럼 일곱 살부터 여자를 사귀었단 말이에요?"

"으아악! 끔찍해 상상하게 되잖아!"

"하하하하!!"

우리들은 왁자지껄 떠들면서 갔다. 2시간가량이 지나자 바닷가에 도착했고 우리들은 도착하자마자 옷을 벗고 수영복을 입은 채 바닷가로 뛰어들었다.

"앗! 차가워!!"

"으아아악!!! 차가워! 완전 차가워!"

바닷물은 매우 차가웠다. 그것도 보통 차가운 게 아니라 얼음이 짱짱한 얼음물에 들어간 것 같았다. 아이들은 비명을 지르며 바닷가에서 나왔다.

"이건 뭐 극기훈련 하는 것도 아니고 말이야!"

"거의 고문에 가까운 수준이야!"

"하지만 차 타고 먼 길에서 왔는데 이대로 물러설 수는 없어!"

모두들 심호흡을 한 뒤 비명을 지르면서 바닷물에 뛰어들었다.

"으아아아아악!!"

"젠장! 젠장!!"

물의 온도는 고문에 가까운 수준이었다. 나는 주저하다가 결국 바닷물에 뛰어들지 못하고 조용히 모래사장에 앉아 햇빛을 쬐고 있었다.

"어이~ 아가씨 혼자 뭐해? 바다에 안 들어가?"

막탄이 물었다.

"괜찮아. 바닷물이 너무 차가워서 들어가다가는 내가 먼저 심장마비로 죽을 거야. 무엇보다 나는 수영을 못 하거든."

"그래? 저기 봐! 애들 다 섬으로 헤엄치고 있어."

자세히 보니 바다에 뛰어든 모든 아이들이 근처 섬으로 헤엄치며 가고 있었다.

"세상에 다들 미쳤어!"

"재밌잖아. 수영을 못한다면 저곳에 가지도 못 하겠지, 나도 수영을 못 하거든."

"그래도 무엇보다 물의 온도는 상상을 초월할 정도야. 브리트니 지역 바닷물은 원래 이렇게 차갑니?"

"차갑다고? 이 정도는 보통이야!"

"역시! 북부 지역 사람들은 대단해."

막탄은 내 발에 모래성을 쌓은 뒤 작은 돌멩이로 발가락을 만들어 주었다.

"짜잔! 세상에서 가장 큰 발이야!"

"고마워 막탄."

그렇게 서로 장난치다 낮잠을 잤다.

프랑스 북부 지역 브리트니의 바다는 물도 차갑고 바닷물 비린내도 심했으며 미역은 모래사장 여기저기 나뒹굴었고 바위에는 작은 조개들이 징그러울 정도로 덕지덕지 붙어 있었다. 하지만 사람들이 많이 찾는 남프랑스 바닷가와는 달리 꾸밈없고 자연스러웠다.

"자, 다들 배고프지? 이제 점심 먹으러 가자!"

우리들은 배를 타고 근처 다른 곳으로 이동했다. 지역 축제가 열리는 바로 그곳이었다. 우리들은 점심을 먹은 뒤 축제를 구경했다.

"아가씨! 이리 와 봐요! 여기서밖에 안 파는 특별한 수제 치즈에요!"

큰 거리엔 작은 부스들이 다닥다닥 붙어있었으며 본인 고유의 물품들을 팔고 있었다.

수제 치즈, 비누, 향수, 케일 등등… 여러 가지 볼거리가 많았으며 나는 치즈와 과자들을 여기저기 시식하면서 축제를 즐겼다. 또한 메인 광장에서 프랑스 락커들이 공연하는 것도 이 축제의 포인트였다. 우리들은 그렇게 축제를 즐기느라 시간 가는 줄 몰랐고 축제 부스가 너무 많아서 3시간 동안 둘러보아도 시간이 부족할 정도였다,

노을이 지고 저녁이 되자 메인 광장에서 브리트니 전통 복장을 입은 사람들이 악기를 들고 전통 음악을 작은 무대 위에서 공연했지만 사람들은 그 주위에서 멀뚱멀뚱 쳐다만 보고 있었다.

"있지! 이건 클래식 음악이 아니라 브리트니 전통 음악이야! 이런 건 점잖은 채 팔짱 끼고 쳐다만 보는 음악이 아니라고!"

마리가 한심하듯이 말했다. 그녀는 내 손에 새끼손가락을 걸더니 춤을 가르쳐 주었다.

"이건, 이렇게 추는 거야."

춤은 서로의 새끼손가락을 걸고 원을 만든 채 그 안에서 스텝을 밟으면서 추는 춤이었는데 우리나라 강강술래를 생각하면 더 쉽다. 우리는 그렇게 서로 원안에 들어갔다 나왔다 춤을 추었다. 그리고 나와 마리는 은근슬쩍 모르는 사람에게도 새끼손가락을 걸었다.

뿌리치면 어떡하지?

하지만 걱정과는 달리 그들은 자연스럽게 손가락을 걸어 춤을 추어주었고 초반에는 어색하고 쑥스러웠지만 한 사람에게 성공해보니 다른 사람에게도 금방금방 손가락을 걸기 쉬웠다. 우리들이 적극적으로 춤을 추니 점점 참여하는 사람들이 늘어났고 광장에 큰 원을 만들어 프랑스 브리트니 판 강강술래를 추기 시작했다. 리듬도 엇 박으로 추고 발도 밟았지만 그런 것은 상관없었다. 그저 음악에 맞긴 채로 손가락을 낀 채 마음대로 춤을 추었다

그렇게 시간 가는 줄도 모르고 축제를 즐기는 사이 날은 금방 어두워졌다.

"이러다가 배 놓치겠어! 빨리 가야 해!"

우리들은 허둥지둥 파티를 빠져나갔고 서둘러 항구로 도착했다. 하지만…

"미안해요, 배가 10분 전에 떠났어요."

"뭐라고요?"

우리들은 패닉에 빠졌다.

"그럼 우리 여기서 노숙을 해야 하는 거야?"

"여기서 배를 타지 않고 가는 방법이 있어요. 쭉 걸어서 가야겠지만."

"얼마나 걸리죠?"

"한 시간 넘게 걸릴 거예요."

"상관없어요. 여기서 노숙하는 것보다는 나으니까."

우리들은 모래사장을 따라 걸어갔다. 바다의 걸러내지 않은 비린내와 지린내는 코를 찔렀고 질척한 미역들이 샌들을 뚫고 내 발을 휘감았

으며 미끌한 감촉 때문에 두드러기가 날 것 같았다. 가면 갈수록 상황은 최악이 되었다.

"오줌 마려워!"

하지만 주위에 화장실 같은 것은 없었고 구석 모래사장에서 소변을 보려고 했지만 가릴 만한 것도 없었다. 담라와 두체가 가려준다고 했지만 다 큰 성인이 사람 뒤에서 소변보는 것 자체가 너무 창피했다. 결국 담라의 팔을 붙잡고 1시간 이상 비틀비틀 꼬불꼬불 걸어가는 수밖에 없었다.

"이러다간 방광이 터지겠어!!"

결국 3시간을 걸어서 바닷가에 도착했고 나는 그 즉시 공중화장실로 달려갔다.

"하아… 배고파… 뭐라도 좋으니 먹고 싶어."

"막탄, 프랑소와, 여기서 뭐 먹을 수 있는 곳이 없을까요?"

"이러다간 정말 배고파 죽겠어요."

모두들 8시간 내내 밥도 먹지 않아서 배가 고파있는 상태인 데다 몹시 지쳐있었다. 다들 프랑소와와 막탄에게 하소연을 하자 막탄은 결심을 한 듯 누군가에게 전화를 걸었다.

"네… 네… 알겠습니다… 그럼 그렇게 해도 되는 것이죠? 알겠습니다."

막탄은 누군가와 한참 통화하더니 우리들에게 말했다.

"방금 에이전시와 통화했어. 지금 우리 사정을 이야기했더니 한 사람당 10,000원어치 저녁을 먹을 수 있대."

"정말요?"

"응. 저녁도 못 먹은 채 굶은 채로 갈 순 없잖아."

"막탄, 너무 고마워요."

"뭘, 이게 리더의 일인걸. 뭐 먹고 싶어?"

"아무거나 상관없어요!"

"그럼, 저기 피자가게가 있으니까 저기로 가 볼까?"

우리들은 막탄이 가리키는 피자가게로 들어갔다. 우리는 들어가자마자 메뉴를 잔뜩 시킨 뒤 며칠 굶은 거지마냥 우악스럽게 먹어댔다. 더군다나 나는 살찔까 봐 7시 이후로는 밥을 절대 먹지 않은 사람인데 이날만큼은 운동선수 못지않게 엄청 먹어댔다. 시계를 보니 벌써 12시가 넘었으며 우리들은 프랑소와의 차를 타고 캠프로 돌아갔다.

"내일 제대로 일어날 수 있을까? 내일 아침 8시 기차인데."

"괜찮아, 내가 알람을 세 개 맞춰놓을게."

우리들은 피자를 잔뜩 먹어 배가 부른 채 새벽 3시가 돼서야 겨우 캠프에 도착했다. 해변가 까지 한참 걸어 땀에 절었는데도 불구하고 아무도 샤워를 하지 않고 곧장 텐트로 들어가서 모두들 기절한 듯이 잠을 잤다. 내일이면 각자 집으로 돌아가야 하는 날이라는 것을 아무도 인지하지 못한 채 그간 쌓인 피로에 눌려 깊이 잠에 곯아떨어졌다.

동화 속에서 깨어나다

나는 어제 그렇게 피곤했는데도 불구하고 여전히 텐트의 찬 바닥에 잠을 제대로 청하지 못하고 이리저리 뒤적거리고 있었다. 아마 찬 바닥 때문이 아니라 오늘 헤어져야 하기 때문에 몸이 일부러 반응하는 것일까? 나는 잠과 현실의 경계를 넘나들며 비몽사몽 하고 있는 도중에 어디선가 부스럭거리는 소리에 눈을 떴다.

"응? 누구지?"

텐트를 열어보니 담라와 두체가 캐리어를 바깥으로 옮기고 있었다.

"두체! 담라!"

나는 그 둘을 끌어안았다.

"설이! 우리 때문에 깬 거야?"

"아니야. 작별인사도 제대로 못 하고 떠나보내다니 너무 아쉬워!"

"어쩌겠어. 8시 기차이고 아침 일찍 준비해야 하는걸… 우리도 작별인사를 하지 못하고 가는 것이 아쉬워."

"너희들과 함께한 사과나무 똥 밭 소풍은 절대 잊지 못할 거야."

"아하하! 그래 맞아. 우리도 절대 잊지 못해!"

담라는 목에 걸고 있는 스카프를 풀고 나에게 건네주었다.

"이건 이별의 선물이야. 내가 제일 아끼는 것인데 이걸 걸고 있으면 다시 만날 수 있을 거야. 스카프는 주인을 찾으려고 하거든 그러니까 나중에 다시 만날 때 돌려줘."

"그래! 그럼 이건 당분간 내가 맡아 놓을게. 그리고 너에게 다시 돌려줄게."

"그래!"

담라는 눈물을 글썽인 채 나의 볼에 키스했다.

"설이… 너와 캠프 친구들과 지냈던 나날들은 절대 잊을 수 없을 거야… 절대 못 잊어…."

"그래… 나도 마찬가지야."

담라와 두체는 눈물이 고인 채 캐리어를 끌고 막탄의 차에 탔다.

"설이! 또 만나자!"

"그래! 우리 또 만나자 난 알 수 있어!"

"터키에 오면 꼭 연락해!"

"그래! 이거 진짜야!! 내년에 터키로 가서 너희 집에서 잘 거야!"

"기다릴게!"

그렇게 담라와 두체는 떠났다.

짐을 싸는 것은 수월했다. 나는 한 달 반 동안 유럽 여행을 통해 이미 짐 싸는 데는 도가 트였다. 캐리어를 끌고 잔디밭을 올라가는데 안토니가 앞에서 도와주었다.

아이들과 다 같이 마지막 아침을 먹었다. 이렇게 다 같이 먹는 것도 마지막이겠지. 지금 생각해보면 캠프에서 있었던 모든 일들이 비현실적인 일 같다. 마을 사람들과 파티, 사과나무에서 똥 만진 일, 지역 크레페와 온갖 음식들을 마음껏 먹은 일, 마치 동화 속 신데렐라처럼 12시가 되자 마법이 풀린 것 같았다.

첫날 이곳에 왔을 때 끔찍한 텐트 생활, 강추위와 비바람 그리고 화장실과 숙소 안에 우글대는 벌레들로 가득한 이곳에서 3주 동안 어떻게 있지? 라고 생각한 것이 엊그제 같은데 시간이 가속도가 붙어서 피부로도 느껴지지 못할 정도였다.

우리는 프랑소와의 차를 타고 기차역으로 출발했다. 하지만 길이 막힌 나머지 빨리 갈 수가 없었다. 여기서 기차역까지는 어림잡아 1시간 30분, 1시간 안으로 역까지 도착해야 하는 사람도 있기 때문에 프랑소와는 마음이 다급해졌다. 처음에는 경운기가 우리 앞을 가로막아 느리게 갈 수밖에 없었고 두 번째는 도로공사 때문에 길이 막혔다. 프랑소와는 화가 머리끝까지 나서 불어로 에미넴 못지않게 혼자 랩을 쏟아냈다.

한 20분 정도 기다리자 도로 정체가 어느 정도 풀렸고 프랑소와는 스피드를 내서 갔는데 중간에 경찰들이 도로 한복판에 쫙 깔려있어서 도중에 멈출 수밖에 없었다. 그들은 마치 탈주한 범죄자를 잡으려고 하는 것마냥 무섭게 노려보고 있었고 프랑소와에게 다가와 신분증을 요구했다. 그들은 매우 진지하게 이야기하더니 프랑소와 입에다가 음주 측정기를 갔다 댔다.

프랑소와가 음주 운전을 했다고 생각할 만큼 빨리 달렸단 말이야?

프랑소와는 기계를 입에다 불었고 경찰들은 가도 좋다고 했다.

"아니 이 아침에 누가 술을 마신다고 생각해요?"

"프랑스는 그럴 수 있어."

프랑소와는 경찰들이 붙잡든 말든 더욱 속도를 내서 갔고 우리들은 제시간에 상브리뉴 역에 도착했다. 상브리뉴 역, 참 오랜만이다. 혼자 캐리어를 끌고 헤매는 도중 할머니가 이 역까지 태워다 주었고 덕분에 워크캠프로 갈 수 있었는데…. 3주 동안 프랑스 북부 동화 속에서 살다 온 것 같았고 기차역에 다시 오니 마치 동화책 밖으로 빠져나온 기분이었다. 그동안 있었던 일들이 환상 속의 신기루 같이 느껴졌다.

우리들은 칼레, 아란챠, 마리, 미타, 아푸, 막탄, 프랑소와와 작별인사를 했다. 칼레는 독일 집으로 갔다가 며칠 뒤 남프랑스로 워크캠프 참여할 것이며, 프랑소와는 밴드 동료들과 음악 공연을 하러 다른 지역으로 떠나고 막탄은 바로 다음 워크캠프로 참여할 것인데 리더 자격이 아닌 참가자 자격으로 참가한다고 했다. 그렇게 각자 자기의 길을 걸어갔다.

나는 노리코와 함께 렌을 구경하기로 했다. 상브리뉴 역 근처였고 딱히 렌을 매우 보고 싶지는 않았지만, 노리코와 하루 더 보낼 수 있다는 것 자체가 기뻤다. 동화 속에서 바로 깨지 않고 기간을 더 늘리고 싶었다.

"난 네덜란드 기차표 끊고 올게."

노리코는 렌 다음으로 갈 네덜란드 기차표를 끊으러 갔다.

나는 렌 기차표를 2,000원(유레일 소지자 가격)에 끊고 먼저 의자에 앉아 노리코를 기다렸지만 시간이 지나도 오지 않았다. 무슨 일이 생긴 줄 알고 가보았더니 앞에서 역 직원과 실랑이를 벌이고 있었다.

"이해할 수가 없어! 난 유레일패스를 비싼 돈 내고 끊었는데 왜 또 5만 원이나 추가 요금을 내야 해?"

"마담… 음… 그러니까 이건 예약비라서 유레일패스 끊어도 국제선은 예약비 내야 해요."

"이건 말도 안 돼!"

"노리코 무슨 일이야?"

"설이, 이것 좀 봐! 정말 말도 안 되는 일이야. 유레일패스고 뭐고 다 소용없는 거였어."

"노리코, 우선 티켓부터 끊고 보자. 예약비 안 내면 네덜란드 못 가!"

"이건 말도 안 돼!"

결국 노리코는 예약비를 내고 네덜란드 국제선 티켓을 끊었다.

"정말 이해할 수가 없어! 유레일패스… 쏘 디피컬트… 돈도 많이 들어."

"나도 처음에 유레일패스 끊으면 모든 기차를 다 공짜로 탈 수 있는 줄 알았는데 그게 아니었어. 예약비를 내야 해. 그리고 원래 외국에 오면 이해할 수 없는 일들이 많이 일어나. 나도 워크캠프로 가는 기차 티켓 끊으려고 하는데 어떤 직원은 만석이어서 끊을 수 없다, 그러고 어떤 직원은 티켓이 남아있다고 끊어 주었다니까? 정말 알 수 없는 동내지만 이런 일에 익숙해 져야 해."

"분해, 분하다고!"

노리코는 씩씩거리며 걸어갔고 나는 그녀를 달래주기 바빴다. 그녀의 기분을 풀어줄 겸 바로 점심을 먹고 렌을 구경했다.

렌은 관광명소로서는 정말 볼 것이 없었다. 그냥 작은 프랑스 마을

이었다. 교회와 아기자기한 집과 조그만 음식점들, 하지만 그래서 더
기억에 오래 남았다. 관광 색이 묻지 않았으며 마치 내가 현지인이 되
어 마을을 돌아다니는 기분이었다. 노리코와 같이 작은 음식집에 가서
아이스크림 크레페를 시켜 먹었는데 그때는 마치 동네 분식집에 들러
떡볶이 먹는 여고생마냥 자연스럽게 어우러진 느낌이었다. 중간에 프
랑스 만화방도 들리고 향수 가게, 인형가게를 들린 뒤 숙소로 돌아갔
다. 아! 참고로 숙소는 호텔이었다. 비록 싸구려 호텔이었지만 유럽에
와서 처음 자보는 호텔이었고 텐트와 호스텔에서만 지냈던 나에게는
궁궐과도 같았다.

"세상에 내가 호텔에서 자게 될 줄이야! 믿을 수가 없어!!"

나는 씻고 침대에 누우면서 음악을 듣고 있었고 노리코는 노트북을
켜고 인터넷을 했다.

"설이, 너 이제 어디로 간다고 했지?"

"이제 파리에서 하루 자다가 바로 스위스로 넘어갈 거야. 그곳에서
워크캠프 또 하거든."

"아! 맞아. 스위스에서 워크캠프를 한다고 했지? 너도 참 대단하다,
캠프를 두 개나 하다니."

"재밌잖아. 나는 힘들어도 그냥 여행하는 것보다 워크캠프 하는 게
더 좋아."

"그곳은 어떤 일 하는데?"

"글쎄… 여기 주제를 보면 농업이라고 적혀있는데 아마 알프스 산에
서 소 젖 짜는 일을 하지 않을까?"

"오오! 재밌겠다. 확실히 돌벽 쌓는 일보다는 나을 거야 숙소는 텐트

가 아니지?"

"당연하지! 여기 오두막이라고 적혀있어. 적어도 추위에 떨어 잠에서 깨는 일은 없을 거야! 하지만 문제는 찬물 샤워라고 적혀있어. 난 텐트 생활은 어떻게든 버티겠는데 찬물로 샤워하는 것은 정말 못해. 텐트 생활을 버틸 수 있었던 것 중 하나가 그나마 온수로 샤워할 수 있었던 것인데 여기는 어떻게 버틸지 벌써부터 막막하다."

"걱정하지 마! 넌 씩씩하니까 잘할 수 있을 거야."

노리코와 나는 앞으로의 일정에 관하여 이야기를 했다. 노리코는 바로 네덜란드로 넘어가서 축구 경기를 관람할 거고, 나는 스위스 알프스에서 2주 동안 머문 뒤 바로 이탈리아—스페인—프랑스로 넘어가는 계획이었다.

다음 날, 아침 일찍부터 부스럭거리는 소리가 들렸다. 노리코가 짐 싸는 소리다. 노리코는 아침 8시 기차여서 일찍 일어났다.

"노리코, 떠나는 거야?"

"응, 이제 가려고 해 설이. 여러 가지로 고마웠습니다."

노리코는 갑자기 나에게 존댓말을 쓰더니 어른에게 인사하듯 고개 숙이며 인사했다. 좀 당황스러웠지만 이게 책에 나온 일본식 작별 인사구나 라고 생각한 뒤 나도 노리코에게 고개 숙이며 인사했다. 마지막으로 남은 워크캠프 친구를 보낸다는 생각에 가슴이 아팠다. 역시 헤어짐은 쏠쏠했고 특히 나 혼자 호텔에 남겨질 때 모든 동화가 끝났다는 기분이 들어 가슴이 아팠다.

"설이, 스위스 워크캠프 간밧데(힘내)!"

노리코가 떠났다.

스위스로 가는 길

산골이라 그런지 오후 4시밖에 되지 않았는데 춥고 어두워지기 시작했다.

지금 나는 아무도 없는 스위스 산속 낡은 버스 정류장에서 혼자 덩그러니 워크캠프 참가자들을 기다리고 있다.

혹시 아무도 안 와서 나 혼자 남겨지게 되면 어떡하지?

이 산속에는 호스텔이고 호텔이고 찾아보기 어려웠다. 최악의 경우에는 방금 만난 뚱뚱한 남자가 준 번호로 연락을 할 수밖에 없다. 심지어 핸드폰 배터리도 얼마 남지 않았다. 그리고 캠프 리더는 이 상황에 왜 전화를 꺼 놓은 거야? 정말 미치겠네. 프랑스 워크캠프를 떠난 뒤로 왜 이런 일이 생기는 것일까? 그때 노리코를 호텔에서 마지막으로 떠나 보낸 뒤로 제대로 된 일이 하나도 없었다. 난 이제 어쩌면 좋지?

프랑스 고속기차 테제베(TGV)를 타고 스위스로 넘어갈 때는 국경 넘는 게 이웃집 가듯이 이렇게 간단할 수가 있구나, 라며 신기했다. 하지만 그 뒤로 더 엄청난 일들이 나를 기다리고 있었다.

우선 스위스 워크캠프가 툰 지역에 있는 토이펜타우 산골짜기에서 열리는데 유럽에 오기 전 한국에서 프랑스 파리→스위스 툰으로 가는 기차를 도저히 못 찾아서 우선 취리히로 가는 기차 티켓을 끊었다. 취리히는 국제선 기차와 공항도 있기 때문에 취리히에 도착하면 어떻게든 되겠지라고 생각했기 때문이다. 그리고 취리히 역에 도착하자마자 티켓 창구로 가서 툰으로 가는 기차 티켓을 끊으러 갔다.

"내일 툰으로 떠나는 기차를 예약하고 싶으시다고요? 취리히→베른→툰으로 가는 기찻값 60,000원입니다. 파리에서 취리히가 아닌 베른으로 가셨으면 더 저렴하고 가깝게 갈 수 있으셨을 텐데요…."

"툰이 베른 근처에 있는지 몰랐어요."

"하지만 취리히도 아름다운 곳입니다. 이번 기회에 취리히도 구경하고 좋지요."

"네…."

"또 필요하신 것이 있으신가요?"

"네, 오늘 취리히 숙소에 머물 것인데 제 숙소가 **** 역에 있고 매트로 2호선을 타면 금방 나온다고 하던데. 여기에 지하철 2호선을 타려면 어디로 가야 하나요?"

"스위스엔 지하철이 없어요. 매트로 말씀하신 게 아닌가요?"

"매트로가 지하철 아닌가요?"

"스위스는 지하철이 없습니다. 기차 개념이라고 생각하시면 돼요."

그렇다. 스위스에는 지하철 같은 건 없었다. 인터넷 유럽 카페에서 추천한 호스텔을 보면, 매트로 2호선을 타고 10분만 가면 금방 나온답니다^^;; 라고 적혀있었는데 그 매트로가 스위스에서는 우리가 흔히 아는 지하철이 아닌 기차 개념이었던 것이다.

"전… 당연히 매트로가 지하철인 줄 알았는데….."

"많은 분들이 그렇게 오해를 하시더라고요… 특히 중국/일본 분들이."

"그럼 여기서 ****역으로 가는 기차표를 끊을 수 있나요? 얼마를 내면 되죠?"

"10,000원입니다."

"네?! 뭐라고요?"

우리나라로 따지자면 신도림에서 강남 가려고 만 원 내라는 소리인데 그것만큼은 내기 싫었다. 오늘 하루만 취리히에서 잠만 잘 것인데 취리히 숙소 가려고 왕복 2만 원은 낼 수 없었다.

"아니면, 매트로 하루 이용권을 구매하시면 더 저렴하게 이용할 수 있어요. 24시간 이내에 스위스에 있는 매트로/버스를 무료로 이용할 수 있습니다."

"얼마에요?"

"24,000원입니다."

"그걸로 주세요."

어차피 숙소 왕복 값 20,000원인 데다가 툰에 도착해서 워크캠프로 장소로 갈 때 매트로 혹은 버스를 이용해야 할 것이고, 또 예상외의 상황을 대비해서 마음 편하게 24시간 교통 무료이용권을 구매했다.

"휴… 이제 맘 편히 여행할 수 있겠지?"

나는 매트로에 탑승하고 짐들을 모두 옆자리에 내려놓은 뒤 잠을 청했다.

"따르르르릉!"

"응? 누구지? 엄마잖아. 여보세요?!"

"박설이! 너 도대체 뭘 하고 다니길래 잔고가 100만 원밖에 남지 않은 거야?"

"응!? 뭐라고? 그게 무슨 소리야?"

"오늘 네 통장에 얼마 있는지 확인하려고 은행에 갔는데 100만 원밖에 남지 않았어. 이게 어떻게 된 거야? 너 100만 원 가지고 유럽에서 한 달을 어떻게 버티려고?!"

충격이었다. 400만 원 모아서 유럽에 왔는데 나는 한 달 동안 300만 원을 쓴 것이었다.

내역을 확인해 보니 유로 가치도 생각 안 하고 무조건 먹어야지! 라는 생각으로 레스토랑에 들어가서 맛도 없는 음식들을 비싼 가격에 먹었던 것과 프랑스 패스 — 유레일 패스를 90만 원에 구매한 것은 현지에서 기차표를 정가로 구매하는 게 더 나았던 만큼 어리석은 행동이었다. 그리고 더 멍청한 것은 신용카드를 현금으로 뽑아 썼다는 것. 여행 첫날 프랑스 숙소에서 신용 카드로 계산이 안 돼서 '현금이 필요하다'라고 생각해 ATM으로 가서 현금을 뽑았다. 카드 사용은 안 되지만 현금 출금은 가능한 것이 이상했지만 어쨌든 내 수중에 돈이 있어서 마음이 든든했다. 하지만 문제는 신용카드를 현금으로 뽑아 쓰면 이자가 붙는 줄도 몰랐던 것이다.

"그게 다 빚이야 빚!! 고리대금 수준이라고!"

나중에 알고 보니 이자가 그렇게 높은 게 아니지만 그 당시에는 고리대금이라는 말에 전화기를 붙잡고 부들부들 떨었다. 그러고 보니 유럽 여행 떠난다고 사람들에게 자랑하고 다녔을 때, 너 준비 철저하게 하고 가지 않으면 고생만 흠씬 하고 온다! 라는 말을 들었는데 지금이 딱 그 꼴이 되었다.

스위스는 지하철/버스가 많이 발달 되지 않아서 지하철이 없다는 것을 왜 말해주지 않았는가. 왜 숙소 후기에 매트로 2호선이 지하철이 아닌 기차라고 말해주지 않고 숙소 앞에서 찍은 본인 셀카를 대문짝만하게 올렸는가. 워크캠프가 끝나자마자 왜 이런 일이 생기는 것일까. 가장 슬픈 건 300만 원 만큼 즐기지도 않았는데 300만 원을 썼다는 것이다.

"손님 티켓 구매하시겠어요?"

"… 네?!…."

"티켓 구매하시겠냐구요."

"…네… 그걸로 주세요."

나는 힘없이 티켓을 구매한 뒤 취리히 숙소로 향했다. 숙소는 기차역 근방인데 매우 깨끗했고, 작은 성과 비슷했으며 바로 앞에 보이는 백조 세 마리가 호수에서 우아하게 헤엄치고 있었다.

"저 호수에 빠지고 싶다."

나는 정말로 우울했다. 앞으로 어떻게 여행해야 할지, 100만 원 가지고 한 달을 어떻게 버틸지 정말로 막막했다. 어떤 사람은 하루 이틀을 아예 굶거나 점심을 샌드위치 조금 먹고 버티고 버텨서 총 100만 원도 안 된 채 여행했다며 신나게 자랑을 했지만 나는 그런 스타일로 여행하기 싫었다. 하지만 내가 가진 자금으로는 그렇게밖에 여행할 수 없다는 것이 현실이었다.

그리고 다음 날 아침, 나는 제대로 잠을 자지 못했다. 심리적으로 불편해서 새벽에 몇 번이나 깼는지 모른다. 일찍 식당으로 내려와서 흰빵과 시리얼을 힘없이 먹고 있었다.

"구텐 모르겐(좋은 아침), 같이 먹어도 될까요?"

같은 방을 쓰는 독일인 아주머니가 말을 걸었다.

"네, 얼마든지요."

그녀는 내 앞에 앉았다. 그녀의 메뉴는 빵 다섯 개와 치즈, 베이컨, 오렌지 두 개와 시리얼이었다.

"그렇게 조금 먹어도 되겠어요? 아침은 든든히 먹어야죠."

"… 괜찮아요, 입맛이 없어서…."

"젊은 사람이 힘없이 등 돌리면서 먹는 게 안쓰러워서요."

"… 아… 네…."

"혼자 유럽 여행 온 거죠? 대단하다 정말."

"네… 이제 한 달 좀 넘었네요…."

"가족들이 보고 싶지는 않아요?"

"당장 집으로 돌아가고 싶을 정도예요."

"왜요?"

나는 최근에 있었던 일을 그녀에게 털어놓았다.

"괜찮아요, 괜찮아…. 젊은 사람이 실수할 수도 있지."

"이건 실수 정도가 아니에요. 잘못에 가깝죠."

"너무 자신을 자책하지 말아요. 아예 돈을 한꺼번에 날린 것도 아니잖아요. 유럽 여행 온 사람들 중에 소매치기로 돈을 한꺼번에 날린 사람들도 많아요. 자기는 그래도 800 유로(약 100만 원)나 있잖아요. 충분히 한 달은 살 수 있어요."

"거의 굶다시피 살아야 되잖아요…."

"젊으니까 괜찮아요. 어차피 집에 가면 맛있는 거 실컷 먹을 텐데."

"… 네…(전 그 맛있는 거 먹으러 유럽에 왔지만요)."

"이제 스위스에서 캠프 한다고 했나? 그곳에서 푹 쉬면서 다음 여행을 계획해요. 산속에서 수련한다 생각하면서요. 나도 왕년에 남자친구랑 호수에서 텐트 치면서 찬물로 샤워하고 추위에 떨면서 지낸 적이 있었는데 그때가 그립네요."

"네…."

"지금 당장은 힘들겠지만, 시간이 지나면 이 순간도 그리워질 날이 올 거예요."

"네 감사합니다."

"오늘 많은 일을 겪어야 할 텐데 많이 먹어둬요."

"네."

나는 독일인 아주머니와 대화를 나눈 뒤 짐을 싸고 툰으로 이동했다. 역으로 도착하자마자 워크캠프 미팅장소가 적혀있는 종이를 펴 보았다.

—미팅장소: 오후 4시 30분 툰 역, (버스 33번을 타고 토이펜타우로 도착)

"응? 내가 글을 못 읽는 건가? 그래서 툰 역으로 모이라는 거야 토이펜타우로 오라는 거야? 그리고 토이펜타우 어디서 만나자는 거지? 마을 한복판에서 만나자는 건가? 버스가 내리는 지점에서 만나자는 건가? 뭐 어쩌라는 거야?"

나는 패닉에 빠졌다. 우선 종이에 적혀있는 리더의 번호로 전화를 걸었지만 신호조차 가지 않았다.

"이런 고물 핸드폰 같으니!!"

그 자리에서 핸드폰을 던져버리고 싶었지만 참고, 관광 인포메이션 데스크에 가서 내 사정을 이야기한 뒤 전화 한 통만 써도 되냐고 물어보았다.

"근처 공중전화 써요. 이곳은 당신이 멋대로 전화를 쓸 수 있는 곳이 아닙니다."

안내 직원의 답은 매우 차가웠다. 결국 지나가는 사람 붙잡고 근처 공중전화를 어떻게 이용하는지 물어보고 그들의 도움을 받아 전화를 걸었다.

"…따르르릉… 따르르릉…."

역시나 불통이었고 음성사서함으로 연결된다는 독일어 안내방송만 나올 뿐이었다. 게다가 통화가 연결되지도 않았는데 동전은 도로 나오지도 않았다.

"도대체 뭐가 문제인 거야? 내 1CHF(1,000원) 내놔! 아니 이 사람은 워크캠프 당일 날 폰을 꺼놓으면 어떡해!"

지금 시간은 오후 3시, 나는 이 상황을 어떻게 해결해야 할지 곰곰이 생각했다.

침착하자, 우선 툰 역으로 만나자고 할 거면 옆에 버스 33번을 타고 토이펜타우로 도착이라고 써놓지 않았을 거야. 그리고 구체적인 미팅 장소도 없으니까 아마 토이펜타우 버스정류장에서 만나자는 게 아닐까?

나는 내 생각이 맞기를 바라면서 툰 역 근처에 있는 버스 33번을 탔다. 한마디로 도박이었다. 토이펜타우 역은 버스 종착점이었는데 출발하자마자 웬 산속으로 들어가더니 빽빽한 나무와 숲, 호수밖에 보이지 않았다. 30분에 걸쳐 도착하니 눈앞에는 나무 벤치와 버스 표지판만 덩그러니 놓여있었다. 그곳이 버스 정류장이었다. 밖은 가랑비가 솔솔 내리고 있었고 주위에는 작은 오두막과 나무들밖에 보이지 않았다.

"여기가 마지막 역입니다."

나는 비를 피해 정류장으로 가서 모든 짐들을 내려놓았다. 만일 워크캠프 모임 장소가 이곳이 아니라면 나는 또다시 버스를 타고 산을 내려가서 숙소를 찾아 헤매야 할 것이다. 최악의 경우에는 버스가 오지 않아 이곳에서 머물 수밖에 없는 것인데 이 산속 시골에서는 호스텔이니 호텔이니 그런 것이 없으니… 정말이지 끔찍했다.

우르릉… 콰쾅!!!

가랑비는 소나기로 변했고 천둥 번개까지 쳤다.

"정말이지 판타스틱한 날이군."

"안녕! 혼자 왔니?"

"으악!!"

갑자기 웬 뚱뚱한 백인 남자가 갑자기 말을 걸었다.

"이런 산속에는 어쩐 일이야? 설마 이런 곳으로 관광하러 온 거야?"

"… 여기서 캠프 하러 왔어요. 이제 조금 있으면 캠프에 참가하는 아이들이 올 거예요."

"하하하! 어쩐지 이런 곳에서 비 오는데 동양 여자 혼자 있는 게 이상하더라. 그리고 조심하는 게 좋을 거야. 이런 곳에 여자 혼자 있으면

쥐도 새도 모르게 없어질 수도 있다고."

"뭐… 뭐라고요?"

"하하하!! 농담이야 농담. 그나저나 캠프? 무슨 캠프?"

나는 이곳에서 워크캠프가 열리고 캠프에 관한 종이와 리더의 전화번호도 보여주었다. 마치, 조금 있으면 내 동료들이 오니까 나를 어찌할 생각이면 그만두는 게 좋을 거야. 라고 말하듯이.

"응? 이 사람은 내가 아는 사람인데?"

"누구요?"

"여기 캠프에 관한 내용을 보면, 라파엘 씨의 일손을 도우면서…. 라고 써 있잖아. 이 사람은 내 상사야. 너 여기에 있는 것보다 라파엘 씨의 집에서 기다리는 게 낫지 않아? 바로 요 앞인데 내가 데려다줄게."

"아니요! 괜찮습니다!"

나는 단호하게 말했다.

"왜? 너 1시간 이상 기다려야 하는데 괜찮겠어?"

"네. 그냥 여기서 기다릴게요."

"…그래. 만일의 경우도 있으니까 라파엘 씨 전화번호를 줄게 혹시 무슨 일이 생기면 이 번호로 연락해, 그가 마중 나올 거야."

"고맙습니다."

그는 친절하게도 캠프 주최자 라파엘의 번호를 주고 갔지만, 이 비 오는 산속에 수상한 남자와 단둘이 있는 것 자체가 공포였다. 자칫하다가는 호러 영화에 나오는 상황이 될 수도 있으니까.

그리고 1시간가량 낡은 벤치에서 멍하니 일행들이 오기만을 기다렸다. 혹시나 약속 시간이 되었는데도 안 오면 어떡하지? 모임 장소가 이곳이 아니라 다른 곳이라면? 그럼 숙박은 어디서 해결하지? 핸드폰을 열어 확인해 보니 배터리는 12%밖에 남지 않았다. 자칫하다가는 연락도 끊겨 이곳에서 미아가 될 수 있겠다는 상상을 했다. 머리가 아파온다. 시간을 보니 시간은 오후 4시 28분. 약속 시간이 되기까지 약 2분 남았다. 비가 엄청 쏟아지기 시작했다. 정말이지 가면 갈수록 상황은 매우 멋지게 진행되는군.

끼이익!

갑자기 새빨간 봉고차가 내 앞에 멈춰 섰다.

영화를 보면 보통 살인마가 저 차에서 내려 사람을 납치하던데 만일 정말로 저 빨간색 봉고차로 날 잡아간다면 그야말로 끔찍한 일이다. 나는 재빨리 짐을 챙긴 뒤 도망쳤다. 순간 봉고차 안에서 웬 남자가 내리더니 날 보고 달려왔다.

"저기!"

"따라오지 마요!"

"혹시 캠프 참가자 아니세요?"

"네?"

그 순간 33번 버스가 도착했고 모두 약속이라도 한 듯 캐리어를 가진 사람들이 우르르 내리기 시작했다.

"할렐루야! 하느님 감사합니다!"

이제 나는 안전하다.

알프스 대학 토론 대회

"하하하!! 여태껏 그런 생각을 했단 말이야? 하하하!"

봉고차 주인, 아니 캠프 주최자 라파엘 씨는 내 이야기를 듣더니 한참을 웃었다. 나머지 아이들은 이게 도대체 무슨 소리인지 갸우뚱했다.

"어쨌든 납치당할 일은 없으니 걱정하지 마. 뭐 먹고 싶지 않아? 2시간가량 혼자 기다렸으니 배고플게 당연하지, 우선 밥부터 먹자."

라파엘 씨는 큰 통나무 집 앞에 차를 세웠다. 그러자 키가 큰 금발 머리 여자와 수염이 덥수룩한 뽀글 머리 남자가 바위 위에 앉아 우리를 기다리고 있었다.

"안녕! 나는 독일에서 온 캠프 리더 소냐야!"

"나는 스페인 이그나시오야, 줄여서 나초라고 불러."

오호라! 당신들이 그 폰 꺼놓은 리더들이군요!

"안녕하세요."

"그래그래. 스위스 워크캠프에 온 것을 환영해!"

"오늘 워크캠프 모임 장소를 몰라서 전화했는데 연락이 안 돼서 걱정했어요."

"정말? 하지만 이렇게 무사히 왔잖아 그게 중요하지!"

"아…."

"그나저나 다들 점심은 먹었니? 여기 집주인 아주머니 에딧이 우리를 위해 간식을 준비했어. 같이 먹자."

소냐는 매우 해맑게 웃더니 우리를 식탁으로 안내했다.

음식은 알프스 산 치즈 우유, 커다란 초콜릿이 들어있는 홈 메이드 머핀과 케익이었다. 프랑스 워크캠프 첫날, 프랑소와가 만든 끔찍한 케익과는 차원이 달랐고 유럽에 오고 나서 이렇게 맛있는 케익은 처음 먹어 보았다. 하지만 첫날이라 그런지 모두들 하나같이 고개를 푹 숙이고 먹기에만 바빴다. 나는 이 어색한 분위기를 깨고 싶어서 먼저 이야기를 꺼냈다.

"사실 나 여기 오기 전에 프랑스에서 워크캠프를 했어. 캠프가 끝나자마자 바로 여기 온 건데 뭔가 느낌이 새로워. 3주 동안 같이 지내던 사람들이 없어지고 새로운 사람들과 지내야 하는 게 조금 어색하고 신기해."

"그곳에서 어떤 일을 했어?"

헝가리 여자아이가 물었다. 그리고 나는 프랑스 워크캠프에서 시청 앞에 돌벽을 쌓던 이야기와 재밌었던 에피소드를 이야기했다.

"… 그래서 그런 일이 있었지 뭐야."

"… 하하하… 그래."

"…(침묵)…."

이야기가 끝나자 그 누구도 말을 꺼내는 사람이 없었다. 사람들이 모여 있으면 핑퐁처럼 대화를 주고받아야 되는데 아무도 내 바통을 받으려고 하는 사람이 없었다. 분위기가 너무 어색해진 나머지 러시아, 프랑스 남자애는 담배를 두 번이나 피러 나갔다 오고 일본 여자애들은 말없이 핸드폰만 만지작거리고 있었다.

이 애들과 2주 동안 같이 잘 지낼 수 있을까?

음식을 다 먹자 나초와 소냐는 앞으로 우리들이 지내게 될 오두막으로 안내했다.

"여기가 우리의 보금자리야. 아침, 점심, 저녁, 모두 라파엘 씨와 에딧이 준비해 주니까 따로 우리가 만들어 먹지 않아도 돼. 리더들은 1층에서 잘 거고 너희들은 2층에서 자게 될 거야. 그리고 2층에서 뛰지 않는 것이 좋을 거야. 이 오두막이 꽤 오래돼서 뛰다가 자칫하다가는 아래에 위치한 마구간 말과 돼지들과 마주하게 될 테니까."

"그래. 두세 명씩 우르르 다녀도 무너져 내릴 거야."

"정말이에요?"

"응, 정말이야."

"아…."

"일은 내일부터 할 것이고 10시부터 5시까지 일하게 될 거야. 자세한 것은 라파엘 씨에게 듣게 되겠지만 보통 산에서 나뭇가지들을 배거나 나르는 일들을 주로 하게 될 거야. 그리고 이 마을은 세 명의 정신지체 장애인이 살고 있어. 혹여 일하는 도중에 오면 집으로 가라고 단호하게 돌려보내도록 해."

그래서 다른 워크캠프와 달리 따로 신청서를 작성해서 내라고 했구나.

"찬물로 샤워해야 한다는 것은 이미 알고 왔지? 하지만 내가 라파엘 씨에게 온수를 틀 수 있냐고 물어볼게. 그렇지 않아도 산속이라 춥고 일 끝나고 피곤한데 찬물로 샤워한다는 것은 끔찍한 일이니까. 그리고 이곳 사람들은 물을 빗물, 강물을 모아서 사용하기 때문에 세탁과 샤워는 공동으로 해야 할 거야."

"정말요?! 감사합니다. 찬물로 2주 내내 샤워하면 어쩌나 걱정했어요!"

"하하하! 확실한 건 아니니까 너무 안심하지는 말고, 자 오늘 피곤했을 텐데 짐들을 2층에 가져다 놓고 푹 쉬도록 해."

우리들은 서로 캐리어를 하나씩 들어주고 2층으로 올라갔다. 방은 두 개였는데 말만 두 개지 문을 하나 놓고 바로 연결되어 있어서 마치 큰 한 방과 다름없었다. 방은 킹사이즈 침대 하나와 작은 침대 하나인 방과 작은 다섯 침대 방으로 구성되어 있었다. 나는 큰 침대를 보자마자 달려가서 대자로 누웠다.

"이 침대는 내 거야!"

그러더니 러시아 남자애가 특유의 퀭한 눈으로 노려보았다.

"그럴 순 없지. 공평하게 제비뽑기로 정하자."

그가 종이를 가져왔고 각자 제비를 뽑았다. 헝가리안 프루지나와 일본인 사키가 킹사이즈 침대에 당첨이 되었고 나머지는 각자 작은 침대에 당첨이 되었다. 문제는 이상하게도 남자애들이 모두 한 방에 당첨이 되었는데 그곳에 일본인 여자아이 아야가 그사이에 끼게 된 것이었다.

"우리가 어떻게 하거나 그러지 않으니까 안심해."

"그래, 이 녀석들이 수상한 행동을 한다면 소리 질러! 우리가 몽둥이 들고 쳐들어갈 테니까."

"하하하."

"…(침묵)…."

또다시 조용해졌다. 다들 그 외에 할 말이 없이 어색하게 가만히 있었다. 나는 여기서 무슨 이야기를 꺼낼지 혼자 우물우물 거리고 있었다.

"킴정일이 죽고 그 아들이 북한을 통치하게 되었는데 그것에 대해서 어떻게 생각해?"

"뭐라고요?!"

순간 뭔가에 얻어맞은 것 마냥 얼떨떨했다. 나에게 질문한 러시아 남자애는 진지하게 물었다.

"한국의 입장은 어떤지 현지인에게 듣고 싶어."

"…음. 글쎄… 김정은은 아직 어리니까…."

"그럼 왜 킴정일이 왜 첫째 둘째를 놔두고 가장 어린 아들을 선택했을까?"

"… 음… 그것은… 내가 김정일이 아니라서 잘 모르겠지만…."

"킴정일도 맏아들이었나? 킴정일이 두 번째 북한 왕이지? 그 첫 번째 북한 왕이 누구더라?"

러시아 남자애가 옆에 있는 폴란드 남자애에게 물었다.

"킴정…."

"그냥 간단하게 첫 번째 킴이라고 부르자."

"그래."

"그러니까 그 첫 번째 킴과 두 번째 킴이…."

뜬금없이 김정일 이야기가 나오더니 왜 아직까지 북한이 세계에서 유일한 공산주의 국가로 남게 된 이유에 대해 토론하기 시작했으며 그 이야기가 동유럽 역사와 나라 관계 정치적 문제까지 이어지게 되면서 말문이 트기 시작했다.

"러시아는 폴란드 대통령을 죽이려고 하지 않았어. 왜 다들 그렇게 생각하는지 알 수가 없다니까."

"그것에 관해서 내가 함부로 이야기할 수 없지만, 원래 세계여론 이미지가 그렇잖아. 모든 사람들이 다 그렇지 않은 데도 말이야."

폴란드인 보이젝이 조심스럽게 말했다.

"너는 러시아에서 왔으니 미국에 대해서 어떻게 생각해?"

헝가리인 프루지나가 물었다.

"나는 미국을 사랑해! 거의 숭배에 가까울 정도야. 1년 전에 미국 YMCA 캠프에 참가했거든 미국처럼 멋진 나라는 다신 없어! 그때는 러시아로 돌아가고 싶지 않을 정도였으니까."

러시아인 라딕은 흥분하면서 말했다. 그러나 프루지나는 고개를 절레절레 흔들었다.

"나는 미국을 그렇게 좋아하지 않아. 세계강국인 것은 맞지만 좀 멍청한 것 같아. 미국 퀴즈 쇼에서 어떤 정답이 헝가리였는데 웬 금발 머리 여자가 헝가리라는 나라가 있냐며 그곳은 헝그리한 사람들만 있냐고 하더라니까."

그러자 라딕이 말했다.

"나 묻고 싶은 게 있는데 헝가리 사람들은 러시아 사람들을 싫어한다는 게 정말이야? 내가 미국에 있을 때 같이 캠프에 있던 애 중 하나가 헝가리 사람이었고 내가 인사해도 무시하고 아는 척도 안 하고, 마치 투명인간 취급했어. 그런데 어느 날 내가, 사실 나는 러시아 사람이 아니라 카잔 사람이야. 라고 하니까 말 한마디 없던 녀석이, 오! 너 카잔 사람이었어? 난 네가 러시아 사람이 아닌 게 정말 좋아! 헝가리 사람들은 러시아 사람을 보면 치가 떨리거든. 이라고 말하더니 갑자기 수다쟁이로 돌변했다니까."

"그런 사람도 있지만, 그 녀석은 잘못됐어."

헝가리 여자애는 단호하게 말했다.

그 외에 우리들은 세계 각 나라에 관한 이야기와 문화 간의 차이, 유럽 정치와 세계 경제에 관해서까지 이야기하게 되었다. 그사이에 조용히 있는 사람은 나와 일본인 여자애 둘, 혼자 구석에서 팔짱 끼고 있는 프랑스 남자애였다. 처음에는 어린놈들이 초면부터 정치적 문제로 진지하게 이야기를 하는지 알 수 없었지만 그 덕분에 분위기가 화기애애해졌다. 프랑스 워크캠프가 마치 고등학교 쉬는 시간 재잘재잘 떠드는 분위기였다면 스위스 워크캠프는 대학 토론대회에 나온 것 같았다.

밤은 깊어갔고 리더들도 잠자리에 들었지만 우리들은 이야기에 집중한 나머지 시간 가는 줄 몰랐다.

다르니까 존중해주세요

땅그랑! 땅그랑!

소 목에 걸린 방울 소리에 부스스 눈이 뜨였다. 창밖을 보니 소들이 이슬에 젖은 풀들을 우걱우걱 뜯고 있었다. 이틀 전만 해도 추위에 떨다가 중간에 몇 번씩 깨어난 것이 엊그제 같은데 워크캠프에 참가한 이래 처음으로 숙면을 취했다. 시계를 보니 아침 7시,

엄청 오래 잔 것 같은데 겨우 7시밖에 안 되었단 말이야?

나는 부엌으로 내려가서 선반을 열고 뒤적였다.

여기 어딘가에 먹을 것이 있을 텐데.

나는 장롱 깊숙이 있는 식빵 몇 조각을 발견했다. 빵을 접시에 놓고 물을 끓여서 티를 우린 뒤 혼자 아침을 먹고 있었다.

"오! 설이, 벌써 일어났구나."

소냐가 1층 방에서 나왔다.

"오! 소냐, 일찍 일어났네요."

"너야말로! 이 시간에 뭐해?"

"그냥 빵 먹고 있었어요."

"그럼 나랑 우유 가지러 갈래? 라파엘 씨 이웃에게서 우유를 얻을 수 있거든, 매일 아침마다 신선한 우유를 마실 수 있을 거야."

"네! 좋아요."

나는 소녀와 근처 이웃집 마당으로 가서 작은 우물 속에 있는 우유 통을 꺼냈다.

"이걸로 매일 우유를 마실 수 있을 거야."

"소에서 직접 짜온 우유인가요?"

"맞아. 이웃집 아저씨가 우유를 만드시는 분이거든, 캠프 아이들을 위해서 항상 우유를 준비해 놓겠다고 했어, 좋은 분이지. 하지만 이게 굉장히 신선해서 하루 안에 다 마셔야 해. 냉장고에 보관해 놓아도 공장에서 가공되지 않은 거라 금방 상하거든."

우유 통을 가지고 숙소로 돌아와 보니 아이들이 모두 다 일어나 있었고 접시를 식탁에 놓고 있었다. 그리고 몇 분 뒤, 주인아주머니가 갓 구운 빵과 치즈를 들고 방문했다.

"구텐 모르겐! 아침 가져왔어요!"

집에서 직접 구운 커다란 빵이었는데 김이 모락모락 났고 손을 조금만 갖다 대도 반으로 사르륵 갈라졌다.

"완전 맛있어! 이렇게 맛있는 빵은 처음이야!"

슈퍼마켓에서 가장 싼 빵을 3일 내내 먹었던 프랑스 워크캠프 때와는 차원이 달랐다. 빵 부스러기 하나라도 나눠 먹어야 했던 만큼 가난하게 보냈던 프랑스 때와는 달리 눈치 보지 않고 빵을 배불리 먹을 수 있다는 것 자체만으로도 감사했다.

"정말 고맙습니다. 땡큐 쏘 머치! 땡큐!"

영어로 내 심정을 어떻게 말할 수가 없어서 그저 땡큐 쏘 머치만 반복했다.

"괜찮아요. 오늘은 푹 쉬어요. 이 근처에서 등산하는 것도 좋고, 산 정상에 전망대가 있으니까 거기에서 경치 감상하면서 지내봐요."

주인아주머니는 근처 등산하기 좋은 곳을 추천해 주었다. 산은 경사가 굉장히 심해서 등산화를 신고 올라가지 않고는 바로 미끄러지기 딱 좋은 경사였다. 자칫 넘어지기만 해도 몸으로 썰매 타듯 주르륵 내려갈 정도로 경사가 매우 급했다.

"헉헉… 잠깐… 조금만 쉬었다가…."

프랑스인 쿠엔틴과 벤자민은 흡연자라 그런지 매우 헉헉대었고 거의 3분에 한 번씩 나무에 앉아서 쉬었다. 결국 소냐가 남아서 그들을 이끌었고 나머지들은 앞장섰다. 2시간에 걸쳐 드디어 정상에 도착했고 전망대에 올라가서 경치를 감상했다. 유럽을 한 달 이상 여행해서 웬만한 경치로는 이제 크게 와 닿지 않는데 그때 본 경치는 웬만한 유럽 마을의 두 세배 이상 아름다웠다.

"천천히… 천천히…."

소냐와 벤자민은 고소공포증이 있었다. 벤자민은 더 올라가지 않았고 소냐는 용기를 내어 전망대를 올라갔지만 내려갈 때는 우리들의 부축을 받으며 거의 기어가다시피 내려갔다. 몇 남자애들은 나뭇가지를 모아 전망대 옆에 있는 난로에 집어넣어 불을 지폈다.

"저거 자칫하다가 산불 내는 거 아니에요?"

"걱정 마, 우리에겐 러시아 소방대원이 있으니까 쟤가 어떻게든 해결할 거야."

소녀는 라딕을 가리켰다.

"아무리 저라도 꼬부기가 아닌 이상 도구 없이 맨몸으로 불 끄는 건 불가능해요. 그리고 러시아가 아니라 카잔 소방대원이에요."

나는 눈이 휘둥그레졌다.

"너 소방관이었어?"

"응."

"너 나랑 동갑 아니었니?"

"응, 맞아."

"근데 소방관이야?"

"응. 대학에 있을 때 시험 보고 합격했거든."

"좋겠다. 근데 카잔 소방대원 이란 게 무슨 소리야?"

"정확히 말하면 난 러시아 사람이 아니라 타타르스탄 사람이야 러시아 영토에 속해있지만 우린 러시아 사람과 달라."

하지만 그 당시 나는 이렇게 생각했다.

한국 사람이 자기는 한국 사람이 아니라 경상도 사람이라고 말하는 거랑 똑같은 거 아니야?

그 당시 나는 한 나라 안에서도 소수민족이 어떤 생각과 자부심을 가지고 있는지 생각 하지 않고 그냥 지역감정이 심한 정도라고 생각했다.

"… 아… 그래…."

그러자 라딕이 흥분하면서 말했다.

"러시아 사람들이 세계에서 하고 다니는 짓들 보면 창피해. 에디슨 박물관에 갔을 때 방문객 수첩을 보면 세계 각국의 사람들이 고유 언어로 적어놓은 것을 보면, 재밌었다. 좋다. 뭐 이런 평범한 것이지만 러시아 사람들은, 바보. 멍청이. 이런 욕설들만 적어놓고 다닌다니까. 창피해서 얼굴을 들고 다닐 수가 없어. 그리고 나더러 러시아 사람이 아니냐고 물어볼 때는 정말이지 아니라고 소리치고 싶어."

"하지만 네 여권에는 국적이 러시아라고 써 있잖아."

"뭐?"

"… 하하! 그래서 너 소방대원이라고 했지? 사람도 많이 구했겠다. 너 사람 몇 명이나 구했어?"

소냐가 재빨리 말을 돌렸다.

"예전에 불 속에서 술주정뱅이를 구한 적이 있어요. 그때는…."

라딕은 말을 계속했다. 소냐 덕분에 내가 말실수한 것이 다행히 묻혔다.

"점심 먹자. 자 여기 각자 샌드위치 가져가, 라딕과 프루지나는 여기 노란색 종이로 포장된 것을 가져가고."

"고마워요, 소냐. 빵 안에 채소들만 있지요?"

프루지나가 물었다.

"응. 채소를 제외하고 아무것도 안 넣었어."

"고마워요."

프루지나는 빵 덮개 부분을 열어서 본인이 가지고 온 큰 치약 튜브 같은 것을 꺼내더니 빵 사이로 짰다.

"이건 무슨 소스야? 되게 신기하다. 무슨 치약 같아."

"이건 채식주의자를 위한 특별한 소스야. 밖에서 먹을 때는 꼭 이것을 들고 다녀 혹시 고기나 셰란을 먹을 수 있으니까."

"너 계란도 못 먹어? 채식주의자라며."

"응. 나는 채식주의자 이전에 비건이라서 고기는 물론이고 사람이 동물에게서 인공적으로 만든 것은 먹기 싫어."

"계란은 인공적으로 만든 게 아니잖아."

"하지만 계란을 먹기 위해서 암탉들을 우리 안에 가둬놓고 억지로 계란을 생산해 내지, 우유도 마찬가지야. 원래 우유는 엄마 소가 새끼 소를 위한 거야 그런데 사람이 먹으려고 새끼 소가 먹어야 할 우유까지 뺏고 어미 소의 젖을 억지로 짜내고 마셔. 이건 자연적이지 않아 그래서 나는 비건이 되기로 결심한 거야."

"너 비건이 된 지 얼마나 되었어?"

소냐가 물었다.

"1년 좀 넘었어요."

"나는 7년 넘게 채식주의자였어. 그런데 어느 날 아침에 일어나보니 문뜩 고기가 너무 먹고 싶은 거야. 참을 수가 없겠더라고 그리고 그 자리에서 베이컨을 스무 개 넘게 구워 먹었어. 얼마나 맛있던지, 7년 동안 참았던 게 폭발했다니까."

"하지만 저는 쭉 비건일 거예요."

"나도 내가 평생 채식주의자로 살 줄 알았다니까. 언젠가 네 페이스북에서 베이컨을 먹는 사진을 보게 될 날을 기대할게."

"그런 일은 없을 거예요!"

"라딕, 너도 채식주의자니? 프루지나 처럼 비건?"

소냐는 라딕에게 물었다.

"전 모슬렘이에요, 돼지고기 같은 건 못 먹지만 돼지 빼고 소, 말, 닭 등 잘 먹으니까 걱정하지 마세요."

"모슬렘이라고?! 난 러시아 사람들은 대부분 크리스천 일줄 알았는데."

나는 깜짝 놀라 물었다.

"러시아 사람 아니라니까! 그리고 모슬렘이라고 해서 무서워하지 마. 미국 YMCA 캠프에서 모슬렘이라고 했다가 테러리스트 아니냐고 진지하게 물은 녀석이 있었다니까."

"맞아, 나도 워크캠프 여러 번 하면서 모슬렘, 이슬람 사람들도 많이 만났는데 보통 평범한 사람들이야. 오히려 보통사람들보다 더 재밌고 웃긴 사람들이 대부분이더라고."

나초가 말했다.

"정말요? 나초, 캠프 몇 번이나 참가한 거예요?"

"지금 하는 게 일곱 번째야."

"워크캠프를 일곱 번이나 했다고요?"

"응. 보통 여행하는 것보다 워크캠프가 훨씬 낫거든. 첫째로 돈 아낄 수 있고 숙식 제공에 세계에서 온 아이들과 지낼 수 있고 경험할 수 있으니까. 주인이 우리에게 주는 일만 하면 내가 얻을 수 있는 게 너무 많아."

"그렇죠! 저도 그래서 워크캠프가 좋아요. 각 나라의 문화와 음식까지 공유할 수 있으니까요."

그러자 폴란드인 보이젝이 물었다.

"그러고 보니 한국 사람들은 개를 먹는다는 게 진짜야?"

올 것이 왔구나! 나는 정신이 바짝 들었다. 사실 워크캠프 하면서 한 국은 개를 먹는다는데 진짜니? 라는 질문은 한 번도 듣지 않아서 꽤 신 기했던 찰나였다.

"맞아 진짜야."

"뭐?!"

라딕은 먹던 샌드위치를 떨어트리면서 눈을 똥그랗게 뜨고 특유의 퀭한 눈으로 날 쳐다보았다.

"뭘 그런 눈으로 쳐다봐?"

"…아니 좀 놀라서… 나도 한국 사람들이 개를 먹는다는 이야기를 듣긴 했다만 그냥 장난인 줄 알았어. 진짜인 줄 몰랐다고."

"뭘 그렇게 놀라? 사람 잡아먹는 것도 아닌데. 복날에 먹는 보신탕이 얼마나 맛있는 줄 아니?"

난 한 번도 보신탕을 먹어본 적이 없지만 개를 먹는 것은 소, 돼지 먹 는 것과 똑같고 맛있다고 설명했다.

"……."

"설마 너 날 이상한 사람이라고 생각하는 건 아니지?"

"… 응 아니야…."

그는 떨떠름한 채로 말했다.

"그러고 보니 설이, 너는 종교가 어떻게 돼?"

소냐가 물었다.

"저는 가톨릭이에요."

"뭐라고?"

대부분이 놀란 눈으로 날 쳐다보았다.

"왜 그래요?"

"가톨릭이라고? 되게 신기하다… 난 한국 사람들은 전부 토속신앙 혹은 불교를 믿거나 종교가 없는 줄 알았어."

"네? 무슨 소리에요? 오히려 가톨릭이 불교보다 더 많다구요. 한국에 교회가 얼마나 많은지 상상도 못 할 거예요."

"와… 신기하다… 신기해."

"뭘 그래? 한국인뿐만 아니라 중국인들도 가톨릭이 많아."

나초가 설명했다.

"하지만… 가끔 드라마나 뉴스를 보면 동양인들은 전부 토속신앙을 믿거나 향을 피우고 고기 앞에 절을 해서 그런 종교들을 가지고 있는 줄 알았죠."

"TV에서 보는 게 전부가 아니야. TV가 오히려 잘못된 정보를 보여주고 사실을 왜곡한다니까. 마치 동양인들은 19세기에서 멈춘 사고방식을 가졌고, 아직도 산속에서 향 피우고 사는 것이 아니냐고 물을 정도라니."

나는 물 만난 고기마냥 열변을 토했다. 보통 아이들이 자기네 나라에 관해서 이야기하거나 어려운 주제를 가지고 토론하면 난 꿀 먹은 벙어리마냥 입 다물고 조용히 있었는데 이날만큼은 산이 떠내려갈 정도로 웅변을 했다. 그렇게 30분 이상 열변을 한 뒤 산을 내려갔다. 오두막에 도착하자 주인아주머니가 우리를 위해 저녁을 준비하고 기다리고 있었다.

"산은 어땠어요? 한번 탈만 하죠? 오늘 많이 먹고 푹 쉬어요."

우리는 오두막 밖 풀럼 나무 근처에 탁자를 놓고 경치를 보면서 주인아주머니가 만든 빵과 수프, 과일들을 먹었다. 저 멀리 우리가 등산한 산도 보였고 소들이 목에 걸린 방울을 딸랑거리며 풀을 한가로이 뜯고 있었다. 해는 서서히 지고 주위는 퍼런 남색이 되었다.

"그러니까 세계에서 가장 큰 교회가 한국에 다섯 개나 있다고."

"진짜? 그럼 토속신앙을 믿는 한국인은 없는 거야?"

"없진 않지만 그리 많지는 않아. 너희 타타르스탄 사람들은 러시아에 꽤 많은 편이니?"

"많지는 않아. 그리고 우리는 종교에 대해서는 꽤 자유로워서…."

우리들은 후식으로 차와 커피를 마시면서 이야기했다. 음식을 다 먹자 나초와 소냐가 일어나서 말했다.

"그래 애들아! 자기 전에 샤워할 사람 있어? 지금 샤워할 수 있는데 샤워하고 싶은 사람들은 날 따라와."

퍽킹 샤워!

Cold shower

예상은 하고 있었다. 여기 오기 전부터 캠프 소개란에 Cold shower라고 정확하게 적혀있었기 때문에 이미 각오하고 왔다. 하지만 막상 와보니 여름치곤 쌀쌀한 날씨 때문에 긴 팔을 두 겹이나 껴입어야 할 정도로 차가웠다. 이런 날씨에 찬물샤워라니! 하지만 이것은 약과였다.

"저게 뭐예요?"

"자, 여기가 우리가 이용할 샤워실이야."

소냐가 안내한 곳은 그야말로 끔찍했다. 샤워실은 마구간 안에 위치해 있었다.

"여기서 샤워해야 한단 말이에요?"

"걱정 마. 여기 천막이 있으니까 누가 보거나 그러진 않을 거야."

"…아…."

우선 마구간 안에는 동물이 없었고 샤워실은 깨끗한 편이었다. 하지만 딱 봐도 누추해 보이는 데다가 샤워기는 두 개밖에 없어서 사람들끼리 나눠서 써야 할 판이었다.

"언제나 레이디 퍼스트이니까 여자들부터 샤워하고 우리들은 나중에 올게."

나초는 남자들을 데리고 오두막으로 돌아갔다. 그러자 소녀가 말했다.

"비키니 챙겨서 올 사람은 챙겨서 와, 기다릴게."

"괜찮아요. 그냥 샤워할래요."

"… 괜찮겠어…?"

"샤워하는데 비키니가 왜 필요해요?"

나와 일본 애들은 고개를 갸우뚱했다.

"… 뭐 그럼 좋아."

소녀는 떨떠름한 채 말했다. 그녀는 샤워기 앞에까지 비키니를 입고 온몸을 수건으로 돌돌 가린 채 왔고 나머지들은 그냥 평범하게 샤워했다.

"아아악!! 차가워."

"아아악!! 이거 뭐야!!"

물은 기계에서 걸러내지 않고 바로 산에서 온 물이기 때문에 매우 차가웠다. 그뿐만이 아니라 수압도 너무 약해서 마치 위에서 스프레이 뿌리는 것 같이 작은 물방울이 부슬부슬 쏟아지는 느낌이었다.

"이렇게 손으로 물을 받아 모아서 씻으면 그나마 좀 나아."

"오마이 갓!! 이럴 수가!!!"

재밌는 것은 이렇게 최악의 상황인데도 웃으면서 장난치는 것 마냥 그 차갑고 약한 수압으로 닦을 곳은 다 닦았다. 여자들은 그래도 견디면서 샤워했지만 남자들은 더 대박이었다.

우리들이 오두막으로 갔을 때 다들 표정이 굳어있고 찬물로 샤워해야 한다는 생각에 모두 바짝 긴장한 상태였다.

"그 찬물이 어느 정도로 차가운 거예요?"

보이젝이 물었다.

"… 정말 알고 싶어?"

소냐는 남자들을 샤워실 앞까지 데려다주면서 그곳이 마구간 안에 위치해 있던 것과 물의 온도가 얼마나 차가웠는지 이야기를 하자 다들 얼굴이 새파랗게 질린 채 아무 말도 못 했다. 그리고 안에서 샤워기 물소리가 나자마자 남자들의 온갖 욕설과 비명소리가 있는 대로 터져 나왔다.

"이런 빌어먹을!! 퓕!! 퓕!!!"

"이런 쉣! 살려줘!!"

그들의 애처로운 비명소리는 샤워가 다 끝날 때까지 멈추지 않았다. 여자애들과 침대에 동그랗게 앉아 대화하고 있는데 프랑스에서 온 벤자민이 문을 쾅 열고 들어왔다.

"오우! 퓕킹 샤워!! 퓕 퓕!!!"

이것이 그가 캠프에서 말한 첫 마디였다.

사실 그는 캠프에 오자마자 우리와 단 한마디도 말하지 않았다. 우리들이 대화하고 있으면 혼자 팔짱 끼고 커다란 헤드셋을 낀 채 소파에 앉아 뚫어지라 쳐다보았다. 하지만 나중에 이야기를 들어보니 벤자민은 영어를 매우 못해서 대화에 끼어들지 못한 채 혼자 끙끙거렸다고 한다. 나는 그가 언제쯤 말할까 궁금했던 찰나에 처음 나오는 말이 욕이어서 매우 흥미로웠다.

"그래도 알프스 산속에서 찬물로 샤워하는 것도 꽤 특별한 경험이지 않아?"

나는 약 올리면서 말했다.

"왓!? 유어 크레이지! 퓍킹 샤워, 퓍킹 샤워!!!"

벤자민은 내내 퓍킹 샤워라고 소리 질렀고 몇 분 뒤에 들어온 보이젝과 라딕은 이미 표정에서 영혼이 나가 있었다.

"샤워는 어땠어? 매우 좋았지?"

보이젝은 아무 말도 하지 않은 채 침대에 누웠고 라딕은 눈을 동그랗게 뜨면서 정색하는 표정을 지었다.

"… 정말이지 그건 매우 특별한 샤워였어…."

그는 이 한마디만 하고 자기 침대로 돌아가더니 잠을 잤다.

그리고 다음 날 아침.

남자애들은 다들 퀭한 눈으로 몸을 부르르 떨더니 영혼이 빠져나간 좀비처럼 아침을 우걱우걱 씹어 먹고 있었다.

"어제 샤워 때문에 감기 들었구나, 저런… 그렇지 않아도 소냐, 나초와 이야기했는데 역시 일 끝나고 온 너희들에게 찬물샤워는 좋지 않을 것 같아. 그래서 오늘 온수 기계를 설치할 거니까 걱정하지 않아도 돼. 이걸 같이 먹으면 좀 괜찮아질 거야."

라파엘 씨 부인 에딧이 작은 병에 담긴 꿀을 건네주었다. 꿀은 여기서 직접 생산한 것이고 상점에서 파는 것과는 달리 꿀의 향이 더 짙고 많이 먹으면 취할 수도 있으니 조심하라고 했다.

“저희에게 딱 필요한 꿀이네요.”

다들 숟가락으로 꿀을 퍼먹기 시작했다.

“이거 중독되는데? 멈출 수가 없어.”

다들 귀신들린 것마냥 꿀만 먹고 있었다.

“아주머니 감사합니다. 제가 먹어 본 꿀 중에서 최고예요.”

“하하 고맙긴, 벌이 1kg 꿀을 가져오려면 지구를 한 바퀴 돌아야 하는 것을 알고 있니? 자연에게 감사하렴.”

우리들은 20분도 안 된 채 벌이 지구 한 바퀴 돌아서 가지고 온 꿀을 다 먹었다.

“자 꿀로 배도 채웠겠다. 이제 일하러 가자!”

첫날 일은 여자/남자 갈라서 일을 했다. 남자 일은 산을 40분 동안 타고 올라간 뒤 두꺼운 나뭇가지들을 모아 칼로 깨끗하게 잔가지들을 없애는 일이었다. 라파엘 씨는 이런 일을 여자들이 하기에는 위험하다고 생각했는지 우선 남자애들만 시키고 여자애들은 근처 언덕에서 줄로 울타리를 치는 일을 시켰다. 작은 기둥을 설치한 뒤 줄을 묶는 간단한 일이었는데 문제는 그 언덕이 경사가 너무 심해서 조금만 몸을 기울여도 자칫하다가는 떨어질 수도 있을 정도였다. 그런 곳에서 일일이 줄을 기둥에 묶어 설치하고 다른 곳으로 옮겨 설치하는 것 자체가 고문이었다. 게다가 그 줄을 푸는 기계가 너무 약해서 자주 얽히고 결국 고장 났다.

“이런 쉣 같은 기계 같으니!”

얌전히 줄을 풀던 일본인 아야가, 쉣! 이란 소리를 하더니 기계를 땅바닥에 던져버렸다.

"이러다간 정말로 미쳐 버릴 거야, 차라리 가지를 치는 게 낫지."

"라파엘 씨에게 기계 고장 났다고 해야 하는데 어쩌지?"

"우선 우리끼리 어떻게든 해보자. 새 기계를 가지러 언덕을 다시 내려갔다가 올라오면 정말 탈진해 죽어 있을 거야."

프루지나는 기계에 있는 줄을 모두 꺼냈고 우리들은 일일이 손으로 줄을 풀어 기둥에 설치했다.

"하아… 정말 칼로 나뭇가지 베는 게 훨씬 낫겠어!"

2시간이 지나자 우리들은 겨우 일을 끝냈고 땀이 비 오듯 쏟아졌다.

"오우! 정말 멋진 울타리야. 여기서도 한눈에 보이는걸!"

라파엘 씨가 언덕 밑에서 소리쳤다.

"저희들 일 끝난 건가요?"

"30분 쉬다가 남자팀들을 도우러 가자. 그곳에 일손이 필요해! 너희들은 나뭇가지가 깨끗하게 완성된 것을 한곳에 모아주면 돼."

우리들은 나무 아래에서 라파엘 씨가 가지고 온 풀럼을 먹은 뒤 그의 경운기를 타고 산을 올라갔다. 경치가 한눈에 보였고 우리들은 그 아름다운 경치를 감상했다.

"와! 정말 스위스의 자연경관은 알아줄 만해."

하지만 그 보다 우리들의 눈을 사로잡은 것이 있었다.

"저기 지원군들이 왔어!! 우리들 좀 도와줘!"

남자들은 웃통을 홀러덩 벗은 채 한 손은 칼을 한 손은 통나무를 들고 있었으며 온몸은 땀에 흠뻑 젖어있었다.

"야아아아! 이거 이거 뭐야!"

"아! 대박… 너네들 옷 좀 입어…가 아니라."

프루지나와 일본인 사키는 경운기에서 내려 바로 나무들을 옮겼지만 나와 아야는 얼굴이 벌게진 채 어쩔 줄을 몰랐다.

"어이, 거기 여자 둘! 멍하니 있지 말고 여기 좀 도와줘."

"네… 네… 알겠습… 아니 알았어!"

우리는 경운기에서 내린 뒤 남자들이 잘 정리해 준 나무들을 한곳에 옮겼다. 얼마나 많이 배었는지 세기도 힘들 정도였다.

"너네들 여태까지 이 많은 걸 다 했단 말이야?"

"응. 뭐 이 근육의 비결이 바로 나무배기 아니겠어?"

라딕은 자랑스럽게 근육을 보여주었다.

"어머어머! 저놈 좀 봐!"

나와 아야는 여고생마냥 소리 질렀다.

"12시다 점심 먹자! 점심!"

나초는 주인아주머니가 싸주신 바구니를 열었다. 그 안에는 두터운 빵 세 개와 치즈, 햄, 딸기 잼, 주스, 양상추 등이 있었다. 우리들은 스위스 산에서 햇볕을 쬐며 동그랗게 앉아 점심을 먹었다.

"나 음악 좀 틀게."

소냐는 MP3 음악을 틀었다. 나무 사이로 불어오는 시원한 바람과 잘 어울리는 음악이었다. 주위는 고요했고 재즈 음악과 선선한 바람만이 우리 귀를 감쌌다.

"이렇게 오니까 알프스 산으로 소풍 온 것 같아요."

"맞아, 이 순간만큼은 소풍 온 것 같아."

"내 생에 최고의 점심이야."

우리들은 감탄하면서 말했다.

"너 이거 끝나고 어디 갈 거야?"

나는 라딕에게 물었다.

"저 산에 갈 거야."

라딕은 저 멀리 정상 부분에 눈이 하얗게 쌓여있는 큰 산을 가리켰다.

"저곳에 갈 거라고?"

"응. 저곳에 가면 왠지 멋질 것 같아."

"저기가 유명한 산이야? 융프라요흐 같은?"

"응? 융프라요흐가 뭔데? 어쨌든 난 저 산에 갈 거야."

라딕은 멍하니 산을 쳐다보았다.

"그 뒤로 제네바로 갈 거야. UN 본부가 있고 모든 정치와 세계 회의가 열리는 곳으로!"

"그래 너에게 딱 어울리는 곳이네."

"너는 어디 갈 거야?"

"이거 끝나고 융프라요흐에 갈 거야. 스위스의 모든 경관을 한눈에 볼 수 있다고 했어. 그리고 바로 이탈리아 베네치아로 갈 거야."

"베네치아?!"

"응. 물의 도시 베네치아! 왜 물 위에 집이 있고 뱃사공 있는 곳 말이야."

"아… 거기 내 친구가 가봤는데 그 물에서 오줌 비린내가 장난 아니래."

"뭐? 무슨 소리야?"

"화장실 하수도가 바로 주변 물과 연결되어 있어서 오물투성이라던데?"

"말도 안 되는 소리!"

"어쨌든 가보면 알 거야."

라딕은 확신에 찬 듯이 말했다.

밥을 다 먹고 3시간 더 일한 뒤 산을 내려왔다. 산 경사가 심해서 나는 아이들의 부축을 받으며 거의 업히다시피 내려왔다.

"수고들 했어. 오늘 나무를 많이 모았다면서!"

라파엘 씨는 오두막집 앞에서 반갑게 우리를 맞이했다.

"오늘 자네들이 일하는 동안 온수 기계에 손 좀 봤지. 오늘은 따듯한 샤워를 할 수 있을 거니까 걱정 말라고."

"와! 정말요?"

"그럼 물론이지 바로 샤워하고 저녁 먹자. 오늘도 우리 부인이 스페셜한 요리를 만들었으니까."

"감사합니다!"

우리들은 뛸 듯이 기뻤다. 그리고 남자애들은 재빨리 오두막으로 들어가서 샤워 용품을 챙기고 나왔다.

"오늘은 우리들이 먼저야! 어제는 너희들이 먼저 사용했으니까. 먼저 간다!"

남자애들은 온수로 샤워할 수 있다는 기쁨에 샤워실로 뛰기 시작했다. 그리고 1시간 뒤 남자애들이 도착했고 나는 흥분하면서 물었다.

"샤워는 어땠어? 뜨거운 물은 잘 나와?"

"응. 뜨거운 물이 콸콸 쏟아지던데. 몸에서 열이 날 정도야."

"응, 맞아. 오늘은 꽤 괜찮았어."

"오? 정말? 기대해도 좋겠다."

우리는 샤워 용품과 옷을 챙기고 샤워실로 향했다.

"오늘은 때가 나올 정도로 씻을 거야."

나와 여자애들은 서로 이야기를 하면서 샤워실 앞까지 도착했다. 그리고 아직까지 물소리가 들렸고 샤워 천막 아래에는 남자 발이 보였다.

"누구지? 누구예요?"

"나초야!! 들어오지 마! @#$%^&*!!!!!"

"나초 뭐라고요?"

"!@#$%*&^$$#%&(!!!!!"

물소리가 없어질 때까지 그의 알 수 없는 비명은 계속되었다. 10분 뒤 드디어 나초가 나왔고 그는 매우 정색하면서 말했다.

"뜨거운 물 따위는 안 나와. 오히려 어제보다 더 차가워졌어."

"뭐라고요? 분명 라파엘 씨가 온수기계를 고쳤다고 했는데."

"잘못 고쳤겠지, 전화해봐야겠어."

그리고 나초는 분노에 찬 얼굴로 핸드폰 번호를 눌렀다.

"안녕하세요. 라파엘! 나초입니다."

그리고 나초는 차분하게 라파엘 씨에게 온수가 나오지 않는다고 이야기했다.

"네… 네 알겠습니다."

"라파엘 씨가 뭐래?"

"전문 수리공을 부르겠대. 본인이 알아서 고칠 줄 알았는데 아니었나 봐. 그래서 내일 수리공을 부르겠대. 본인이 직접 고치려고 했다니… 어쨌든 너희들도 찬물로 샤워해야겠구나, 잘 해봐! 그리고 어제보다 더 차갑다는 것만 알아둬. 난 얼음물로 샤워하는 줄 알았다니까."

나초는 그렇게 말하고 떠났다.

"어떡하죠?"

나는 걱정스럽게 소녀에게 물었다.

"죽지는 않겠지, 남자들이 엄살 피우는 거야. 어제도 우리들은 즐기면서 샤워했는데 그들은 거의 비명 지르면서 살려달라고 아우성까지 쳤다니까. 오히려 남자들이 여자보다 약해요."

"더 쌀쌀해졌는데. 아! 찬물로 샤워하기 싫다."

"더 어두워지기 전에 빨리 샤워하고 나가자."

우리들은 옷을 벗고 재빨리 수화기를 틀었다.

"으아악! 이런 퓕 퓕!!"

우리들은 수화기를 틀자마자 비명을 질렀다. 분명 어제보다 더 차가운 물이었고 날도 어두워져 찬바람도 들어온 탓에 샤워실은 그야말로 지옥에 가까웠다.

"이건 내 생에 가장 엿 같은 샤워야! 빌어먹을!!"

우리들 중 가장 이성적인 프루지나가 제일 먼저 욕을 했다.

"퓕! 퓕!! 퓕킹 샤워 같으니!!"

"푸하하하하!"

"왜 그래?"

"그냥 네가 욕을 한다는 게 너무 웃겨서!"

"이건 아무리 나라도 참을 수 없다고!"

마구간 안 천막 하나 달랑 있는 곳에 찬물로 샤워하는 최악의 상황인데도 너무 재밌고 웃겨서 순간 웃음이 터져 나왔다. 중요한 것은 그렇게 소리 지르고 몸부림쳐도 씻을 곳은 다 씻었다.

"정말이지 우리니까 이렇게 참으면서 샤워한다니까."

"나초가 내일은 온수로 샤워할 수 있다고 하니까 기대해보자고."

하지만 거짓말을 한 남자들을 용서할 수 없었다. 우리들은 오두막으로 도착하자마자 방문을 열고 소리쳤다.

"감히 우리에게 거짓말을 하다니! 뭐? 뜨거운 물이 나온다고? 차가워서 심장마비 걸리는 줄 알았다고!"

"아니, 그건 더운물이야. 분명 그건 더운물이었어."

라딕은 눈을 동그랗게 뜨면서 말했다.

그날 밤, 얼음물로 샤워한 탓에 평소보다 옷을 두껍게 입고 침대 위에 누웠다. 침대 커버와 담요는 낡은 천을 조각조각 꿰맨 것이어서 그 담요에 몸을 감싸니 더 푹신하고 따뜻했다. 내일은 정말 따뜻한 물로 샤워할 수 있기를…

벤자민의 생일파티

"오늘은 누가 설거지할래?"

아침을 다 먹자 소냐가 말했다.

"이제부터 당번을 정해야 할 것 같아. 항상 마지막에 먹은 사람이 남아서 하니까 불공정한 것 같아. 어젠 사키와 아야가 했으니 오늘은 벤자민과 설이가 하는 것이 어때?"

"네, 좋아요."

"그럼 부탁해."

나는 벤자민과 설거지 팀이 되었다. 사실 벤자민이 퓕킹 샤워! 라고 소리 지른 것 외에는 별로 말을 하지 않아서 그다지 친하지 않지만, 이번 설거지 팀으로 친해지기 좋은 기회였다.

"음… 벤자민… 음 그러니까, 내가 세제로 접시 닦을 테니까 네가 물로 헹궈 줄래?"

"음… 워터로 클린? 오케이! 오케이!"

벤자민은 그렇게 말했지만 헹굴 때 손으로 깨끗이 닦지 않고 대충 물에 접시를 휘두르고 수건으로 물기를 닦았다.

"벤자민! 손으로 깨끗이 닦아야지, 이렇게 이렇게!"

나는 시범을 보여주었다.

"노농~~ 괜찮아, 괜찮아. 오케이, 오케이."

"뭐가 오케이야?"

"그렇게 닦을 필요 없다. 이 세제 안전하다. 비눗물 안전, 오케이?"

"그럼, 이 비눗물이 남아있는 접시로 음식을 먹을 수 있어?"

"노노농~ 비눗물 없다. 이것 봐!"

벤자민은 물로 대충 행군 뒤 나에게 접시를 보여주었다.

"이것 봐, 노 비눗물⋯."

"여기 조금 남아있는데?"

"괜찮다, 안 죽는다."

"그런 것과 상관없다니까 벤자민!"

나와 벤자민은 접시를 어떻게 닦아야 하는지 대해 서로 투닥거렸다.

"완전 베스트 팀이야!"

소냐는 엄지 척! 하며 우리에게 말했다.

"접시 닦는 것에서도 문화 차이가 나오다니."

"유럽에서는 물로 헹굴 때 깨끗이 닦지 않나요?"

"프랑스에서는 그런가 보지. 그리고 이 세제는 자연산이라서 괜찮아 너무 걱정하지 않아도 돼."

"⋯ 자연산인지 아닌지 관계없지만⋯."

그들은 비눗물을 닦는 것에 대해서 큰 신경을 쓰지 않았다.

"설이, 설거지 다 했으면 이리 와 볼래?"

소냐는 나를 바깥으로 불렀다.

"무슨 일이에요?"

"캠프 명단을 보니까 오늘이 벤자민의 생일이더라고, 깜짝 파티를 열건데 어때?"

"좋은 생각인데요?! 저는 벤자민을 위해서, 설거지하는 법 책을 선물해야겠어요."

"하하하!! 아쉽지만 책보가 더 특별한 것을 준비할 거야. 각 나라 글씨로, 생일 축하해^^ 메시지를 적을 거고, 아야가 붓글씨로 각 나라를 한자로 적은 것, 그리고 너의 그림이 필요해. 네가 그림을 잘 그린다고 들었어. 이번 선물로 벤자민의 얼굴을 그려줘 나에게 사진이 있으니까 그걸 보고 그리면 될 거야."

"좋은 생각인데요, 소냐?"

"그럼 일 끝나고 그림 한 장 부탁해!"

우리는 주인아주머니가 싸주신 점심을 들고 산을 탔다. 우리 중에 소냐가 앞장서서 두껍고 긴 나뭇가지를 지팡이 삼아 산을 올라갔다.

"이거 마치 반지 원정대 같아 소냐는 지팡이를 들고 있으니까 간달프, 나초는 스페인 사람이니까 아라곤! 보이젝 너는 프로도!"

"그럼 너는?"

"나는 골룸 할래. 여기서 가장 마지막으로 가니까, 골룸 골룸!!"

"하하하!"

우리들은 반지의 제왕 놀이를 하면 목적지에 도착했다. 울타리를 만드는 일은 끝났기 때문에 오늘부터 남자/여자팀 나누지 않고 잘라낸

나무들을 모으는 일을 하기로 했다.

"우리 편 갈라서 시합할래? 그럼 더 빨리 모을 수 있을 거야."

"그래! 하지만 우리 팀이 제일 많이 모을 거야."

팀A : 설이, 나초, 소냐, 프루지나, 사키

팀B : 보이젝, 라딕, 벤자민, 쿠엔틴, 아야

이렇게 편을 갈라서 나무들을 모았다. 여자애들은 그냥 적당히 모았지만 남자애들은 거의 죽기 살기로 나무들을 쓸어 모았다. 심지어 내가 남자들 근처에서 나무를 줍기라도 하면 귀중품 훔치는 것을 발견한 것마냥 으르렁거렸다.

"저리 가지 못해?! 여긴 우리 구역이야!"

"그게 뭔 소리냐?"

"이쪽은 우리 구역이야, 너는 다른 곳에서 줍도록 해, 이봐! 친구들! 저 공산주의자가 우리 나무들을 훔쳐가고 있어!"

라딕이 소리쳤다.

"적어도 너에게만큼은 그런 소리 듣고 싶지 않다. 이 러시아 놈아!!"

"러시아 사람 아니라니까!"

"나는 북한사람 할 테니 너는 러시아사람 해라. 아! 너는 여권에, 러시아 인. 이라고 적혀 있지만 적어도 나는 여권에, 북한인. 이라고 적혀 있지 않지. 하하하!"

"날 도발한다 이거지? 누가 제일 많이 모으나 보자."

"오냐, 이놈아!"

우리들은 죽기 살기로 나무들을 모았다. 하지만 결과는⋯ 팀A가 50개, 팀B가 100개를 모았다.

"하하하!! 우리가 이겼다! 우리가 이겼다고!!"

남자들 특히 라딕과 벤자민은 세상을 다 가진 마냥 뛸 듯이 기뻐했다.

꼬르르륵…

"오늘, 너무 일했다. 힘들게… 점심 먹고 싶다. 빨리빨리….

벤자민이 주린 배를 잡으면서 배고프다고 투덜대자 라딕이 말했다.

"나도야 벤자민, 지금은 이 기어가는 지렁이라도 먹고 싶을 정도로 배고프다고."

"진짜 먹을 수 있어?"

내가 장난스럽게 물었다.

"응, 진짜 먹을 수 있어."

"그럼 먹어봐!"

"공짜로는 안 되지, 10프랑(10,000원) 주면 먹을 수 있어."

"좋아, 10프랑 줄게, 근데 진짜 먹을 수 있어?"

"정말이라니까!"

"여기 카메라 가져와 봐! 녹화 좀 하자!"

라딕은 지렁이를 붙잡더니 입을 벌렸다.

"자 먹는다, 하나, 둘, 셋!"

"끼야아아악!"

그는 지렁이를 씹지도 않고 그대로 목구멍에 삼켰다.

"저… 저! 미친놈이!!"

"자 약속한 10프랑 줘!"

"와… 100프랑 주면 독사라도 먹을 놈일세… 근데 지렁이는 어떤 맛이야?"

"그냥 생선 맛이던데? 비린 맛이 강할 뿐이지…."

라딕은 입맛을 쩝쩝 다셨다.

"이걸로 점심은 해결되었어."

"저것 봐! 벤자민이 풀로 뭔가 하고 있어!"

"노농!!"

우리가 라딕에게 한눈판 사이 벤자민은 잘게 갈은 풀로 열심히 뭔가 집중하고 있었다.

"설마 너 마리화나 피는 거야? 그것도 일하는 와중에 대놓고?"

"노농! 마리화나 아니다!"

"그럼 이 풀은 뭐야?"

"이건 담배다 담배! 담배 만드는 재료다. 이걸로 담배 만들어서 필수 있다."

"그럼 이 산에서 담배 필 생각을 했단 말이야? 나초가 첫날에 담배 피면 안된다고 했잖아. 산불 낼 일 있어?"

"… 음… 그래 내가 잘못했다. 나초에게는 비밀로 해 달라."

"좋아 비밀로 부칠게."

"고맙다."

"나초! 벤자민이 마리화나 피우려고 해요!!"

"노농!!!"

나는 나초에게 소리쳤다.

"이것 봐요! 여기 마리화나 재료도 가지고 있어요!"

"아니 이건 또 무슨 소리야?"

나초가 눈을 크게 뜨며 소리쳤다. 그러자 벤자민이 나초에게 달려갔다.

"노농!! 설이가 거짓말하는 거다! 이거 마리화나 아니다!"

"뭐? 어디 봐, 음…. 벤자민, 여기서 담배 피면 안된다고 첫날에 말했잖아."

"… 미안하다…."

"이건 압수야. 여기 규칙에 담배를 피우면 안 된다고 되어있어. 나도 흡연자지만 참고 있는 거라고 그리고 이런 산속에서 담배 피면 큰일나! 이건 농담하는 게 아니야."

"… 미안하다. 나초…."

벤자민은 풀 죽은 채 말했다.

"어쨌든 빨리 정리하고 가자."

우리는 남은 시간 동안 도구들을 제자리에 가져다 놓은 뒤 산을 타고 내려갔다. 날씨는 금방 쌀쌀해졌고, 도착하자마자 샤워하러 내려갔는데 다행히도 뜨거운 물이 시원하게 쏟아져 나왔다. 뜨거운 온기가 나올 때 어찌나 행복하던지 차가운 물이 나오지 않은 것만으로도 행복했다. 우리는 샤워를 마치고 몸에서 후끈후끈한 열기를 느끼면서 주인 아주머니가 준비한 저녁을 먹었다.

"벤자민, 따로 이야기 좀 할 수 있을까? 나초에게 오늘 있었던 일을 들었어. 잠깐 나와 봐."

소냐가 진지한 얼굴로 말했다.

"… Oui… (네)."

벤자민은 풀 죽은 채로 말했다.

"하아… 난 좀 자야겠다. 내일 보자."

"굿 나잇!"

나초는 하품을 하면서 방으로 들어갔다.

응? 뭐지? 벤자민 생일파티 안 하나? 그나저나 오늘 벤자민 생일인데 리더들에게 엄청 깨지네, 불쌍해라….

나는 방으로 들어가려고 계단을 올라갔다.

"설이 어디가?"

프루지나가 나를 멈춰 세웠다. 그리고 잠시 뒤

"해피 버스데이! 벤자민!!"

벤자민과 소냐가 밖에서 들어오자 나초가 생일 케익을 들고 있었고 우리는 나초 옆에서 생일 축하한다고 각국의 언어로 소리쳤다.

"…?!"

벤자민은 얼떨떨한 얼굴로 우리를 보았다.

"깜짝 놀랐지? 생일 축하해! 비록 네가 담배를 피우려고 한 것은 잘못했지만, 널 밖으로 불러낼 수 있는 핑곗거리가 생겼지 뭐야."

"그… 그럼…."

"어쨌든 생일 축하해! 우리 캠프 중에 생일인 사람이 있을 줄이야, 어서 소원 빌어."

벤자민은 얼떨떨한 채 눈물을 조그맣게 글썽거리며 촛불을 껐다.

"여기 스푼도 있어 케익 먹어!"

여기서 문제는 케익이 너무 작아서 모두가 다 먹을 수 없는 양이었다. 그 케익도 15분 정도 걸어가면 작은 슈퍼가 있다는 라파엘 씨의 말을 듣고 겨우 찾아서 구한 케익이었다.

"여기 스푼 있어 벤자민!"

벤자민은 스푼으로 케익을 먹었다. 그런데 웃긴 것은 벤자민 혼자 서서 먹고 있었고 우리는 그를 가운데 놓고 원으로 둘러싸서 마치 원숭이를 구경하는 사람들마냥 그가 먹는 것을 말없이 지켜보고 있었다.

"푸하하하."

나는 그 상황이 너무 웃겨서 웃음이 터져 나왔다. 다른 사람들도 그렇게 느꼈는지 다 같이 웃음을 터트렸다.

"헤헤헤… 이렇게 혼자 먹으니까 좀 어색하다… 다 같이 먹자."

"괜찮아, 케익이 너무 조그매서 한 입씩 먹다가는 남아나질 못할 거야. 이건 네 케익이니까 맘껏 먹어. 그리고 우리가 너를 위해서 선물을 준비했어."

"오우! 무엇이냐?"

선물은 아야가 한자로 캠프에 참가한 각 나라를 붓글씨로 적은 것과, 생일 축하해^^ 글자를 자기네 나라 언어로 적은 것, 마지막으로 내가 준비한 벤자민의 초상화였다.

"네가 소냐랑 나간 사이 급하게 그려서 어떨지 모르겠지만, 마음에 들어?"

"… 얼굴이 김정일 같지만 괜찮다 마음에 든다. 고맙다."

"뭐? 이거 좋다는 소리야 아니야?"

"좋다! 좋아!"

그러자 라딕이 말했다.

"이봐! 벤자민, 그거 알아? 러시아에서 생일이 되면 귀를 그 사람 나이만큼 잡아당긴다고!"

그는 벤자민에게 가더니 귀를 잡아당겼다.

"으악! 아프다 아파!"

"아직 스무 번이나 더 남았다고!"

결국 라딕은 벤자민의 귀를 스물두 번이나 잡아당겼다. 우리는 거실 소파로 자리를 옮긴 뒤 나초가 슈퍼에서 사 온 과자를 먹었다.

"사실… 나 매우 감동받았다. 프랑스에서도 이런 생일축하 같은 거 받아본 적 없다… 나 정말정말 감동받았다."

벤자민은 눈물을 글썽거렸다.

"알았으면 우리가 다음 프랑스로 갈 때 한턱쏘라고! 다음 캠프 때는 프랑스에서 할 거니까!"

"응!! 그때 생일인 사람 있으면 내가 깜짝 파티 열겠다. 그리고 귀도 잡아당길 거다."

벤자민은 혼자 귀를 잡아당기며 다음 생일인 사람은 각오하라고 말했다. 밤이 깊어지고 앞방에서 벤자민과 쿠엔틴이 이야기하고 있었다. 벤자민은 자기 침대에 앉아 신나면서도 울먹거리는 목소리로 자기가 얼마나 감동받았는지 쿠엔틴에게 불어로 침을 튀기며 이야기를 했다. 만난 지 며칠 안 된 친구들이 스물 두 살 첫 생일 파티를 열어주었을 때 그의 기분이 어땠을까? 이런 특별한 생일축하를 받은 그가 부러웠다. 그들의 대화 소리는 내가 침대에 누워 잠이 들 때까지 끊이지 않았다.

마지막 업무 그리고 퐁듀

"오늘 저녁은 퐁듀를 먹는 것이 어때?"

에딧이 아침을 먹으면서 먼저 말을 꺼냈다.

"스위스에 있으면서 아무도 퐁듀를 먹지 못했다니 말도 안 돼! 오늘 저녁은 내가 직접 만든 퐁듀를 이 오두막이 아닌 우리 집에서 먹을 거야."

스위스 퐁듀가 워낙 비싸서 먹지 못했는데 산속에 사는 스위스 사람의 수제 퐁듀를 먹을 수 있다는 소리에 기분이 좋았다.

"그리고 우리 남편(라파엘)이 가지 치는 것 말고도 또 다른 일손이 필요해. 남녀 각각 한 명씩 필요한데 지원할 사람 있어?"

"저요! 제가 갈래요."

나는 재빨리 손을 들었다. 산에서 가지 치는 것 말고 다른 일을 해보고 싶었다.

"좋아. 그럼 다른 사람은?"

"제가 가지요."

나초가 손을 들었다.

"좋아. 설이와 나초는 날 따라오고 나머지는 소냐를 따라 어제와 같은 일을 부탁해!"

나와 나초는 에딧을 따라 라파엘의 집으로 갔다.

"잘 왔어. 오늘은 울타리 만드는 일이야!"

라파엘이 팔을 흔들며 우리를 맞이했다.

"첫날처럼 언덕에서 울타리 만드는 일인가요?"

"아니 아니. 언덕이 아니라 평지에서 만들 거야. 우리 땅과 이웃 땅을 구분할 수 있으면 돼. 일은 저번보다 훨씬 쉬우니까 걱정하지 마."

나와 나초는 라파엘 씨의 경운기를 타고 울타리를 만드는 곳으로 갔다.

"좋아. 그럼 설이, 너는 나를 따라서 줄을 바닥에 내려놓아 줘, 나는 중간중간 나무 막대기를 땅에 놓을 테니 나초는 이 망치로 막대기를 땅에 박아줘."

라파엘은 매우 커다란 망치를 한 손으로 든 뒤 가볍게 막대기를 땅에 박았다.

"자 간단하지? 이렇게 하면 금방 끝날 거야."

라파엘은 망치를 나초 손에 쥐여주었다.

"윽!"

나초는 망치를 한 손으로 잡다가 그만 망치를 떨어트릴 뻔했다.

"이… 이거 꽤 무거운데요?"

"무겁긴, 엄살 피우지 말게. 나도 드는데 젊은 자네가 못 들 일 없어!

스페인 파워를 보여 주게나!"

나초는 두 손을 들어 겨우 망치를 들을 수 있었다. 라파엘은 경운기를 끌면서 나무 막대기를 중간중간 땅에 떨어뜨렸고 나는 걸어가면서 줄을 내려놓았다. 문제는 나초였다. 망치를 두 손으로 들고 가기도 힘든데 막대기를 고정시킨 뒤 내려쳐서 땅에 박아야 했기 때문이다.

"나초, 도와줄까요?"

"응, 고마워. 내가 망치로 내려칠 테니까 막대기를 손으로 고정시켜 줄 수 있겠니?"

"네."

나초가 내려치려고 하는 순간 망치가 너무 무거워서 앞으로 고꾸라질 뻔했다.

"어이쿠야!"

"나초, 저 무서워요!!"

"괜찮아. 걱정하지 않아도 돼."

"확실해요? 자칫하다간 막대기가 아니라 제 머리를 내려치겠어요."

"걱정하지 마, 걱정하지 마. 자 간다!! 으어어어어!!"

"꽝!"

나초는 있는 힘껏 막대기를 내리쳤다.

"헉헉… 이거 보통 일이 아닌데?"

"나초 괜찮아요? 라파엘 씨에게 말해서 못 하겠다고 하는 것이….."

"괜찮아! 나 혼자서도 할 수 있어."

나초는 그렇게 말한 뒤 혼자 열심히 나무 봉을 망치로 고정시켰다. 문제는 그가 너무 힘들어서 일하는 속도가 턱없이 느려졌다.

"이런, 이런. 빨리들 오라고, 이러다가 해가 지겠어!"

"네! 갑니다. 가요!"

"이거야 원, 이리 줘 보게 내가 하는 것이 더 빠르겠어."

라파엘 씨는 거대한 망치를 한 손으로 가볍게 들었고 아무것도 아닌 듯이 내리쳤다. 그는 나이 오십이라고 믿기지 않을 정도로 빠른 속도로 막대기를 고정시켰다. 결국 나초가 라파엘 씨의 경운기를 탔고 그가 손가락으로 가리키면 막대기를 땅에 떨어트리는 일을 했다.

"젠장… 젠장…."

나초는 조용히 투덜거렸다. 캠프 리더라며 일을 도우러 왔는데 오히려 도움을 받는 쪽이 돼서 속이 상한 것 같았다.

울타리를 만드는 일은 금방 끝났고 그 뒤로 또 다른 일들을 했다. 트럭에 있는 수많은 나뭇가지들을 정리하는 일, 비닐하우스에 가서 채소들을 따는 일 등… 그리고 라파엘 씨는 일이 끝나면 바로 집에 가서 에딧을 도와달라고 말을 한 채 어디론가 가버렸다. 그가 멀리 가서 안보일 때쯤 되자 나초가 말했다.

"아 몰라, 좀 있으면 점심시간이니까 느리게 하자. 그래야 그나마 일 시간을 줄이니까."

"캠프 리더가 이래도 돼요?"

"뭐래도 좋으니 난 쉴 거야."

"일을 빨리 끝내면 빨리 쉴 수 있잖아요."

"우리가 일을 일찍 끝내도 그들은 다른 일을 찾아서 주니까 걱정하지 마."

나와 나초는 최대한 느리게 걸어갔다. 주인아주머니 집까지 걸어가면서 내 여행 이야기를 했고 캠프가 끝나면 이탈리아와 스페인으로 갈 것이라고 했다.

"바르셀로나로 가면 특히 주머니 조심하라고, 쥐도 새도 모르게 네 지갑이 없어질 수 있으니까."

그리고 그는 간단한 스페인 인사와 욕도 알려주었다.

"언어 배우는데 가장 접근하기 쉬운 게 욕이라니까."

그는 있는 스페인 욕이란 욕은 다 알려주었다. 그렇게 우리는 딱 점심시간에 맞춰 에딧의 집에 도착했고 모두가 우리를 기다리고 있었다.

"이제 끝난 거야? 우리는 일 금방 끝내고 여기 와서 쉬고 있었어. 라파엘 씨가 준 일은 어땠어?"

프루지나가 물었다.

"음… 뭐 그렇게 힘들지는… 뭐, 그냥 그랬지 뭐."

"이거 먹고 에딧의 집안일을 도우면 일은 완전히 끝난대. 내일은 완전 자유시간!"

"추가 업무는 안 주신데?"

나는 보이첵에게 물었다.

"응. 어차피 내일모레가 마지막 날이니까 자유시간 주신데."

그리고 나초에게 자그마한 목소리로 말했다.

"봐요, 내일 추가업무 안 준다잖아요."

"뭐 이런 경우도 있군."

우리는 점심을 다 먹은 뒤 각자 자기가 맡은 일을 했다. 나초는 라파엘 씨의 또 다른 업무를 도우러 갔고 라딕과 아야는 마당 수영장 청소, 쿠엔틴과 벤자민은 쓰레기 버리기와 빗자루 쓸기, 사키와 프루지나는 풀럼 따기, 나와 소냐, 에딧은 그들이 가지고 온 풀럼 씨를 작은 칼로 뽑는 일이었다.

"풀럼을 자르되 중간까지만 자르고 씨를 빼내야 해, 다 자르면 안 돼."

우리는 나무 탁자에 앉아 풀럼을 자르고 씨를 뽑으면서 도란도란 이야기를 나누었다. 마치 겨울날 오두막 난로 앞에 앉아 크리스마스 음식을 준비하는 기분이었다. 아직도 그 날의 집 냄새가 기억이 난다. 따뜻하고 포근한 그 냄새.

"6일 동안 한 번도 세탁 안 했지? 이 일 끝나고 각자 밀린 빨랫감들을 가지고 오도록 해. 오늘 다 같이 빨래할 거니까."

우리들은 있는 옷들을 다 가지고 와서 에딧에게 맡겼다.

"단체 빨래가 좀 찝찝하긴 한데…."

"어쩔 수 없잖아. 이곳은 물을 모으고 아껴서 사용하는 곳이잖아."

그날 저녁, 에딧은 우리를 위해 퐁듀에 쓸 치즈를 녹여 젓고 있었다. 사키와 프루지나는 얼른 가서 아주머니를 도왔고 남자들은 빨래를 건조대에 널고 있었다.

"야! 이 미친놈들아! 뭐하는 거야?"

나는 소리를 질렀다. 남자애들이 빨래를 널고 있었지만, 문제는 여자들의 옷과 속옷까지도 널고 있었던 것이다.

"고마운데 이건 우리들이 알아서 할게."

나는 마음을 가다듬고 차분하게 이야기했다.

"뭐야? 왜 그렇게 예민하게 굴어?"

라딕은 아무렇지도 않은 듯 이야기했다.

"옷을 넣어주는 건 고마운데 왜 남의 속옷까지도 넣어?"

"괜찮아 설이, 에딧이 우리에게 빨래 너는 거 도우라고 했어."

보이젝이 옆에서 거들었다.

"아무리 그래도 그렇지!"

"너무 깊게 생각하지 마."

"이건 깊게 생각하는 게 아니야!"

나는 속옷을 다 뺏은 뒤 건조대에 널었다. 그 순간만큼은 창피함과 함께 화가 났다.

"미안… 네가 그렇게 화낼 줄 몰랐어."

보이젝이 머리를 긁적이며 사과했다.

"옷을 넣어주는 것은 고맙지만 속옷까지 널 필요는 없다고, 나도 갑자기 화내서 미안해 너희들은 도우려고 했던 건데."

"아니야, 빨래 널기 전에 먼저 물어봤어야 했는데 우리가 잘못한 것 같아."

"어쨌든 내 빨래까지 널어줘서 고마워."

속옷들을 다 널은 뒤 우리들은 식탁에 앉아 퐁듀가 완성되기만을 기다렸다.

"… 분위기도 어색한데 퐁듀 완성되는 동안 게임이나 할래?"

라딕이 머리를 긁적이며 말했다.

"뭔데?"

"나라 수도 이름 맞추기 어때? 미국의 수도는 워싱턴, 러시아는 모스크바 뭐 이런 거."

"좋아 재밌겠다. 먼저 해봐."

"콩고의 수도는?"

"?"

머리가 멍해졌다.

"콩고의 수도는?"

"그걸 내가 어떻게 알아?"

"콩고의 수도도 모른단 말이야?"

라딕은 초등학생도 아는 걸 왜 모르냐는 듯 말했다.

"다른 거 내봐, 쉬운 거."

"아랍 에미레이트의 수도는?"

"두바이…?"

"땡! 아부다비야! 이런 간단한 것도 모르다니."

"그래 너 참 유식하다."

"자메이카의 수도는? 사우디아라비아의 수도는? 세르비아의 수도는? 이란과 아랍의 수도는? 설마 두 나라가 똑같은 나라라고 생각하진 않겠지?"

"에라이, 집어치워라!"

"삘리리리~."

"보이젝, 너 뭐하는 거야?"

보이젝은 혼자 리코더 같은 것을 불고 있었다.

"그냥 피리 불고 있어. 일 다 끝나고 불어도 된다고 하셨어. 너도 하나 불어볼래?"

"오! 좋은 생각이 났다."

라딕은 일어서더니 구석에서 기타를 가지고 왔다.

"뭐하는 거야?"

"노래 부르고 싶어서. 우리에게 딱 어울리는 노래가 생각났어."

"그래 한번 불러봐."

라딕은 소파에 앉아 기침을 한 두 번 하더니 진지하게 기타를 치면서 노래를 불렀다.

"킴정일은 우리들의 아버지, 킴정은도 우리들의 아버지, 죠셉 스탈린은 우리들의 왕이며 이곳이 바로 지상 낙원~."

"이건 무슨 바보 같은 노래야?"

"넌 북한, 난 러시아, 보이젝은 폴란드에서 온 공산당원이니까 한번 만들어봤어. 우리들에게 딱 어울리는 노래지. 너도 한 곡 불러볼래?"

그러자 보이젝이 흥미로운 듯 말했다.

"그거 재밌겠다. 한 번 더 불러봐."

보이젝은 리코더, 라딕은 기타를 치며 노래를 불렀고 나는 그의 음악에 맞춰 화음을 넣었다.

"킴정일은 우리들의 아버지, 킴정은도 우리들의 아버지… 우리들은 자본주의 집을 점령했고 풍듀가 탁자 위에 올려 있자마자 먹어 치울 거라네!"

"허허허, 여기 풍듀 나왔습니다!"

라파엘 씨와 에딧은 방으로 들어와 빵과 불에 녹인 치즈를 가지고 왔다

"우선 포크로 빵을 꽂은 뒤 치즈에 듬뿍 담가서 바로 먹으면 돼. 아! 그리고 치즈에 보드카를 좀 넣으면 맛이 더 괜찮을 거야."

아주머니는 치즈에 보드카를 넣고 저었다. 치즈의 맛은 더 강했고

조금 독하기까지 해서 계속 먹으면 속이 니글거릴 것 같았다. 하지만 특이한 맛이 나서 몇 번 먹어 보기에 괜찮은 음식이었다.

"자본주의 놈이 대접한 음식은 어떻습니까?"

라파엘 씨가 장난스럽게 물었다.

"흠, 나쁘진 않군. 특별히 살려 줄… 아니… 드리겠습니다."

"하하하하!!"

음식을 다 먹고 디저트로 아이스크림까지 먹었다. 배부른 채 소파에 누워있자 나초가 다음 캠프 일정에 대해 설명했다.

"내일은 토이펜타우에서의 마지막 날이야. 일은 하지 않을 거고 근처 치즈 공장에 가서 견학 갈 거야. 그리고 스위스 워크캠프 지사에서 중요한 사람이 온대서 같이 점심을 먹을 거야. 왜 우리 쪽 캠프로 오는지는 모르겠다만 그렇게 긴장하진 않아도 돼. 그리고 점심 먹자마자 이곳을 떠나서 인터라켄으로 가서 7일 동안 새로운 사람 밑에서 일을 하게 될 거야, 그리고 좋은 소식 하나, 숙소는 바로 주인집 별장이야!! 엄청 큰 별장이라고."

"그럼 뜨거운 물로 샤워할 수 있는 곳인가?"

벤자민은 눈을 크게 뜨며 말했다.

"응 맞아. 샤워에 관해서는 걱정하지 않아도 돼."

"오우!! 노 퓕킹 샤워!! 노 퓕킹 샤워!!!! 픠늭쉬!!"

벤자민은 뛸 듯이 기뻐했다.

숙소 오두막으로 돌아갈 때쯤 밖은 이미 해가 저물며 비가 부슬부슬 내리기 시작했고 오두막 안 불빛은 밤까지 꺼지지 않았다.

치즈 공장과 다락방 침실

"젠장! 큰일 났다. 어쩌면 좋지?"

나는 짐을 싸다가 소리 질렀다.

"무슨 일이야?"

"나 선글라스와 케이스를 산 위에 두고 온 것 같아."

"뭐라고?"

산에서 내리는 햇빛이 너무나 눈부셔서 일할 때마다 항상 선글라스를 썼다. 하지만 문제는 도구들을 넣는 통 안에 선글라스와 케이스를 그대로 두고 내려와 버린 것이다.

"이걸 어쩌면 좋지? 날씨도 춥고 비까지 오는데….'"

"우선, 나초와 소냐에게 말해 봐."

나는 나초와 소냐에게 사정을 이야기했다.

"흠, 내가 라파엘 씨와 상의해볼게"

"감사합니다, 정말 감사합니다."

나는 나초의 성의에 고마웠다.

"자, 그럼 치즈 공장에 갈 준비는 되었지?"

"네!"

"그럼 따라오라고!"

우리는 라파엘 씨의 차를 타고 갔다.

치즈 공장은 오두막에서 차를 타고 10분 거리에 있는 곳이며 풀과 나무들이 빽빽한 도롯가에 위치해 있었다.

"어서 와. 너희들이 이번 캠프 참가한 애들이구나? 이리로 와."

우리는 공장 앞치마를 두른 직원의 안내를 받아 야외 계단을 타고 2층으로 올라갔다. 주위는 안개가 옅게 끼었고 구름은 뿌옇게 흩어져 있었다. 안으로 들어가자마자 치즈의 강하고 역한 냄새가 코를 찔렀고 커다란 원으로 된 치즈들이 겹겹이 쌓여있었다.

"와! 이렇게 커다란 치즈들은 처음 봐요."

"놀라기엔 아직 일러, 조금만 기다려봐."

직원은 우리들에게 특별한 치즈를 보여주겠다고 하면서 어디론가 들어가더니 커다랗고 새까만 치즈를 들고 왔다.

"이건 무슨 치즈에요? 블랙 치즈인가요?"

"이건 20년간 보관되어있는 치즈야."

"뭐라고요?"

"처음으로 공장 운영했을 때 만든 치즈야. 그 당시 치즈들을 다 팔고 마지막으로 남은 건데 이것만큼은 왠지 팔기 싫더라고, 그래서 지금까지 냉동보관 하고 있는 거야. 아! 다른 치즈들과 따로 보관하고 있으니까 걱정하지 마."

"20년 된 치즈는 어떤 맛인지 궁금하네요."

사키가 조심스럽게 말했다.

"뭐, 원한다면 조금 먹어도 돼. 하지만 다음 날에 멀쩡히 일어날 수 있을지는 장담하지 말고, 하하하!"

"만져는 봐도 되지요?"

"오! 물론이야, 한번 만져봐."

우리들은 치즈를 손가락으로 꾹 눌렀는데 벽돌 마냥 매우 딱딱했다.

직원이 치즈에 대해 설명한 뒤 공장을 둘러보았다. 방안에 꽉 찬 치즈 냄새와 기계들이 가동하는 모습들 그리고 마지막으로 직원이 잘게 자른 치즈를 주었다.

"여기서 바로 만든 치즈에요. 한번 맛보세요."

"고맙습니다. 어디… 욱!"

그 치즈는 내가 여태껏 먹은 치즈 중에 가장 독하고 강한 치즈였다. 지금도 그 냄새를 생생히 기억할 수 있다. 역시 치즈 나라에서 먹는 치즈는 달랐다.

"한 번 더 드셔 보세요."

"괜… 괜찮습니다…."

나는 최선을 다해서 그 작은 치즈를 목구멍으로 꾸역꾸역 삼켰다.

"하하하! 오늘 이렇게 와줘서 고마워요. 이 산속에 라파엘 씨 외에는 사람들이 잘 안 오기 때문에 심심하던 차에 정말 재밌었어요."

"아니에요. 저희야말로 일하느라 바쁘신 와중에 공장을 구경시켜주셔서 감사합니다."

"하하! 요즘엔 그냥 기계 가동시키고 멍하니 있는 게 일인데요 뭘.

그리고 이건 제 선물이에요."

그는 우리들에게 비닐봉지에 쌓인 무언가를 주었다. 열어볼 것도 없이 냄새부터 무엇인지 알 수 있었다.

"아… 치즈…."

"하하하! 제가 특별히 선물로 주는 거예요."

"가… 감사합니다!"

"하하하! 뭘요."

그는 매우 호탕하게 웃은 뒤 우리들을 차까지 바래다주었다. 우리 몸에 밴 치즈 냄새가 차 안에 배어서 온통 역한 치즈 냄새가 풍겼다. 우리는 바로 라파엘 씨 집으로 향했고 공장은 갈수록 멀어져 가더니 점점 안개에 뿌옇게 가려 보이지 않게 되었다.

"치즈 공장은 어땠어요? 재밌었어요?"

오두막에 도착하자 에딧이 우리를 반겼다.

"네, 정말 재밌었어요. 우리가 갈 때 직원분이 치즈도 주었어요."

"호호! 이걸로 점심을 만들 수 있겠다. 나에게 줘 봐요. 냄새가 참 좋네, 매우 좋은 치즈야."

그녀는 비닐봉지를 열고 얼굴을 가까이 대더니 냄새를 맡았다. 그 토할 것 같은 역한 치즈 냄새가 그녀에게는 고소한 냄새로 다가왔다.

"좋아! 이걸로 오늘 점심을 맛있게 만들 수 있겠어."

그녀는 치즈를 들고 부엌으로 들어갔다.

점심시간이 되자 마당에 있는 탁자로 모였다. 그곳에는 처음 보는 사람 두 명이 먼저 도착해 우리들을 기다리고 있었고 탁자에는 치즈 공장에 다녀온 덕분인지 음식은 치즈로 만든 음식들로 가득이었다.

"애들아 인사해. 스위스 워크캠프 지사에서 온 사람들이야."

나초가 앞으로 가서 우리들에게 소개했다.

"안녕하세요."

"그래, 만나서 반갑다. 이렇게 이곳에 찾아온 이유는 너희들이 캠프에 참가해서 어떤 느낌을 받았는지, 어떤 것을 고쳐야 하는지, 어떤 점이 마음에 들었는지 여러 가지를 듣고 싶어서 찾아왔어."

"초반에 픵킹 샤워가 좀 있었지만, 그거 빼고는 다 괜찮았다."

"벤자민 그것까진 말 안 해도 돼⋯."

라딕이 벤자민에게 속삭였다.

"하하하하하! 그것참 재미있는 친구군!"

"⋯ 미안하다⋯."

"그나저나 그 옆에 자네, 자네 불어를 할 줄 아는군."

"아! 네, 웬만큼은 알아듣고 말할 수 있어요."

라딕은 자신감에 찬 듯 말했다.

"그래, 불어를 배운 특별한 이유라도 있는가?"

그러자 라딕은 눈을 동그랗게 뜨며 말했다.

"전 불어를 사랑해요. 영어는 제가 말하고 싶은 감정을 100% 표현을 할 수 없어요. 단지 세계인과 의사소통을 할 수 있는 수단일 뿐이지요. 불어는 표현할 수 있는 방법이 다양해요. 영어는 사람들과 소통할 수 있는 언어지만 불어는 영혼까지 소통할 수 있다고 믿어요."

저런 말을 아무렇지도 않게 할 수 있다니⋯.

그 순간 너무 오글거려서 소름까지 돋았다.

"허허허! 자네 참 대단하군. 어린데 그런 사고방식을 가지고 있다니

말이야."

"전 러시아에만 머물지 않고 국제 소방관이 되고 싶어요. 그러려면 영어 이외에도 다른 언어를 배워야 하는데 불어가 가장 적합하다고 생각했어요."

라딕은 스위스 지사 두 명과 침을 튀겨가며 불어가 얼마나 아름다운 언어인지 열심히 설명했고 그들은 뿌듯한 듯 고개를 끄덕였다.

식사를 마치자 스위스 지사 두 명이 아주머니에게 인사했다.

"고마워요, 에딧. 음식 잘 먹었어요, 치즈가 아주 맛있네요. 어디서 사셨어요?"

"호호호, 아이들이 요 앞 치즈 공장으로 견학 갔다가 가지고 온 거예요. 또 점심 먹고 싶으면 언제든지 오세요."

"감사합니다. 에딧."

그들은 우리들에게 인사를 한 뒤, 차를 타고 돌아갔다.

"우리 뭐 평가받은 건 없죠?"

사키가 조심스럽게 물었다.

"아니 그런 거 없어. 그냥 캠프가 어떻게 돌아가나 궁금해서 온 거지, 너무 긴장하지 않아도 돼. 평가받아도 너희들에게 해가 되는 것은 없으니까. 자 그럼 나머지는 짐을 싸서 차 앞에서 대기하고 있어 아! 그리고 참, 벤자민과 쿠엔틴은 잠깐 날 따라와."

벤자민과 쿠엔틴은 영문도 모른 채 나초를 따라갔고 우리들은 짐을 싼 뒤, 마당에 있는 빨간 봉고차 앞에서 대기하고 있었다. 갈수록 비는 더 차갑게 내렸고 산이라 그런지 날씨는 8월 여름치고는 제법 쌀쌀했다.

"저기… 나 스카프 좀 빌려줄 수 있어?"

라딕이 조심스럽게 물었다.

"그러게 이 추운 날 반팔을 입었어?"

"영하 50도에서도 잘만 살았는데 이 정도는 아무것도 아닐 줄 알았지."

"영하 50도라고?! 50도?!"

순간 나는 영하 15도를 50도로 잘못들은 줄 알았다.

"응, 뭐 어때? 러시아에서는 그리 놀랄 일도 아닌데, 다른 지역은 영하 70도까지 내려간다고."

"…너… 어떻게 보면 정말 대단한 곳에서 사는구나…."

"그래서 이 정도 날씨는 아무것도 아닐 거라 생각했는데 생각보다 춥네…."

"그래 그럼 이거라도 걸쳐라."

나는 매고 있던 스카프를 주었다.

"고맙다. 왠지 메트로 섹슈얼 같긴 한데 괜찮네."

"응? 메트… 뭐… 그건 또 뭐야?"

"메트로 섹슈얼이라고 게이가 아닌데 스카프 매고 선크림 바르고 옷차림도 뭔가 여자 같은 남자를 말하는 거야. 솔직히 나는 마초 과여서 이런 여자 옷 입기 싫은데 여기엔 우리들밖에 없고 추우니까 입는 거야."

"오호라! 그럼 스카프 내놔."

"싫어, 다음 날 감기 걸리긴 싫거든."

서로 투닥거리는 사이 차까지 도착했고, 우리들은 짐을 차에 싣고 있었다. 그러자 뒤에서 쿠엔틴과 벤자민이 비에 홀딱 젖은 채 허겁지겁 뛰어왔다.

"여기 네 선글라스!"

"벤자민 쿠엔틴?! 뭐야 이 비 오는데 산까지 올라가서 가지고 온 거야?"

"라파엘 씨가 경운기 태워줘서 올라갔다 왔어."

"고마워 모두."

"우리에게 고마워할 필요 없다. 모두 라파엘 씨 덕분이다. 라파엘 씨가 네 선글라스 찾으러 가자고 했다!"

"고맙습니다. 라파엘."

"고맙긴, 여기서 힘들게 일했는데 선글라스 놓고 가면 나라도 마음이 안 좋을 거야. 좋은 게 좋은 거지, 여기서 일한 보상이라고 생각해."

라파엘 씨는 아무것도 아니라는 듯 태연하게 말했다.

"저 하나 때문에 이렇게 비 오는데 찾아주셔서 감사합니다."

"허허허! 뭘. 자네는 여기서 열심히 일했는걸, 다른 캠프에서도 열심히 일하라고."

"네….."

우리들은 라파엘 씨의 차를 타고 산으로 내려갔다. 그리고 지역 버스를 타고 툰에서 인터라켄으로 향했다. 스위스 자연경관으로 유명한 인터라켄이 마지막 캠프 장소였다.

"자! 이곳이 우리들이 머물 집이야!"

과연 스위스 별장답게 다른 집들보다 컸고 총 3층으로 구성되어 있었다. 큰 방 세 개, 화장실 두 개, 지하에는 탁구장까지 있었다. 무엇보다 이 집의 하이라이트는 베란다로 나가면 바로 앞에 알프스 산이 보이는데 의자에 누운 뒤 과자를 먹으면서 풍경을 보거나 낮잠을 자면 그야말로 천국이 따로 없었다. 그리고 집 앞에 호수가 있어서 일 끝나고 수영할 수 있었다.

"그럼 더 이상 뛰킹 샤워는 없는 거냐?"

벤자민이 제일 먼저 물었다.

"응, 뛰킹 샤워는 이제 없어. 온수가 펑펑 나오니까 걱정 마."

"와!! 만세!! 드디어 뛰킹샤워가 없다니!!"

뜨거운 물이 나온다는 말에 제일 먼저 기뻐한 사람은 벤자민이었다. 그는 숙소가 별장이든 궁궐이든 전혀 상관하지 않고 오로지 샤워에만 관심 있었다.

나는 이 별장에 도착하면서 캠프 숙소가 가면 갈수록 진화되는 것이 느껴졌다. 처음 프랑스 캠프 때는 허술한 텐트에서 지내다가 며칠 지나니 산속 오두막에서 지내고, 마지막으로 스위스 별장까지, 마치 원숭이에서 사람으로 진화되는 것 같았다.

"이제 방부터 정하자. 세 개의 방과 다락방이 있어. 나와 소냐는 리더니까 방을 쓸 거고 나머지 몇 명은 지붕에 위치한 다락방에서 지내야 할 거야. 네 명만 방을 쓸 수 있는데 제비뽑기로 그 행운의 네 명을 정하자."

내가 과연 여덟 명 중에서 행운의 네 명 안에 들 수 있을까? 겨우 이런 좋은 별장에서 지내게 되었는데 고작 지붕 다락방에서 자기 싫었다. 무엇보다 침대도 좋은 침대고 베란다와 연결되어 있어 바로 알프스 산이 보였기 때문에 다락방 매트리스 깔면서 자기에는 침실의 격차가 너무 컸다.

"내가 종이를 만들었어. 각 종이마다 지붕, 방이라고 적혀 있으니까 각자 뽑은 종이가 너희들의 침실이 될 거야."

긴장됐다. 아무도 먼저 제비를 뽑으려고 하지 않고 침만 꼴딱 삼키며 나초의 손만 물끄러미 바라보고 있었다.

"제가 먼저 뽑을래요!"

내가 제일 먼저 손을 들었다. 옛말에 매도 먼저 맞는 편이 낫다고 하지 않았는가.

"수학에서도 제비를 먼저 뽑는 게 당첨확률이 가장 높다고 나왔어요."

나는 당당하게 나초가 접은 제비들 중 하나를 뽑았다.

다락방

"으아아아아악!!!!"

하지만 그런 통계는 나에게 통하지 않았다. 이런 멋진 별장에서 지내게 되었는데 고작 지붕 다락방에 지내게 되다니⋯

"이건 말도 안 된다고!!"

"말이 안 되는 건 우리다! 우린 방에서 잘 수 없다!"

벤자민과 쿠엔틴이 흥분하면서 말했다.

"무슨 소리야! 방이면 좋잖아?"

"싫다! 한 침대에서 같이 잘 수 없다! 우린 게이가 아니다!"

자세히 보니 벤자민과 쿠엔틴은 킹사이즈 침대 하나가 있는 방을 뽑은 것이다.

"이럴 바에는 밖에 나가서 자겠다!"

"진정해 벤자민, 쿠엔틴, 방 앞쪽 구석에 침대 하나가 있는데 너희들 중 한 명이 그곳에서 자면 될 거야."

나초가 그들을 진정시켰다.

"참나, 같은 침대에서 자는 것이 어때서… 너무 예민하게 구는 거 아니야?"

"아니야 설이. 네가 보기엔 아무것도 아닌 것처럼 보이지만 그들에게는 예민한 문제일 수 있어."

"그래도 다락방보다는 낫지…."

"걱정하지 마, 너 혼자만 다락방이 아니니까."

"프루지나, 너도 다락방이야?"

"아니, 나는 방을 뽑았는데 다락방으로 가고 싶어, 이미 나초에게 이야기해서 다락방으로 바꿨어. 방은 두 사람이 잘 수 있어서 편하긴 한데 애들과 단절되어 있는 느낌이라 싫어. 하지만 다락방은 네 명이서 같이 잘 수 있잖아. 더 가족 같은 느낌일 거야."

어른스러운 프루지나의 말에 나는 감탄했다. 같은 다락방에 자게 되었는데 생각하는 방식이 이렇게 다를 줄이야. 그래서 총 다락방에서 지내게 될 애들은 나, 프루지나, 아야, 사키, 보이젝이었고 방은 소냐, 나초, 벤자민, 쿠엔틴, 라딕, 아야 이렇게 구성되었다.

"보이젝, 너는 그래도 행운이네. 다락방이 전부 여자야."

"… 근데 사실 좀 무서워, 잡아먹지만 말아줘."

다락방은 총 네 개의 매트리스가 있었다. 하지만 다락방이라고 해도 깔끔하고 아늑했으며 매트리스는 침대처럼 편안했다. 이불과 베개도 푹신하고 빈티지를 좋아하는 사람이라면 만족할 수 있는 침실이겠지만 역시 방과 비교하면 누추하기 짝이 없었다.

"약간 추운 것 빼고는 괜찮긴 하네… 하지만 여기서는 알프스 경치가 보이지 않는다고!!"

나는 투덜거리듯이 말했다.

"뭐 어때, 깔끔하고 괜찮은데. 또 언제 다락방에서 자 보겠어?"

"그래도 난 방이 좋아, 난 이미 특이한 곳에서 다 자봤어. 이젠 보통 평범한 방에서 자고 싶다고."

"굳이 보고 싶으면 내 방으로 와도 좋아."

라딕이 장난스럽게 말했다.

"됐거든요!"

"자자, 그만하고, 우선 이 숙소에 대해서 설명할게. 여기서는 빨래와 샤워 걱정은 하지 않아도 돼. 지하실에 각 세탁기와 세제가 있고 화장실은 토이펜타우와 달리 온수가 펑펑 나오니까. 문제는 물건을 망가뜨리고 잃어버리면 100프랑(10만 원)을 보상해야 해, 난 여기서 100프랑까지 내면서 일하긴 싫어. 그러니까 모두 조심해서 사용하도록 해."

나초는 매우 진지하게 설명했다.

"10만 원이라고? 정말 조심해야겠는걸…."

"그리고 이제부터 음식은 우리가 알아서 만들어야 해. 전자 렌지와 식기 세척기가 있으니까 그걸로 요리와 설거지를 할 수 있을 거야. 앞으로 접시를 어떻게 닦아야 하는지 그런 이유로 싸울 필요는 없겠지, 특히 설이와 벤자민!"

"우리는 싸운 게 아니라 논쟁한 것뿐이다!"

벤자민이 손을 들며 말했다.

"논쟁하는 목소리가 커지면 싸우는 거야. 어쨌든 오늘은 짐 정리하고 저녁때 보자."

"네!"

우리는 짐을 각자 머물 방에 옮겼고 다락방에 지내게 될 네 명은 모두의 도움을 받아 짐을 사다리로 낑낑 옮긴 뒤에야 매트리스에 누워 겨우 쉴 수 있었다.

"이 짐을 여기까지 옮기는 것도 일이다. 일."

"그러게… 떠날 때 이 짐들을 어떻게 또 옮기지."

"정말 운도 없지, 이런 멋진 별장에 머물게 되었는데 고작 다락방에서 자게 될 줄이야…."

"어?! 저기 봐, 저기 조그만 창문이 있어. 설이! 네가 좋아하는 알프스도 보여!"

"어디 어디?"

지붕 위쪽 창문이 조그맣게 있었는데 그곳에서 알프스 산이 나지막하게 보였다.

"그러네, 희미하지만 보인다."

"그래, 여기도 있을 건 다 있다고 충전기와 전등, 빨래걸이, 서랍… 이런 곳에 지내면서 작은 것을 찾으면서 재밌게 지내보자고."

"… 그래 어떻게 생각하느냐에 따라 달랐지."

"너네들끼리 뭘 그리 재미나게 이야기 하냐?"

"으악! 누구야?"

갑자기 라딕이 기척도 없이 나타났다.

"젠장, 귀신인 줄 알았잖아."

"하하하! 널 놀려 먹는 건 재밌다니까."

"이런 누추한 곳에는 어쩐 일이야? 너 방 쓰잖아."

"그게… 솔직히 재미는 없어서 말이야…."

그러자 뒤에서 소냐와 나초가 사다리를 타고 올라왔다.

"안녕! 뭐 하고 있어? 우리도 좀 끼워줘."

"소냐! 나초! 여긴 어쩐 일이에요?"

"어쩐 일이긴! 놀러 왔지. 확실히 방은 좋은데 문을 닫으면 두 명만 있고 심심해서 말이야. 라파엘 씨네 있었던 것처럼 팀원들의 끈끈한 뭔가를 못 느끼겠어. 그래도 여기는 그나마 낫다. 네 명이 있으니까."

"언제든지 놀러 와요. 소냐, 나초."

"봉주르!! 마담! 쿠엔틴과 놀러 왔다."

"벤자민! 쿠엔틴!"

"둘이만 있으면 재미없다. 다 같이 놀아야 재밌다."

이렇게 하나 둘 씩 사다리를 타고 올라와 다락방으로 들어왔고 동그랗게 모여 앉아 앞으로 있을 일과 파티에 대해 이야기했다. 마치 예전 라파엘 씨 오두막에 있었던 것처럼

"그럼 숲에서 바비큐 파티를 할 거란 말이에요?"

"응. 그곳은 허가받은 곳이라서 괜찮지만 항상 조심해야 할 거야, 자칫하다가는 산불 낼 수 있으니까."

우리들은 내일 모레 있을 바비큐 파티에 대해 신나게 이야기한 뒤, 에딧이 싸준 음식으로 저녁을 먹었다. 이제 라파엘 씨의 일은 끝났다. 내일부터는 새로운 사람 밑에서 어떤 일을 하게 될까?

수도원에서 생긴 일

"인터라켄에 온 것을 환영해!"

흙만 잔뜩 있는 길가에 재밌게 생긴 금발 머리 청년과 삼십 대 초중반으로 보이는 검은 머리 아저씨가 우리를 반겼다.

"너희들이 라파엘 씨 캠프에 있다가 바로 온 애들이구나! 그러면 일은 어느 정도 할 줄 알겠네."

"저희들이 해야 할 일은 무엇이죠?"

"응, 이 산책 가를 봐. 오른쪽에는 산이 있어서 옆에 뭔가 받쳐주지 않으면 이 산책 가는 무너져 내릴 거야. 그러니 너희들은 이 돌들을 쌓아 산책로가 망가지지 않도록 도와주는 일을 할 거야. 일은 좀 힘들겠지만 라파엘 씨네 일했던 너희들이라면 할 수 있어."

"아! 저 이 비슷한 일 해본 적 있어요."

나는 반가워서 손을 들었다.

"응? 비슷한 일을 해본 적 있다고?"

"네! 프랑스 워크캠프에서 마을 시청 앞에 돌을 쌓는 일을 한 적 있는데 이것과 비슷해요. 바위의 높은 부분을 땅에 내려놓고 블록처럼 쌓는 것이죠."

"맞았어! 역시 경험자라서 다른걸. 참! 우리를 소개하는 것을 깜박했네, 내 이름은 클라우디오야. 이 짧은 검은 머리 아저씨는 다니엘라!"

클라우디오가 다니엘라의 짧은 머리를 박박 쓰다듬으면서 소개했다.

"장난이 심하다니까 클라우디오!"

"하하하! 미안 미안. 그럼 지금부터 일을 시작하자고."

첫 번째 일은 돌을 수레에 싣고 산책로까지 전부 옮긴 뒤 순차적으로 쌓는 일이었다. 돌들 중 절반은 바위였고 남자들이 힘을 써도 수레를 끌기 힘들 정도였다.

"이러다간 정말 탈진해 죽겠다!"

벤자민이 바닥에 풀썩 주저앉았다.

"조금만 쉬자, 너무 힘들다 클라우디오."

"첫날인데 너무 무리했나? 좋아, 10분만 쉬고 다시 일을 시작하자고."

다들 일을 손에 멈추고 땅바닥에 앉은 뒤 멍하니 앞에 보이는 알프스 산만 쳐다봤다.

"전 이 일 끝나면 바로 저곳에 갈 거예요."

"알프스 산을 등산할 거야?"

클라우디오가 깜짝 놀라며 물었다.

"음… 융프라요흐를 등산하기는 어렵지 않을까요?"

"융프라요흐가 뭐야?"

"융프라요흐를 모른단 말이에요?"

"그게 뭐야? 어디 뒷산 이름이야?"

"네?! 융프라요흐는 스위스에서 가장 아름다운 알프스 산으로 유명한 곳이잖아요. 클라우디오, 정말 스위스 사람 맞아요?"

"내가 태어나서 이곳에 27년을 살았지만 그런 산은 듣도 보도 못했어."

"세상에… 융프라요흐를 모르다니…."

"별로 관심도 없어. 솔직히 관광객들이 현지인보다 스위스를 더 잘안다니까, 비록 그것이 관광객들이 만들어낸 스위스 명소에 불과하지만 말이야. 이곳 현지인들도 융프라요흐가 뭔지 잘 모를걸?"

그러자 사키가 의아하듯이 말했다.

"정말요? 일본에서도 융프라요흐가 매우 유명해요. 저와 아야도 이곳에 오기 전에 융프라요흐에 갔다 왔는 걸요."

"아까부터 듣자하니 도대체 융프라요흐가 뭐야?"

"그래, 도대체 그 산이 뭐가 그렇게 유명하다고 그래?"

나와 일본 애들을 제외한 모든 아이들은 융프라요흐에 융자도 제대로 알지 못했다. 클라우디오가 말한 대로 융프라요흐는 관광객들에게만 유명한 그것도 아시아 쪽에만 유명한 관광명소일까?

"그러고 보니 사람들이 스페인 사람이라고 하면 토마토 축제에 참여했다던가 이비자 섬에 갔다 왔냐고 물어보는데 정작 스페인 사람들은 그런 것에 관심 없어."

나초가 말했다.

"정말요? 나초, 토마토 축제에 단 한 번도 참가해보지 않았어요?"

"단 한 번도 없어. 그 축제에 스페인 사람 몇 명이나 참여한다고 생각해? 장담하건대 90% 이상이 관광객들이야. 그리고 이비자 섬? 환락과 클럽, 누드비치가 있는 밤의 에덴동산이라고 불리지만 그것은 관광객들이 만들어낸 섬에 불과해, 현지인들은 이비자 섬 안 가."

나초의 말을 듣고 보니 대학교 교양 수업 때 원어민 교수님이 부처님 오신 날 축제에 반드시 참여할 거라고 들뜬 모습과 왜 이날 전부 절에 가서 공양을 드리지 않냐고 물어본 기억이 났다. 스위스의 융프라우와 스페인의 토마토 축제도 그와 같은 것인가?

"이런 이야기 하느라 시간 가는 줄 몰랐네. 오늘 많이 일했으니까 그만하고 내일부터 일하자."

우리들은 뛸 듯이 기뻐했다. 더 좋은 소식은 점심을 우리가 직접 만들어 먹지 않아도 되었다. 우리가 먹을 장소는…

"바로 수도원이야!"

나초가 말했다.

"스위스 워크캠프 지사에서 들은 것인데 아침과 저녁만 우리 집에서 만들어 먹고 점심은 이곳 수도원에서 준다고 했어. 하지만 주의해야할 점은 수도원에서 우리들 뿐만 아니라 다른 마을 사람들도 먹기 때문에 예의 바르게 행동해야 할 거야, 우리들끼리 왁자지껄 떠들면 보기에 좋지 않으니까. 수도원에서는 신발을 벗어야 하고 식사가 나오면 기도를 한 후 먹어야 해, 배고프다고 먼저 먹지 말고. 혹시 여기서 기독교, 천주교가 아닌 다른 종교를 가진 사람이 있니?"

"저요!"

라딕이 손을 들었다.

"그래, 너는 모슬렘이지. 음… 너에게 말하고 싶은 것은… 음… 이 수도원은 기독교 수도원이야. 먹기 전에 다들 기도문을 올리고 밥을 먹는데 그냥 손만 잡는 시늉만 하고 속으로 너의 신에게 기도드리면 돼. 너무 진지하게 생각하지 마."

"저는 딱히 상관없어요."

라딕은 별거 아니라는 듯이 손사래를 쳤다.

"그래, 또 다른 종교를 가진 애들은 그냥 속으로 각자 신에게 빌고 무교인 애들은 그냥 명상시간이라고 생각해. 자 그럼 점심 먹자 애들아."

우리들은 굶주린 좀비마냥 수도원으로 뛰어갔다. 수도원에는 두 집으로 구성되어 있는데 하나는 마을 사람들에게 식사를 대접하는 뷔페식 식당과 하나는 큰 교회였다.

"하느님께 기도드립시다…."

식탁에 있는 모든 사람들이 자리에서 일어나서 손을 잡았다. 우리들도 눈을 감고 의미도 모르는 기도문을 중얼중얼 따라 읊었다. 하지만 나는 라딕이 뭐하나 궁금해서 눈을 반쯤 떠보았는데 그는 눈을 감지 않고 혼자 멍하니 나는 여기서 뭐 하고 있나라는 표정을 짓고 있었다. 다른 사람들 전부 진지하게 기도드리고 있는데 혼자 그러고 있는 모습이 너무 우스워서 웃음을 참지 못했다.

"키키키킥."

"??"

웃음이 나오자마자 모든 시선이 나에게 쏟아졌고 나는 내가 무슨 짓을 했는지 깨달았다.

"죄… 죄송합니다…."

사람들이 싸늘한 시선으로 나를 쳐다보았다. 기도가 끝나자 다들 각자 밥을 가지려고 줄을 섰고 라딕이 뒤에서 왜 그랬냐는 듯 말했다.

"너 아까 왜 웃었어?"

"네가 멍 때리고 있는 모습이 너무 웃겨서 그만…."

"그렇다고 그 자리에서 웃으면 어떡해?! 아까 분위기 완전 안 좋았다고."

"나 어떡하면 좋지? 그냥 밥 안 먹고 먼저 갈까?"

"또 일해야 하는데 그렇다고 밥을 안 먹으면 어떡하냐? 그냥 아무 말도 하지 말고 가만히 있어."

"응…."

나는 단 한마디도 하지 않은 채 묵묵히 밥만 먹었다. 긴장한 채 먹느라 밥이 목구멍으로 넘어가는지 코로 넘어가는지도 몰랐다. 그렇게 어색한 분위기가 주위를 맴돌았는데…

"하아! 아까는 정말 깜짝 놀랐지 뭐야."

클라우디오가 먼저 말을 꺼냈다.

"나도 그런 기도에는 지루하던 참이었거든, 도대체 한두 번이야 말이지. 처음 웃음소리가 났을 때는 당혹스러웠지만 그래도 재밌었어."

"…그래도 제가 한 행동은 잘못되었어요… 죄송합니다."

"죄송할 것도 없어, 매번 드리는 기도인데 뭘, 다들 속으로는 너처럼 웃었을 거야. 나도 네 웃음소리를 들었을 때는 헉! 쟤 지금 뭐하는 거야! 했지만 그 순간이 너무 재밌어서 웃음이 나올 뻔했다니까."

그러자 다니엘라가 싱긋 웃으며 말했다.

"그래그래 뭐 죽을죄 지은 것도 아닌데 밥 먹고 일이나 열심히 하면 되지. 우리는 이 마을 사람들을 위해서 무보수로 일을 해주고 있다고 그것도 이 사람들의 안전을 위해서 말이지, 그러니까 네가 한 실수는 아주 작은 일에 불과하다고."

"그래, 너무 그렇게 풀죽을 필요 없어. 밥 먹고 일 열심히 하자."

"네…"

우리들은 밥을 다 먹고 일을 시작했다. 나는 실수한 것을 만회하고 싶어서 평소보다 두 배는 더 열심히 일했다. 삽으로 땅을 파서 흙을 퍼 준다든가 돌들을 같이 옮겨준다든가 그날만큼은 정말 최선을 다했다.

"설이, 너무 무리하는 거 아니야?"

"좀 쉬면서 해, 그러다가 병나겠어."

"아니야, 보이첵! 더 필요한 거 없어? 돌 필요하니? 돌 갖다 줄까?"

그렇게 2시간을 열심히 일한 뒤 숙소로 돌아와서 씻고 각자 휴식을 취하고 있었다. 그러자 소냐와 나초가 말했다.

"오늘 일은 어땠어? 힘들진 않았니?"

"웅! 괜찮았다! 적어도 산을 타서 헉헉 대지는 않는다!"

벤자민이 방긋 웃으면서 말했다.

"그래 일이 힘들진 않았으니 다행이네, 지금부터 각자 자유시간을 가져도 좋아. 요 앞 인터라켄에서 놀 사람은 놀고 마을을 둘러보고 싶으면 지하창고에 자전거가 있으니 그것을 타면 될 거야."

"와! 그거 좋은 대요?"

"그래, 그 전에 나와 소냐와 개별 면담을 실시할 거야. 오늘은 설이, 네가 먼저야, 나머지는 먼저 나가도 좋아."

"… 정말요?"

"그래, 재밌게 놀다 와."

다들 거실을 나갔고 방 안에는 나와 소냐 나초만 남았다.

"초콜릿 먹을래?"

"아… 아니요…."

나는 내가 왜 남게 되었는지 잘 안다. 리더 둘과 같이 거실에 남겨질 때 너무 무서워서 몸을 움츠린 채 벌벌 떨고 있었다.

"너 그렇게 행동하는 게 한국 방식이니?"

"네?"

"너 아까 수도원에서 그렇게…."

"천천히… 나초…."

소냐가 나초를 진정시켰다. 그는 심호흡을 한 뒤 차분하게 말했다.

"그래 좋아. 아까 클라우디오와 다니앨라가 괜찮다고 말했지만 사실 괜찮지 않았어. 내가 점심 먹기 전에 말했잖아, 이곳의 종교와 기도 문화를 존중해야 한다고 그래서 모슬렘인 라딕에게도 비록 다른 종교지만 본인의 신에게 기도드린다 생각하라고 말한 거였어. 하지만 너는 어떻게 했지? 사람들이 기도드리고 있는 와중에 웃었어. 그것은 수도원에 있던 사람들을 모욕한 것이고 우리 전체를 모욕한 거야."

"저… 저는…."

"그래, 나초 말대로 네가 한 짓은 잘못되었어. 나도 네 웃음소리를 들었을 때는 나조차도 믿을 수가 없었단 말이야."

소냐가 따끔하게 말했다.

"… 저… 저는 사람들과 편해지면 가끔 멍청한 짓을 해요. 그래서 그런 실수를 저지른 것이구요. 다시는 그러지 않겠습니다…."

"그래, 네가 점심 먹고 평소보다 일을 열심히 한 것을 알아. 그리고 이 캠프에서 가장 열심히 일하는 애지, 그러니까 다시는 이런 일이 없었으면 좋겠어."

"…죄송합니다."

"그래 그럼 나가도 좋아."

나는 거실을 나가자마자 울음을 터트렸다. 나 자신이 너무 바보 같고 한심했기 때문이다. 그들의 말대로 그 상황은 정말 괜찮은 게 아니었다. 내 한순간의 실수 때문에 모두를 창피하게 만들어서 너무 미안했다.

"설이 괜찮아? 내 이럴 줄 알았다니까."

다락방으로 올라가니 프루지나, 사키, 아야, 라딕, 보이젝, 쿠엔틴, 벤자민이 나를 기다리고 있었다.

"하여튼… 그냥 넘어가지 않을 줄 알았어. 소냐와 나초도 좀 심하네, 그렇다고 애를 이렇게까지 울리다니."

"흑… 아냐… 흑… 그냥 내가… 흑… 잘못… 흑… 한… 흐흥….''

"야야 말하지 마. 오늘은 그냥 실컷 놀자! 관광도시 인터라켄에서 신나게 놀자고!"

아이들은 나를 끌고 밖으로 나갔다. 비가 부슬부슬 내렸고 쌀쌀했지만 우리들은 버스를 타고 인터라켄 역으로 향했다.

"인터라켄은 전 세계인이 관광하러 오는 곳으로 유명하니까 분명 멋진 것이 있겠지. 아야, 가이드북 가지고 왔지? 뭐 좀 나와 있어?"

사키와 아야는 인터라켄에 무엇이 있는지 찾아보았고 나머지들은 역에 도착하면 무엇을 할지 이야기를 했다. 버스는 인터라켄 기차역에 도착했고 우리들은 어디를 갈지 곰곰이 생각해 보았다.

"우선 발 가는 대로 가보자. 스위스는 조그마니까 관광지가 그리 멀진 않을 거야."

우리들은 인터라켄 주위를 샅샅이 걸어 다녔다. 심지어 사람들이 무리 지어 다니는 여행사 관광객 할머니 할아버지들 뒤로 은근슬쩍 따라다녀보기도 했지만 볼 것은 아무것도 없었다.

"누가 인터라켄이 관광을 위한 도시랬어?!"

정말 그랬다. 누가 인터라켄은 관광을 위한 도시라고 하였나? 주변에는 초콜릿 파는 곳과 관광 기념품 파는 곳 외에는 아무것도 없었다.

"여기 가이드북을 보면, 인터라켄은 그 역이 아닌 주변 역에 관광지가 많습니다.라고 적혀있어, 정작 인터라켄에는 아무것도 없네."

사키가 가이드북을 읽어주며 말했다.

"그럼 그 주변 역은 어떻게 해야 가는 거야?"

보이젝이 물었다.

"기차표를 끊어야겠지 기차로 10분 정도 걸린대."

"젠장, 그곳까지 기차를 타고 가야 한다고? 정말이지 완벽하구만."

"저기 봐, 저기 동상이 있어! 저기서 사진이라도 찍자!"

라딕과 보이젝은 동상으로 달려갔다.

"우리 사진 좀 찍어줘!"

"동상과 사진 찍어서 뭐하게?"

"인터라켄까지 와서 아무것도 안 할 수는 없잖아. 그나마 이곳에 왔다는 인증이라도 남기게."

라딕과 보이젝은 동상 앞에서 포즈를 취했고 나는 사진을 찍어준 뒤

피식 웃었다.

"뭐가 또 웃기냐?"

"그냥, 이 상황이 재밌어서. 인터라켄에서 재밌는 것 좀 하려고 왔더니만 알고 보니 아무것도 없고, 이 황무지에 비 맞고 다니면서 동상 앞에 사진 찍는 이 상황이 재밌잖아."

"너 그렇게 웃다가는 나초와 소냐 에게 또 혼난다고."

"나도 알아. 하지만 지금 이 자리에 없잖아."

그 뒤로 우리들은 기념품 가게에서 비를 피하려고 기념품 가게로 들어가서 초콜릿과 시계들을 구경했다. 그리고 저녁 7시가 돼서 숙소에 도착했다.

"인터라켄은 어땠어? 재밌었어?"

소냐가 우리들을 반기면서 물었다.

"전혀요, 기념품 가게밖에 없는 황무지였어요. 아! 대신 역 근처에 동상과 사진은 찍었어요. 한번 볼래요?"

"하하하! 완전 웃기다. 이 포즈 좀 봐."

"그나마 할 게 사진 찍는 것밖에 없더라고요."

"하하하! 그래 잘했어. 너희들이 나가 있는 동안 나초와 같이 저녁을 준비했어. 간단한 스크램블 에그와 스파게티야."

"오오! 맛있겠는걸요? 이거 여기 와서 처음 만들어 먹는 음식 아니에요?"

"맞아. 그것도 리더들이 특별히!"

"고마워요, 소냐, 나초."

"그리고 설이!"

나초가 나를 불렀다.

"네?"

"자! 이건 선물이야."

나초는 나에게 커다란 스위스 초콜릿을 주었다.

"나초…."

"오늘 점심에 나랑 소냐가 널 너무 심하게 혼낸 것 같아, 사실 그렇게까지 할 것도 아닌데…. 네가 나간 뒤로 마음이 계속 안 좋았어, 이건 선물이야."

"나초, 고마워요."

"그래 오늘은 기분 풀고 다 같이 저녁 먹자, 내일 또 일해야지."

"네!"

우리들은 소냐와 나초가 만들어준 저녁을 먹고 잠자리에 들었다. 나는 밥을 다 먹고 다락방으로 올라가 나초가 준 초콜릿을 먹었다. 앞으로 똑같은 실수를 반복하지 않기를 다짐하면서.

눈 찢어진 아시아 여자

"나랑 축구 보러 갈 사람!"

라딕이 소리쳤다.

"툰과 제네바가 경기한다는데 꼭 가고 싶어. 오늘 자유시간 때 나랑 같이 갈 사람!"

"오!! 나도 축구 좋아한다. 같이 축구 보러 가고 싶다."

벤자민이 기뻐하며 말했다.

"나도 보러 갈래. 경기장이 여기서 가까워?"

라딕이 축구를 보러 간다고 말하자 모든 남자애들이 기다렸다는 듯이 손을 들었지만 나는 이해할 수 없었다.

"스위스가 스페인처럼 축구가 유명한 나라도 아닌데 왜 그렇게 안달이야?"

"캠프에서 일하는 것도 좋지만 우리에게는 기분전환이 필요하다고, 스페인 축구인지 스위스 축구인지는 관심 없어, 바깥 공기 마시면서 놀고 싶단 말이야. 너도 같이 갈래? 자유시간 때 할 일 없어서 심심하다며."

"그건 그런데 내가 축구를 잘 볼 줄 몰라서."

"상관없다. 그냥 골대에 공만 들어가면 와! 하고 소리치면 된다."

벤자민이 아무것도 아니라는 듯이 말했다.

"우리랑 같이 가자!"

"그래! 뭐 스위스에서 축구 경기 보러 가는 것이 이상하긴 하지만 재미는 있겠네. 사키, 아야, 너희들은 뭐 할 거야? 같이 축구 보러 갈래?"

"우리들은 축구보다는 유람선 타고 싶어. 툰 까지 가는 작은 유람선인데 재밌을 거야."

"그래? 음⋯."

유람선이 더 재밌을 것 같긴 했지만, 왠지 축구경기를 더 보고 싶어서 그들을 따라 버스를 타러 갔다.

"야! 너네 뭐하는 거야?"

버스는 뒷문에서 열렸고 그곳에 돈을 넣는 기계가 있었는데 모두 사용하는 법을 몰라서 그냥 들어갔다. 스위스에서 무단 탑승을 하면 원래 금액의 몇 배를 더 물어야 하는 데다가 온 국민이 경찰이라는 나라에서 이래도 되나 싶었지만 그들은 전혀 신경 쓰지 않았다.

"이래도 되는 거야?"

"상관없어. 우선 이 멍청한 기계를 사용하는 법도 모르는데."

"스위스에서 무단 탑승 하면 몇 배의 벌금을 물은 다고 들었어!"

"그럴 때는 멍청한 관광객 흉내 내면 돼. 영어 몰라요⋯ 몰랐어요. 기계를 사용하는 법을 몰라서⋯ 이렇게 얼버무리면 돼. 그게 바로 외국인의 장점이야."

"너희들은 서양인이라서 무단탑승해도 티가 안 나지만 나 혼자만 동양인이라서 뭘 해도 튄단 말이야."

"괜찮아, 그냥 노 잉글리시 노 잉글리시 하면 알아서 갈 거야."

"이런 못된 놈들을 보게나."

다행히도 도중에 버스 기사에게 걸리거나 다른 사람들의 신고로 벌금을 무는 불상사가 일어나지 않았지만 가는 내내 마음이 불편했다. 차라리 돈 몇 푼 지불하고 마음 편하게 가는 것이 훨씬 나았다. 경기장에 도착하자마자 몇몇의 하드코어 분장을 한 사람들이 있었고 그들은 진지하게 응원 도구들을 준비하고 있었다.

"와! 스위스에도 저런 사람들이 있구나. 얌전하게 소 젖만 짜는 줄 알았는데."

"얘네들 의외로 축구도 화끈하게 하는 거 아니야?"

우리들은 기대하면서 팝콘과 콜라를 들고 경기장 안으로 들어갔다. 관중석에 앉아있는 하드코어 팀 리더로 보이는 사람이 커다란 깃발을 들고 중앙에 나와 소리쳤다.

"와아 아아아!!!"

경기장은 뜨거웠다. 그들은 곧 누군가를 때려 부술 것처럼 격렬하게 소리쳤다. 스위스 같은 얌전한 나라에서 이런 화끈한 응원단을 보게 될 줄이야.

뿌우우우!

경기가 시작되었다. 모두가 손에 땀을 쥐고 경기를 지켜보며 긴장되는 이 순간! 하지만 시작한 지 10분 만에 축구에 관심이 없는 나조차 그들이 매우 축구를 못한다는 것을 알 수 있었다. 우선 한 팀이 전반전 3분 만에 한 골을 당했고 그 뒤로도 한 골을 또 당했다. 이것이 국내 경기인지 동내 축구 경기인지 의심이 될 정도였다.

"이젠 제네바도 이길 때가 되었어."

하지만 제네바는 툰 팀을 졸졸 따라다니기에 바빴다. 툰도 제네바에 비해 조금 낫기는 하지만 그래 봤자 둘 다 도토리 키 재기였다.

"쟤네 진짜 축구 못한다."

그러자 하드코어 응원단들은 자리에서 조용히 있다가 엄숙하게 일어나더니 응원구호를 힘차게 외쳤다.

"알레알레!! 알레알레 알레!!"

"응? 뭐지?"

"알레알레! 알레알레! 아아아알 레에에!"

응원은 매우 뜨거웠다. 그들은 목이 터져라 외쳤고 각자 들고 있는 북을 열심히 쳤다. 오히려 경기보다는 응원을 보는 게 훨씬 나을 정도였다. 만일 응원단 월드컵이 있다면 브라질을 단숨에 재치고도 남았다. 그렇게 후반전이 끝났고 6:1이라는 말도 안 되는 스코어로 툰이 제네바를 이겼다.

"내 생에 정말 재미없는 경기였어."

라딕이 먼저 말을 꺼냈다.

"네가 먼저 보러 가자고 했잖아."

"이렇게까지 형편없을 줄은 몰랐어. 차라리 그 응원단들을 내보내는 게 훨씬 낫겠다니까."

"맞아! 정말이지 스위스 축구는 최악이야. 어떻게 그런 형편없는 선수들을 내보낼 수 있지?"

남자들은 스위스 축구가 얼마나 형편없는지 침을 튀기며 이야기했고 나는 그들보다 앞서서 걸어가고 있었다. 혼자 주변을 보면서 걷고 있었는데 저 멀리서 웬 금발 머리 남자가 보였고 그는 나를 뚫어지라 쳐다보고 있었다.

웅? 쟤 뭐지? 설마 나한테 반한 건가?

그는 계단에 걸터앉아 나를 빤히 보더니 손으로 눈 찢어진 표정을 지었다.

충격이었다. 이게 바로 동양인 차별인 건가? 텔레비전 속에서나 보는 동양인 비하인 건가? 나는 아무 말도 하지 못하고 벌벌 떨고 있었다.

"정말이지 스위스 축구는 형편없어! 설이 너도 그렇게 생각하지?"

"…어? 어… 그래…."

나는 충격 받은 채 얼떨떨하게 있던 중 보이젝이 말을 걸어 정신을 차릴 수 있었다. 인종차별은 책에서 본 것처럼 분노부터 일어나지 않았다. 예전 프랑스 기차에서 겨드랑이 일진들이 나를 불러 데오도란트를 뿌릴 때처럼 우선 겁부터 났고 심하면 정신이 멍해지기 이르며 나중에는 왜 그것에 대해 반박하지 못했을까라며 잘 대처하지 못한 자신을 탓하기까지 이르게 된다.

"너, 괜찮아? 아까 표정이 안 좋던데 무슨 일이야?"

"아, 아니야, 아무것도 아니야. 신경 쓰지 마."

"다음은 어디 가지?"

우리들은 다음 목적지를 정하지 않고 무작정 버스에 올라탔다. 혼자였으면 절대로 아무 버스나 타지 않았겠지만, 무리수가 나를 포함해 다섯 명이나 되니 안전하게 캠프로 돌아갈 수 있을 거라고 굳게 믿었다. 하지만 우리 중 그 누구도 스위스에 대해 아는 사람도 없었고, 어련히 돌아갈 수 있겠지라는 알 수 없는 믿음을 가지고 있었다. 버스는 점점 알 수 없는 곳으로 향했고 우리들은 태평하게 창문 밖을 보면서 아름다운 스위스의 경치를 보았다.

"저기 성이 보인다!"

벤자민은 멀리 보이는 성을 가리켰고 우리는 그 즉시 버스에 내려 성에 가기로 결심했다.

"이렇게 즉흥적으로 가는 여행은 좋다니까!"

"그래, 그 재미없는 축구만 보고 가기에는 너무 아까워!"

성으로 가는 길은 고요했고 동화책에서 볼 법한 작은 잡화점들이 아기자기하게 모여 있었지만 전부 문이 닫혀있었다. 사람이라고는 나, 보이젝, 라딕, 벤자민, 쿠엔틴 딱 다섯 명밖에 없었다.

"오늘 무슨 날인가? 다들 어디로 간 거야?"

주변은 시간이 멈춘 것 같이 조용했다. 축구경기장에서 들렸던 괴성소리와 대비되게 정적이 흘렀다. 성에 가까워지자 희미하게 음악 소리가 들렸고 가까이 갈수록 그 소리는 더욱 뚜렷해졌다. 우리들은 성의 문을 열었고 안에서는 삼십여 명이 되는 사람들이 교회 미사를 위한 음악 리허설을 하고 있었다. 바이올린, 비올라, 첼로, 피아노, 플루트를 연주하는 사람들이 보였다. 우리들은 뒷좌석에 앉아 조용하게 앉아 그들이 연주하는 것을 들었다. 음악은 교회 문 뒤에서 나오는 시원한 바람 소리와 섞여 매우 경쾌하게 들렸다.

"나는 유명한 오케스트라보다 이런 작은 음악이 더 좋아."

확실히 유명한 오케스트라의 화려한 음악보다 스위스 마을 교회의 작은 음악 소리가 더 기분 좋게 들렸다. 몇몇은 눈을 감은 채 음악을 들었다. 음악을 감상하고 교회 문밖을 나가니 해는 이미 저물어 있었다. 그런데 문제는 아무도 캠프로 돌아가는 길을 알지 못한다는 것이다. 몇 번 버스를 타야 하는지 어느 방향으로 가야 하는지 전혀 몰랐다. 우리는 1시간 내내 길을 이리저리 정차 없이 헤맸다.

"스물두 살에 미아가 될 줄이야."

다 큰 한국인, 러시아, 폴란드, 프랑스 인들은 스위스 한복판에 순식간에 미아가 되었다.

"이걸 어떡하지? 히치하이크라도 해야 하나?"

"그래, 그거 좋겠다. 설이 네가 앞으로 나와서 뭐라도 해봐. 여자라서 차를 쉽게 잡을 수 있을 거야."

순간 머릿속에 끈이 뚝 끊어졌다.

"너 방금 뭐라고 했냐?"

"뭐?"

"다시 한 번 지껄여봐, 뭐라고 했어?!"

"무슨 말이야 도대체?"

"너 방금 한 말이 얼마나 모욕적인지 알아?!"

나는 분노를 참지 못하고 무리를 박차고 도롯가로 나갔다.

"야! 너 어디 가는 거야?"

"나 혼자 갈 거야. 난 아시아 여자니까 아무나 차를 세워주겠지. 너희들끼리 알아서 잘 해봐라."

"난 아시아 여자라고 안 했어!"

"여자니까 쉽게 차를 세워준다며! 난 아무 차나 타고 캠프로 돌아가 련다."

나는 길가에서 손을 흔들었다.

"택시!!"

"이곳에 택시 따위 없어 이 바보야!!"

"아무럼 어떠냐! 내 앞에 세우는 차가 바로 택시지, 택시!!!!!"

그러자 그들이 달려와서 나를 인도가로 끌고 갔다.

"이거 놔! 나 혼자 돌아갈 거야!"

"너 캠프 주소도 모르잖아! 그리고 남자 네 명이 히치하이크를 한다 는 것은 불가능에 가까워. 운전사가 위험하다 생각해서 차를 세워주지 않거든. 하지만 여자 한두 명이 합류하면 안전할 거라고 생각하니까 차를 잡기 쉬워. 심지어 나초도 그렇게 충고했단 말이야 그러니까 혼 자 오해하지 말아."

"엉엉엉… 나 혼자 돌아갈 거야!!"

사실, 히치하이크 때문에 운 것이 아니었다. 그동안 혼자 유럽 여행 하면서 사람들의 힐끔거리는 눈빛에 지쳐있었고 중간에 워크캠프 하 면서 좀 나아질 무렵 그 망할 금발 남자가 날 보더니 눈 찢어지는 표정 을 지은 것은 보고 혼자 속으로 끙끙 앓던 차, 여자라서 히치하이크하 기 쉬울 거야, 이 한마디에 그동안 쌓였던 분노가 폭발했다.

"그런 일이 있었단 말이야? 빌어먹을 놈 같으니 왜 말 안 했어?"

"너희들에게 말을 해서 뭐해? 달라질 것도 없는데."

"달라질게 왜 없나? 두들겨 패주기라도 할 수 있는데."

"엉엉엉엉."

"우선 진정해!"

그들은 나를 달래주기 바빴다. 하지만 그렇게 실컷 울고 나니 마음이 후련해졌다.

"이제 좀 풀리냐?"

"흑… 흑흑….."

"우리가 어떻게든 차를 잡아볼게, 넌 여기 앉아있어."

그들은 팔을 흔들거나, 뜀박질을 했고 심지어는 바지를 걷어 다리를 내놓기도 했다.

"차 좀 세워주세요!"

"저 미친놈들이!"

그러자 한 차가 우리 앞에 세웠다.

"진짜 세운 거야?"

창문이 열리고 한 남자가 고개를 내밀었다.

"어디까지 가니?"

"인터라켄 **** 요."

"그래, 어서 타."

"네?"

"그 마을 내가 아는 곳이야, 어서 타."

얼떨결에 만난 친절한 아저씨 덕분에 우리는 히치하이크에 성공할 수 있었다.

"하지만 조심해야 해."

보이첵은 경계했다.

"까딱하다 수상한 기척이라도 보이면 우리가 단숨에 제압할 수 있어. 어디로 가는지 내가 두 눈 뜨고 똑바로 지켜볼 거야."

보이젝은 도끼눈을 뜨고 창가에 앉아 운전사를 빤히 지켜보면서 경계를 풀지 않았다.

"… 그렇게 해서 길을 잃어버렸구나. 그나저나 젊은 애들이 스위스로 캠프를 하러 오다니, 대단한걸?"

하지만 다행히 운전사분은 좋은 사람이었고 그 덕분에 우리는 무사히 캠프에 도착했다.

"감사합니다."

"뭘, 앞으로는 돌아오는 길을 기억하도록 해."

"네, 감사합니다!"

"역시 스위스 사람들은 좋은 사람이야."

"수상한 기척이라도 보이면 가만 안 두겠다고 말한 게 누군데!"

"그건 사실이야, 하지만 저 사람은 좋은 사람 같아."

"왜 이렇게 늦었어? 다들 기다리고 있었다고!"

소냐가 2층 창문에서 고개를 내밀고 소리쳤다.

"오늘은 바비큐 파티를 할 거야. 집에 들어오지 말고 거기서 기다리고 있어. 우리가 재료를 들고 내려갈 테니까."

소냐는 사키, 아야, 프루지나와 같이 두 손에 재료들을 잔뜩 들고 나왔다. 오늘 저녁은 숲 속에서 바비큐 파티를 할 것인데, 다들 우리를 기다리느라 파티를 시작하지 않았던 것이다.

"죄송해요, 소냐. 중간에 길을 잃어버려서…."

"괜찮아, 기다리다가 먹는 고기가 더 맛있는 법이라고!"

소냐가 먼저 앞장서서 우리들을 안내했고 그녀는 더욱 깊은 숲 속으로 들어갔다.

"어디까지 가는 거예요?"

"따라와 보면 알아."

한밤중에 길게 쭉 뻗은 나무들이 빽빽이 있는 곳으로 들어가니 곧 귀신이라도 나올 것만 같았다. 그리고 숲 속 깊은 한가운데로 들어가니 나초가 불을 지피고 있었다.

"모두들 잘 왔어!"

나초가 환영해주었다.

"오다가 버스라도 잘못 탔나 걱정했다니까."

"하하하 아니에요."

"축구경기만 본 것은 아닐 테고 도대체 인터라켄에서 뭐 한 거야?"

"말하자면 길어요."

"시간은 많으니까 걱정 마!"

나초와 소냐는 우리를 위해 고기를 구워주었다. 처음에는 송아지 그 다음에는 작은 소시지였는데 막 잡아 구운 고기를 먹은 것 같이 혀 속에 육즙이 녹아내렸다.

"정말이지 스위스 축구는 세계에서 최악이야. 그리고 세상에서 가장 쉬운 직업은 스위스 축구 감독일 거야, 말 그대로 아무것도 안 해도 되거든."

"그 최악의 축구경기를 보러 가자고 한 것이 누구였더라?"

"그래도 최악인 축구경기를 본 것도 경험이지."

"이 자식, 말 돌리는 것 보게나."

우리는 스위스 축구가 얼마나 형편없었는지 열변을 토했고 교회에서 리허설 음악을 들은 것과 도중에 캠프로 돌아오는 길을 잃어버려 히치하이크한 것을 이야기했다. 나초는 골 때린다는 식으로 손을 이마에 짚고 고개를 절레절레 흔들었다. 그리고 나 역시 오늘 있었던 일에 대해 이야기했다. 경기가 끝나고 돌아오는 길에 한 금발 머리 남자가 나에게 눈 찢어진 표정을 지었고 그것에 대해 충격을 받았다는 것. 그뿐만이 아니라 지나갈 때마다 사람들이 힐끔힐끔 쳐다보는 것에 진절머리가 난다고 한탄하기까지 했다.

"네가 예뻐서 쳐다보는 거 아니야?"

"내가 예쁜 건 사실이지만 단순히 그것 때문에 쳐다보는 건 아니었어."

"그럼 뭐라고 생각하는데?"

"오늘 만난 그 망할 금발 머리 남자와 같은 생각으로 보는 것이겠지."

"그놈은 유럽인의 수치야! 쓰레기 같은 놈이지."

"어쨌든 그 녀석을 다시 만난다면 이렇게 보여주겠어."

나는 두 손을 눈에 대고 크게 벌렸다.

"푸하하하하하."

"젠장, 나를 눈 찢어지게 표현했지? 그럼 그 녀석은 눈 튀어나온 개구리라고."

"개구리보다 못한 녀석 같으니."

"하하하!! 나 춤추고 싶어!"

악단들이 무대 앞으로 나와 연주를 하자 나는 흥에 겨워 팔짱을 끼고 춤을 추었다. 하늘을 보니 별들이 빙글빙글 돌아가고 있었고 즐거워서 몸을 마구 흔들었다. 기억이 나지 않을 정도로 많은 사람들과 춤을 추었고 정신을 차려보니 나는 이미 다락방 매트리스에 이불을 덮고 누워있었다.

"아… 어지러워."

생각해보니 파티에 있는 술과 음식을 잔뜩 먹었고 심지어 쿠엔틴이 한눈을 판 사이 그의 고기까지 훔쳐 먹은 것도 생각났다.

"진짜…. 내가 무슨 짓을 한 거야."

다시 눈을 감으려고 하자 아래층에서 소녀의 목소리가 들렸다.

"벤자민!!!!!!!!!"

100프랑을 사수하라!

"어제 일은 기억들 나시겠지?"

나초가 진지한 얼굴로 말했다.

"이제부터 알코올은 금지야, 어젯밤은 끔찍했어. 너희도 알다시피 벤자민이 어제 거실에 토했어, 너희를 믿고 술을 가지고 온 것인데 이렇게 실망시킬 줄이야… 집 주인이 알면 우리는 100프랑(10만 원)을 벌금으로 내야 한다고, 여기에 일하러 왔는데 100프랑까지 내긴 싫어, 앞으로 술은 금지야."

"괜히 나 때문에… 미… 미안하다…."

"벤자민 뿐만이 아니야, 파티를 즐기는 것은 좋지만 적당히 즐기라고."

나초는 따끔하게 경고했다.

"죄… 죄송합니다."

"그래, 이제 일하러 가자."

숙취를 느낄 새도 없이 우리들은 돌과 흙을 같이 쌓아가며 산책길을 안전하게 만들었다. 시간이 갈수록 우리의 일은 척척 진행되어 갔고 덕분에 일을 빨리 끝낼 수 있었다.

"결혼하면 제 자식을 이곳으로 데려올 거예요. 이게 아빠가 스위스에서 만든 길이란다! 라고요."

라딕이 자랑스럽게 말했다.

"그렇게 말해주니 기분 좋은걸."

"그나저나 이제 곧 있으면 집으로 가겠구나, 다들 어디로 갈 거야? 설이 너는?"

다니엘라가 물었다.

"저는 스위스에서 머물다가 바로 이탈리아 베네치아로 갈 거예요."

"오 정말? 베네치아라… 아름다운 곳이지."

"네, 저는 이탈리아를 사랑해요."

"뭐?! 정말?! 왜?"

라딕이 놀라며 물었다.

"왜라니? 왜라고 묻는 네가 더 이상하다. 당연히 이탈리아 하면 키 크고 잘생긴 남자들이 널렸고 명품으로 유명하잖아."

"정말 그렇게 생각해?"

"당연하지. 한국에는 이런 말도 있어, 길 가다가 무더위에 쓰러질 것 같아도 아무 걱정하지 마세요, 이탈리아 남자가 뒤에서 당신을 안전하게 받쳐준답니다!"

"푸하하하하하하!!!"

말이 끝나자마자 무섭게 나초와 라딕이 동시에 웃음을 터트렸다.

"왜요? 뭐 어때요? 오글거리긴 하지만 사실 아닌가요?"

"푸하하하! 그래 맞아 맞아 네 말이 다 맞아, 하지만 조심해야 할 거야. 너에게 온갖 친절을 베풀다가 어느 순간 아이 돈 노 잉글리쉬라며 뒤통수 칠 수 있으니까."

"무슨 소리에요?"

"아아아! 아무것도 아니야 아무것도….."

그들은 서로를 보며 킥킥 웃었다.

"참나, 이상한 사람들 다 보겠네."

"그럼 라딕, 너는 어디로 갈 거야?"

나초가 물었다.

"저는 스위스 제네바로 갈 거예요, 하지만 문제는 숙소를 예약 못 해서 걱정이에요."

"그거라면 걱정 마, 나에게 좋은 생각이 있어. 카우치 서핑이라고 알아? 현지인이 외국인에게 자기 집을 무료로 제공해주는 건데 개인적으로 호스텔보다 카우치 서핑이 더 좋은 거 같아. 나 같은 경우는 친구 여섯 명이서 같이 모로코로 여행 갔는데 그곳 주인이 지하실 한 층을 통째로 빌려주어서 파티까지 했다니까."

"정말요? 그럼 그곳 가입은 어떻게 하는 거예요? 알려주세요!"

"우선 홈페이지로 들어가서….."

나초는 라딕에게 카우치 서핑에 관해 여러 가지 정보를 알려주었다. 사이트에서 회원 가입하는 것과 집주인이 믿을 수 있을 만큼 프로필을 멋지게 완성하는 것, 그리고 그들에게 정성스러운 이메일을 보내는 것까지 모든 것을 알려주었다.

"고마워요, 나초!"

라딕은 그 즉시 버스를 타고 마을로 나간 뒤 오랜 시간 동안 돌아오지 않았다.

"길이라도 잃었나? 도대체 어디까지 간 거야?"

저녁 먹을 시간이 되자 라딕은 지친 듯이 터벅터벅 돌아왔다.

"도대체 혼자 뭐하고 온 거야? 다들 걱정했다고."

소냐가 따끔하게 말했다.

"죄송해요. 맥도날드에서 와이파이 잡고 카우치 서핑 답장 메일을 기다리느라 늦었어요."

"그거 기다리느라 여태껏 안 왔단 말이야? 그래서 답변은 받았어?"

"받긴 받았는데 다 거절 메일이었어요. 이미 다른 사람이 예약했다 거나, 휴가를 갔다거나 등… 하지만 내일은 일찍 돌아올게요."

"그럼 내일 또 혼자 8시간 내내 카우치인지 뭔지 매달릴 거란 말이야?"

나는 그의 말에 놀랐다.

"응, 당연하지!"

"나 같으면 그냥 호스텔을 예약하고 말겠어."

"호스텔 3일 숙박비가 100프랑인데 나 같으면 그 100프랑으로 시계를 사겠어."

라딕은 그 이후로도 자유 시간마다 혼자 맥도날드를 가서 카우치 서핑에 매달렸다.

"과연 그 100프랑이 스위스에서 자유 시간을 허비할 만큼 가치가 있는 건가?"

라딕을 제외한 모든 사람은 자유 시간마다 자전거를 타거나 근처 마을을 산책했다. 나는 골동품에서 오래된 물건들을 구경하거나 사키, 아야와 같이 초콜릿 가게에 가서 시간을 보냈고 라딕은 맥도날드에서 카우치 서핑에 매달렸다.

인터라켄에서 보낸 7일은 금방 지나갔다. 벤자민이 거실에서 토한 바람에 그 뒤로 화려한 파티는 하지 못했지만 숙소 앞 호수에서 수영을 하거나 작은 유람선을 타며 자연 경치를 구경했고 밤이 되면 자연스럽게 다락방으로 모여 이야기했다.

"드디어 답변이 왔어!"

"뭐? 무슨 답변인데?"

"스위스에 사는 프랑스인에게 연락이 왔는데 제네바에 3일 묵어도 된대!"

"그 카우치 뭐시기 말하는 거지? 정말 잘 됐다!"

"당연하지!! 이제 숙소 걱정은 안 해도 된다고!!"

라딕은 너무 기쁜 나머지 춤까지 추었다.

마지막 날, 가족과 같이 지냈던 우리는 이제 헤어질 준비를 해야 했다.

"바닥 깨끗이 닦았어? 이곳에 오기 전처럼 만들어야 해. 조금이라도 트집잡히면 바로 100프랑 내야 하니까."

나초와 소냐는 평소보다 더욱 꼼꼼하게 체크했다. 듣기로는 집주인이 워낙 깐깐해서 먼지 한 톨이라도 보이면 바로 쏘아붙인다고 했다.

"완벽해! 만약 집주인이 트집이라도 잡으면 그건 집주인이 밖에서 들여온 먼지일 거야."

"그… 그런데 소… 소냐….''

"무슨 일이야 쿠엔틴?"

"큰일 났다… 내 수건이 없어졌다….

"뭐라고?!"

각 침실 배게 위에 수건이 있었는데 그것은 각자 써야 할 수건이었다. 집이 조금이라도 더럽혀져도 신경이 곤두선다고 하는데 수건을 잃어버렸다는 것은 정말로 큰 문제였다.

"수건 하나 잃어버렸다고 100프랑을 내야 한다고요?"

나는 깜짝 놀라며 물었다.

"응. 여기서 뭔가 잃어버렸거나 파손이 되면 얼마를 막론하고 보상으로 100프랑을 내야 해. 그것도 최소 100프랑이지만 말이지."

"그런 게 어디 있나? 너무한다."

쿠엔틴은 하소연을 했다.

"너 애써 카우치 서핑을 찾은 것은 헛수고가 될 수도 있겠다."

나는 라딕에게 귀띔했다.

"그 멍청한 수건 하나 때문에 여태껏 보낸 노력을 헛수고로 만들 순 없어!"

라딕은 본인 짐을 풀더니 수건을 꺼냈다.

"이거라도 어떻게 안 될까요? 어차피 주인은 모든 수건을 기억하지도 않잖아요."

"그래! 우선 급한 대로 어떻게든 해보자."

나초는 라딕의 수건을 가져가서 예쁘게 갠 뒤 배게 위에 올려놓았다.

딩동!

"집주인이야! 다들 준비해!"

"구텐 모르겐! 다들 잘 지냈나?"

거대한 체구의 두 남자가 집 안으로 들어와 우리에게 반갑게 인사했다.

"안녕하세요."

"그래그래 7일 동안 어떻게 지냈나? 잘 지냈지?"

"네네 물론이죠. 덕분에 편안하게 잘 지냈어요."

"무엇보다 퓕킹 샤워가 없다는 것이 매우 좋았다."

"응? 뭐라고?"

"하하하하… 아무것도 아닙니다.!"

나초의 표정은 웃고 있었지만 매우 경직된 채 얼굴 근육이 어색하게 웃고 있었다.

"어쨌든 잘 지냈다고 하니 다행이네. 그럼 이쪽 방부터 살펴볼까."

그들이 움직이자 나초와 소냐가 그들 앞으로 재빨리 앞장서서 방을 보여주었다. 의외로 꼼꼼히 살펴진 않고 그저 눈으로 방이 깔끔한 것만 확인했다. 그들의 의외적인 행동에 우리들은 안심했다. 하지만…

"젠장! 다음은 쿠엔틴 방이야. 설마 수건 하나 바뀌었다고 눈치채진 않겠지?"

"쉿!"

"음 어디 보자…."

"……."

모두가 입을 다문 채 그가 무슨 말을 할지 지켜보고 있었다.

"… 어떤가요?"

"훌륭해! 아주 깨끗하군, 마음에 들어!"

"그… 그런가요?"

"그래, 자네들처럼 내 집을 이렇게 깨끗하게 사용한 사람들도 없었어. 작년에는 캠프 멤버들이 일 끝나고 술판을 벌인 채 거실에서 토까지 했다니까, 정말이지 최악이었어. 그날 이후로 두 번 다시 집을 빌려주지 않을 거라 다짐했지만, 이번 캠프 참가자까지 보고 결정하기로 했지. 내 선택이 옳았군. 자네들은 정말 내 집을 소중하게 사용했어."

그 순간만큼은 진심으로 집주인에게 미안했다.

"더 이상 확인할 것도 없겠지, 배고프지 않나? 빵과 샌드위치를 준비했네."

"감사합니다."

우리들은 큰 테이블에 앉아 샌드위치와 치즈, 우유를 먹었다.

"우리들은 먼저 가보겠다. 소냐, 나초."

벤자민과 쿠엔틴이 먼저 일어났다.

"먼저 가는 거야? 벤자민, 쿠엔틴?"

"응. 지금 가지 않으면 프랑스로 가는 기차를 놓치고 만다. 아쉽지만 여기서 헤어져야겠다."

그들은 한 명, 한 명씩 꼬옥 포옹을 해주었다.

"그럼 다음에 또 보자!"

"응, 잘 가. 벤자민, 쿠엔틴!"

그들은 곧 내일 볼 것처럼 환하게 웃으면서 떠났다.

"지금 떠날 사람들은 테이블에 있는 샌드위치와 빵을 가져가도 좋아, 배고프면 뭐라도 먹어야지."

나초는 간단하게 말했지만 나의 기분은 매우 이상했다. 프랑스 때처럼 기차역까지 함께 가서 다 같이 헤어지는 것이 아니라 집에서 갈 사람은 하나씩 떠나는 이 담백한 이별이 묘했다.

이렇게 2주 동안 같이 지낸 사람들이 아무렇지 않게 떠나는 건가?

그 뒤로 사키와 아야, 라딕, 보이젝이 순서대로 떠났다. 나 역시 짐을 끌고 밖을 나갈 채비를 했다. 더 이상 누군가를 먼저 떠나보내는 것이 싫었고 차라리 먼저 나가는 것이 속 편할 것 같았다.

"설이, 이제 가는 거야?"

"응. 프루지나, 너는 안 갈 거야? 같이 가자!"

"나는 저녁쯤에 갈 거야, 이곳을 떠나고 싶지 않아."

"그렇구나….""

"이리와!"

프루지나는 나에게 포옹해주었다.

"이탈리아로 간다고 했지? 그곳에서도 재밌는 일이 있을 거야!"

"고마워, 프루지나!"

"이봐! 우리를 잊지 말라고."

"소냐, 나초!"

그들은 나를 꼭 안아주었고 나초는 나를 번쩍 들어 빙빙 돌리기까지 했다.

"아아! 어지러워요!"

"하하하!! 잊지 말라고 일부로 이러는 거야!"

"소냐, 나초, 덕분에 너무 즐거웠어요. 일하는 것도 자유시간도 모두 다요. 여태껏 본 캠프 리더 중에 최고예요."

"워크캠프는 두 번밖에 안 했는데 뭔 리더를 그리 많이 보았다고!"

"아니에요. 정말이지 소냐, 나초는 단호할 땐 단호하고 친구 같을 때는 친구 같고, 환상의 리더예요."

"그렇게 말해주니 고마워."

"덕분에 즐거웠어요. 고마워요. 소냐! 나초!"

나는 그들에게 작별인사를 하고 떠났다. 혼자 캐리어를 끌고 집 밖으로 나오니 기분이 묘했다. 마치 환상 속에 있다가 현실 세계로 나온 느낌이었다. 조용한 분위기에 작게 지저귀는 새 소리가 현실임을 실감시켜 주었다. 나는 그 기분을 몸으로 느끼고 싶어서 팔을 크게 뻗어 혼자 뛰었다.

"이제 혼자구나! 혼자야!"

그리고 버스정류장으로 뛰어가니 저 멀리서 라딕과 보이젝이 표지판 앞에서 버스를 기다리고 있었다.

"라딕! 보이젝!"

보자마자 입가에 미소가 절로 나왔다. 그들 역시 멀리서 나에게 손을 흔들어주었다. 마치 오랜만에 만난 친구를 본 것처럼⋯

융프라요흐에서 먹은 라면

캠프 아이들과 헤어진 지 하루째.

워크캠프 일이 옛날에 있었던 것마냥 멀게 느껴졌다,

신선놀음하다가 바로 현실로 돌아온 기분이라 얼떨떨했다. 호스텔에 도착하자마자 침대에 누워 멍하니 천장을 바라보며 생각했다. 이제 여행 따위는 다 필요 없으니 캠프로 돌아가고 싶고, 친구들을 만나고 싶다. 신선에서 지내려면 산에서 나무를 나르고 돌을 쌓는 일을 해야 하지만 그 정도는 얼마든지 할 수 있었다. 모든 것이 귀찮고 여행 따윈 하기 싫다.

"괜찮으세요?"

"네?"

호스텔 식당에서 한 한국분이 말을 걸어왔다.

"네, 괜찮아요.

"10분 내내 그러고 계서서 괜찮은지 물어봤어요."

"아… 네…."

"라면이 다 붇겠어요.

테이블을 보니 라면은 이미 팅팅 붇은 채 국물 위에 떠다녔다.

"무슨 일 있으세요?"

"아니에요, 그냥 뭐."

"여행하시느라 피곤하셨나 봐요."

"조금요."

"스위스 어디 갔다 오신 거예요? 융프라요흐는 갔다 오셨어요?"

"아니요. 내일 갈까 생각 중인데 피곤해서 갈지 말지 고민 중이에
요."

"스위스에 오면 융프라요흐는 꼭 가야지요! 안 가면 스위스를 보지
않은 것과 다름없다고요."

또 그 소리다. 유명명소에 들리지 않으면 헛걸음한 것과 다름없다고
압박하는 말, 인증만 하는 여행을 강요하는 소리. 나는 비록 프랑스와
스위스의 유명 명소를 다 가보지 않았지만 적어도 프랑스, 스위스의 시
골 마을에서 캠프 한 것이 유명 명소에 들리는 것보다 더 가치 있었다.

"융프라요흐 가실 거죠?"

"네, 어차피 내일 할 일도 없는데요."

"그럼 이 쿠폰은 꼭 챙기고 가세요."

그는 주머니 속에 있는 프린트 된 쿠폰을 주었다.

"이게 뭐예요?"

"융프라요흐 정상에 매점이 있는데 이 쿠폰을 보여주면 컵라면을 무
료로 주거든요. 꼭 챙겨서 가세요."

"아! 정말요? 고맙습니다."

"이거 모르고 가는 사람 많거든요. 그 작은 컵라면이 7,000원이나 하
는데 이 쿠폰 안 가져가면 헛수고한 것과 마찬가지예요."

"저 주시는 거예요?"

"네, 전 필요가 없거든요. 필요할 것 같은데 가져가세요."

"감사합니다."

"안 챙겨서 생돈 내고 가는 사람 많으니까 운 좋으신 거예요."

나는 쿠폰을 받은 뒤 그가 알려준 웹 사이트로 들어가서 융프라요흐
기차와 라면 할인 쿠폰까지 다운받았다. 그리고 다음 날 아침, 나는 융
프라우로 가는 기차를 탔다. 마침 일요일이라 그런지 기차 안에는 사
람들을 억지로 쑤셔 넣은 것 같은 모습들을 볼 수 있었다. 재밌는 것은
그렇게 빽빽이 있는 대도 대부분 키가 커서 내가 그들의 겨드랑이 사이
로 쏙 들어갈 수 있을 것 같았다.

이곳에서 서울 출근길을 보게 될 줄이야.

겨드랑이의 찌릿한 냄새를 맡으며 도착한 곳은 어느 역이었다.

기차는 바로 융프라요흐 꼭대기로 가지 않고 중간역에 멈춘 다음,
다른 기차로 갈아타야 했었는데 나는 중간역에 내려서 마을을 구경했
다. 정확히 말하자면 기념품, 음식점들이 대부분인 마을이었다. 길을
걸어서 더 위로 올라가면 산까지 올라가는 케이블카가 있었는데 그 안
에도 산 위로 올라가려는 사람들이 줄을 서서 기다리고 있었다.

"관광지에 사람들이 없는 곳이 없구먼."

밖으로 나왔다. 위에는 집들이 군데군데 있었고 작은 언덕이라고 생
각한 곳은 케이블카가 지나가는 산의 밑 부분이었다.

"저기까지 등산해도 좋지 않을까?"

결국 나는 케이블카로 올라가는 산을 등산했다. 케이블카를 탄 사람들이 나를 보고 손을 흔들어주었다. 1~2시간이면 정상에 도착할 것이라고 생각했지만 3시간 동안 힘들게 올라가도 겨우 중간까지밖에 올라가지 못했다.

"이러다간 탈진해 죽겠다."

내 꼭 정상을 오르리라! 했지만 힘들고 배고파서 더 이상 올라가다가는 정말 기절할 것 같았다. 역 근처에서 샌드위치를 사 오지 않은 것을 후회했다. 마침 양 갈래로 갈라진 길이 있었고 위로 가는 등산길과 마을 쪽으로 내려가는 길이 있었고 나는 당연히 마을로 가는 길을 선택했다.

"후—하!"

나는 숨을 깊게 들이마셨다. 올라갈 때보다 더 천천히, 깊게…

내려가면서 마을들을 구경했는데 마을 집들은 옹기종기 모여 있었고 몇몇 지나가는 사람들과 잔디를 깎는 사람들이 보였다. 마치 내가 스위스 산마을 동네 주민이 된 것 같았고 산을 올라가느라 보지 못했던 소소한 풍경들을 볼 수 있었다. 다시 기차역으로 도착했고, 바로 융프라요흐로 가는 기차를 탔다.

산으로 올라갈수록 공기는 차가워졌고 혹시나 싶어서 가지고 온 두터운 스웨터가 크게 도움이 되었다. 기차 안은 초반에 비교해 놀랍도록 사람들이 없었고 몇몇 아랍사람들이 눈에 띄었다. 정확히는 아랍 갑부들이었는데 얼굴을 휘감은 샤넬 스카프와 가방이 눈에 띄었다. 그들과 비교했을 때 나는 평범한 서민이지만 그들과 같은 기차에 타고 같은 목적지를 가고 있는 것이고, 다른 점은 나는 여행하면서 많은 것이 필요하지만 그들은 그런 것이 전혀 필요 없다는 것이다.

산 위로 도착하자마자 나는 제일 먼저 밖에 나가고 싶었다. 융프라우의 꼭대기는 과연 어떨까? 막상 가보니 나갈 수 있는 공간은 한정되어 있었고 울타리 처놓은 아주 작은 공간에만 머물 수 있었다. 눈은 새하얗게 햇빛에 빛나고 있었고 나는 그 기분을 느끼고 싶어서 카메라는 잠시 가방에 넣어두고 그 경치를 조용히 감상했다.

"꺄아아악! 우리가 알프스 정상에 올라왔어!"

"여기가 융프라우야! 오를레히호오!!"

"같이 사진 찍어요!!!"

10분간 조용히 숨을 쉬고 있는데 뒤에서 사람들의 소리가 크게 들렸다. 뒤를 돌아보니 패키지 관광에서 온 사람들이었고 그들이 더 모여들기 전에 안으로 들어가려고 했다. 하지만 그 전에 융프라우에서 사진 한 장 찍고 싶어서 근처에 있는 아랍 가족에게 부탁했다.

"저… 사진 한 번만 찍어줄 수 있으세요?"

아랍 부인은 말없이 나를 노려보았다. 처음에는 영어를 못 알아들으신 줄 알고 최대한 또박또박 천천히 말했다.

"저기 사진 한번 찍어 주실 수 있나요?"

"!!"

그녀는 버럭 화를 내더니 아이들을 데리고 남편에게 가버렸다. 나는 영문도 모른 채 어리둥절한 채 서 있었고 멀리서 그녀의 남편이 다가오는 것이 보였다. 나는 그가 화를 낼 줄 알았더니 오히려 환한 미소로 내 사진기를 잡더니 사진을 찍어 주었다.

"감사합니다, 땡큐."

"허허허! 좋은 여행 하세요."

그는 나에게 손을 흔들어주었고 부인은 아이들을 꼭 껴안은 채 나를 노려보았다.

"도대체 왜 저러는 거야? 알 수 없는 사람들이야."

나중에 알고 보니 아랍 사람들은 남편이 명령할 때까지 다른 사람들과 말도 섞을 수 없다고 한다. 그런 상황에 말할 수 없는 상황인데 내가 대뜸 사진기를 붙잡고 찍어달라고 말을 걸었으니 화가 날 수도 있겠다고 최대한 부인 입장에서 생각해보았다.

안으로 들어가자 배가 고팠다. 그리고 보니 아침을 제외하고 하루종일 아무것도 먹지 못했고 4시간 동안 산을 탔으니 쓰러지지 않은 게 신기할 정도였다.

"아! 이게 있었지."

융프라우라면 쿠폰을 호주머니 속에서 꺼내려고 하자.

"어?! 어디 있지? 내 쿠폰, 융프라우 쿠폰!"

호주머니 속을 뒤져도 쿠폰은 나오지 않았고 몇 동전들만 있을 뿐이었다. 나는 놀라서 재빨리 가방을 열어 온통 뒤졌으나 쿠폰은 없었다.

"아! 진짜, 호스텔에 놓고 왔나? 아 정말 미치겠네, 내 라면 쿠폰!!!"

"기차 티켓과 같이 준 쿠폰을 주면 될 거예요."

"네?"

정신없이 쿠폰을 찾는 중에 한국인 할아버지가 나에게 말을 걸었다.

"융프라우 기차 티켓과 같이 준 종이가 있을 거예요. 그걸 주면 될 거예요."

"아."

나는 티켓과 같이 받은 종이를 직원에게 보여주자 그는 미소를 짓더니 나에게 라면을 주었다.

"감사합니다."

"허허허! 뭘요. 젊은 사람 혼자 정신없이 뭘 찾고 있기에 도와주고 싶었던 것뿐이에요."

"네, 감사합니다."

"우리도 여기라면 먹으러 왔는데 같이 먹죠."

나는 한국인 할아버지와 할머니와 같이 라면을 먹었다.

"이것도 참 좋은 경험이야. 알프스 산꼭대기에서 젊은 사람과 라면을 먹을 줄 누가 알았겠어, 이것이 바로 신선놀음이지."

"하하하! 감사합니다."

"젊은 사람 혼자 왔나 봐요? 여자 혼자 유럽 여행 다니기 쉽지 않을 텐데 참 대단하다."

옆에 있는 할머니가 말을 걸었다.

"아니에요. 요즘에 여자 혼자 여행 다니는 사람이 얼마나 많은데요."

"하하하! 그게 대단한 거지. 여행은 어때요? 재밌어요?"

"그저 그래요. 아! 재밌다! 라는 느낌보다는 그냥 여기저기 돌아다니면서 좋다 정도지요.

요즘에는 그냥 무작정 돌아다니고 있어요."

"아직 젊으니까 그래도 돼요."

" **** 여행사에서 온 사람들이 많던데 패키지로 유럽 여행 오셨나 봐요."

"아니요. 환갑 기념으로 우리끼리 차 끌고 여행 다니는 거예요."

"네?! 정말요?!"

"네. 이번에는 여행사가 아니라 우리가 직접 차를 끌고 여행하고 싶었어요. 한국에서 일정과 나라/지역 정보를 다 조사한 뒤 아들놈에게 부탁해서 지역 사진을 받았어요. 그 덕분에 길을 잃어버려도 사진을 보여주면 어떻게든 가더라고요."

"두 분끼리 차를 끌고 여행하시는 것을 보면 영어를 잘하시나 봐요."

"전혀요! 이 나이에 영어를 어떻게 해요? 하지만 지역 사진을 보여주거나 정 안 통하면 손짓 발짓 다 동원해서 찾아가요."

"이상한 곳으로 갈 수도 있을 텐데 걱정 안 되세요?"

"처음에는 저희도 걱정 많이 했지만 될 대로 되라 싶어서 가보니 여기까지 왔어요. 가끔 우리가 무슨 짓을 하는지 우리도 믿어지지 않는다니까, 하하하!"

"그럼 잠은 어디서 주무세요? 설마 그 렌터카에서."

"그럼요, 뒤에 전기장판 깔고 자지요. 남들이 보기에는 이 나이 먹고 왜 사서 고생이냐고 하지만 저희는 전혀 고생이라고 생각 안 해요. 오히려 재밌는걸요."

"대단하신 것 같아요. 저 같으면 무서워서 할 수 없을 것 같은데… 그래서 되게 젊어 보이시는 것 같아요. 처음에 보았을 때 환갑이실 줄 몰랐고 한 50대인 줄 알았어요."

"누가 들으면 되게 나이 먹은 줄 알겠네. 자기도 환갑 금방이야! 젊을 때 많이 여행하도록 해요!"

"하지만 할머니 할아버지도 지금 씩씩하게 여행하시잖아요!"

"그렇게 말해주니 고맙네. 알프스 꼭대기에서 젊은 사람과 라면 먹으면서 이야기하는 것도 경험이다. 정말."

나는 할아버지 할머니와 같이 라면을 먹은 뒤 남은 라면 국물까지 후루룩 마신 뒤 할머니 할아버지에게 작별인사를 하고 산을 내려왔다. 20대 초반이야 꽤 많은 사람들이 혼자 여행 다닌다지만 환갑 기념으로 렌터카 끌고 여행하는 사람이 몇이나 될까? 나는 그분들이 부러웠다. 남편의 허락 없이 말을 할 수 없는 명품족 아주머니와 아무것도 없이 렌터카 하나 끌고 여행 다니는 환갑 할머니 할아버지 중 어느 사람이 더 좋은 여행을 하는 걸까?

80세 할머니가 되어도 지금보다 더 씩씩하게 여행할 수 있겠지?

호스텔로 도착하자마자 짐을 정리했다.

이제 이탈리아 베네치아로 가는 기차가 기다리고 있다.

곤돌라에서 마시는 모히토

베네치아 역에 도착하자마자 큰 걱정거리가 있었으니, 바로 숙소 예약을 전혀 하고 오지 않았다는 것이다. 그저 큰 캐리어와 가방 하나 달랑 메고 역에 덩그러니 서 있을 뿐이었다.

"이제 어떻게 해야 하지?"

참 신기하게도 이 긴급한 상황 속에서 전혀 당황하지 않았다. 이제는 여행을 하도 오래 하다 보니 어떤 상황이 되어도 차분해지는 법을 배웠다. 하지만 호스텔은 여름 시즌이라 예약이 다 찼을 테고 또 이 낯선 곳에서 호스텔을 어떻게 찾을 수 있을까?

"민영아, 이거 현금인출기가 안 되는데 어떻게 하지?"

반가운 한국어가 들리자 눈이 동그랗게 뜨였다. 옆을 보니 한국 여자 두 명이 현금인출기 앞에서 진을 빼고 있었다.

"자꾸 오류 나고, 이거 문제 있는 거 아니야? 안 그래도 짜증 나 죽겠는데 정말!!"

"진정하고 차분히 해보자."

"나는 되는 게 하나도 없어. 처음부터 다 꼬였어. 정말 흑흑."

"저… 저기요."

"뭐에요?!"

"아마 이 현금인출기가 고장 난 거 같으니 옆에 있는 것을 사용해 보는 것이 어때요?"

"한국분이세요?"

"네."

그분들은 내 말을 듣고 다른 기계를 사용했고 다행히 현금을 인출할 수 있었다.

"감사합니다. 너무 정신없어서 옆에 다른 기계가 있는 것을 못 보았어요."

"뭘요. 외국에 오면 안 되는 일도 많고 당혹스러운 일이 많지요, 이해해요."

"네, 감사합니다."

"저… 저기."

"네?"

나는 용기를 내서 말했다.

"제가 숙소 예약을 하나도 안 하고 왔는데 혹시 머무시는 숙소로 같이 갈 수 있을까요?"

"아! 저희는 한인 민박 묵어요. 우선 주인아주머니에게 오늘 예약이 다 찼는지 물어볼게요."

그녀는 전화를 걸어 방이 있냐고 물어보았다.

"있대요, 그럼 그쪽으로 같이 가지요. 저희도 여기 처음이라 잘은 모르지만 세 명이서 가면 어떻게든 되겠지요."

운이 좋게도 역에 도착하자마자 한국 사람들을 만나 그들이 예약한 숙소로 갈 수 있었다.

숙소 예약을 안 하고 가는 것은 도박이었다. 우선 호스텔이 어디 있는지도 모르고, 또 어찌어찌 고생해서 찾아갔지만 자리가 없다고 하면 그보다 더 최악인 경우도 없으니까.

그녀들을 따라 숙소로 가는 길은 매우 힘들었다. 우선 베네치아에 있는 집들 자체가 다닥다닥 붙어있는 미로 같아서 길 잃어버리기 딱 좋았다. 몇 번이나 다리를 건넜으며 몇 번이나 골목골목 사이를 돌아다녔다. 나는 큰 캐리어를 끌고 계단을 오르락내리락하느라 하루에 쓸 에너지를 몽땅 다 써버렸고 그렇게 30분간 헤맨 끝에 겨우 민박집에 도착할 수 있었다.

"전화주신 새로운 분이시죠? 만나서 반가워요!"

"안녕하세요!"

"애구야~ 세상에 숙소 예약도 안 하고 무작정 왔다니, 비수기라 해도 요즘 사람들이 하도 많아서 숙소를 못 구할 수도 있을 텐데 자기도 참 운이 좋아."

"하하하! 제가 무작정 여행하는 스타일이라서요."

"그래도 이렇게 숙소를 구했으니 다행이네요."

"오늘 두 분을 만나지 않았으면 정말 거리에서 헤맸을 거예요. 고맙습니다."

"아니에요. 저희야말로 설이 씨 안 만났으면 그 기계 앞에서 내내 진을 뺐을 거예요."

"뭘요. 아! 저 점심 먹으러 나갈 건데 같이 나가실래요?"

점심 먹자고 말을 하자 갑자기 한 명은 말없이 옆 친구의 눈치를 살폈고 그녀는 떨떠름한 채 알 수 없는 표정으로 고개를 돌렸다.

"아… 그냥 저 혼자 갈게요. 힘드실 텐데 쉬세요."

"미안해요. 사정이 있어서…."

"아니에요! 숙소 구해주신 것만 해도 고마운 걸요."

"그럼 재밌게 보내세요."

민박집을 나서자마자 사진기로 돌아오는 길을 몇 번이나 찍고 다녔는지 모른다. 베네치아로 가는 길 자체가 매우 복잡해서 자칫하다가는 길을 잃어버리기 딱 좋으니까. 오늘은 무엇을 할까? 그래, 역시 이탈리아 하면 피자지! 하는 생각으로 오늘 점심은 피자로 정했다. 베네치아 거리를 이리저리 돌아다니다가 우연히 한 레스토랑 문밖 메뉴판에 11유로(14,000원) 피자가 적혀 있는 것을 보았다.

"피자 한 판에 14,000원이라고? 보통 유럽 피자 가격에 비하면 꽤 싸네?"

나는 기쁜 마음에 야외에 자리를 잡고 앉았다.

"물 드릴까요?"

웨이터가 나를 보고 말했다.

"네, 주세요. 그리고 여기 메뉴판에 있는 이 피자도 주세요!"

"네, 알겠습니다. 조금만 기다리세요."

그리고 10분 뒤 마른 빵에 토마토소스가 듬뿍 뿌려진 피자가 나왔고 나는 후후 불어가며 따끈따끈한 피자를 맛있게 먹었다. 역시 이탈리아 피자는 최고였다. 나는 15분 만에 피자 한 판을 다 먹고 자리에서 일어났다.

"여기 계산해 주세요.

"네, 총 18유로(26,000원) 입니다."

"네? 뭐라고요? 갑자기 7유로는 왜 추가가 된 거예요?"

"네. 물값, 자릿값까지 합해서 총 18유로가 나왔네요."

"아니 무슨 이런 경우가 있어요? 여기 물이 유료라고요? 그리고 자릿 값과 물값은

들어본 적도 없어요."

"달링, 이곳이 바로 베네치아예요!"

충격이었다. 짧지만 의미가 담긴 말, 결국 나는 메뉴판에 적혀있는 가격보다 두 배를 지불해야만 했다.

점심을 먹고 골목골목 사이를 돌아다니면서 관광했다. 비록 음식점, 가면 집, 기념품점 들만 가득했지만 거리 특유의 빈티지 느낌 덕분에 모두가 오래된 골동품 가게 같았다.

그렇게 골목을 산책하면서 곤돌라를 탈 것인가 말 것인가 하는 고민 거리가 생겼다.

곤돌라는 이탈리아 하면 떠올리게 되는 화려한 조각배를 말하는 것 인데 이탈리아에 도착하면 제일 먼저 하고 싶은 것이 곤돌리노(노 젓 는 사람)의 노래를 들으며 젤라토를 먹으면서 우아하게 타는 것이었 다. 하지만 여행경비가 바닥을 치는 이 상황에서 10만 원이 넘는 가격 을 지불하면서 까지 곤돌라를 탈 가치가 있을까 생각했다.

그래도 이곳까지 왔는데 곤돌라를 놓치고 가기엔 너무 아까워!

"곤돌라를 군이 탈 필요는 없어. 민박하는 친한 동생이 보트 타고 베네치아 야경을 보여주는데 그걸 신청해보지그래? 곤돌라 그거 막상 타보면 별거 아니야 돈 아까워, 그리고 뒤에서 노 젓는 사람이 노래도 불러주지 않아 추가 요금 내야 불러주지. 그건 자기가 남편이랑 신혼여행으로 이탈리아 왔을 때 타고, 차라리 다 같이 보트 야경투어를 하는 게 더 좋을 거야. 지금 총 여섯 명이 예약했으니까 가격도 저렴하고, 그냥 와인 마시면서 보트 야경투어 하는 게 더 나아, 음악도 틀어준다고."

"정말요?"

"그럼, 보트로 밤의 베네치아를 보고 또 좋은 음악에 와인까지 얼마나 좋아? 곤돌라보다 훨씬 낫다고."

"그럼 얼마에 탈 수 있지요?"

"별거 아냐 30유로(43,500원)면 돼."

나는 고민했다. 베네치아까지 왔는데 무리해서라도 곤돌라를 탈 것인가, 아니면 그보다 조금 더 저렴한 야경 보트투어를 신청할 것인가.

"신청할게요, 곤돌라는 밤에 못 타잖아요. 음악 듣고 와인 마시면서 보트 타는 게 더 재밌을 거 같아요."

나는 바로 돈을 지불했다. 곤돌라보다 더 아름답고 낭만적일 것을 기대하면서, 보트 투어를 신청한 사람들은 다른 민박집에서 예약한 사람들까지 합해 총 일곱 명이나 되었다. 그리고 저녁 8시, 우리들은 약속장소에 모여서 보트를 기다렸다.

"오래 기다리셨죠? 저는 박민호라고 합니다. 자 타시죠!"

우리는 보트에 올라탔다. 그러자 갑자기 뒤에서 세 모녀가 우리를 밀치더니 제일 먼저 보트 앞자리에 탔다.

"와아!! 너무 좋아!!"

보트는 출발했고 배 주인은 음악을 틀더니 우리에게 와인을 따라 주었다.

"좋지요? 저기 보이는 집이 어떤 집일까요? 베네치아의 옛 귀족이 살던 집이랍니다. 저 집값이 얼마냐면 굉장히 비싼데…"

우리는 보트 주인의 설명을 들으면서 밤의 베네치아를 구경했다. 하지만 이곳의 하이라이트는 맨 앞자리에 앉아 넓은 시야를 보는 것인데 세 모녀 때문에 도무지 볼 수가 없었다. 아름다운 야경과 나름 신경 쓴 음악에 와인까지 마시면서 경치를 구경해도 세 모녀 때문에 도무지 앞을 볼 수가 없었다.

"저기 앞자리에 오래 있으셨으니까 저희도 좀 보면 안 될까요?"

"네? 아 잠깐만요. 어머, 어머 애 저기 좀 봐. 너무 아름답다! 역시 이탈리아는 한국과 틀리다니까."

세 모녀는 우리의 말을 무시하고 깍깍거리면서 경치를 구경했다. 그 이후로도 그녀들은 우리의 말을 무시했고, 더군다나 민박 주인 역시 그들과 웃으면서 대화하느라 우리들을 전혀 신경 쓰지 않았다.

"역시 이탈리아 하면 베네치아지요. 이 야경에 와인 마시고 음악까지 들으면서 가니까 얼마나 좋아요? 허허허."

"어머, 사장님 덕분에 잘 구경하고 가요."

"……"

우리들은 묵묵히 있었다. 앞이 아닌 옆만 보고 가니까 정말 재미가 없었다. 모든 경치는 앞에서 다 보이는 것인데 그저 와인만 홀짝거리면서 마실 뿐이었다.

'차라리 비싸더라도 곤돌라를 타는 게 훨씬 낫겠어. 이게 뭐야.

40분 뒤 투어가 끝났고 투어 값을 지불하지 않은 사람들은 내리자마자 보트 주인에게 값을 지불했다.

"저희는 이만 가볼게요."

"네네… 어디 보자 하나둘 셋… 아! 잠깐만요!"

"네?!"

"그 세 모녀분 어디 가셨죠? 그분들 투어 값을 지불 안 했는데."

"아까 제일 먼저 가던데 선불로 내신 거 아닌가요?"

"아니에요. 그분들 투어 끝나고 내시겠다고 했는데."

"네?!"

"잠깐만, 그분들 어디서 묵는 분들이셨죠?"

"저희도 몰라요. 사장님 민박집에서 온 거 아닌가요?"

"아니에요! 그쪽 민박집에서 온 사람들인 줄 알았죠."

"네?!"

민박 사장은 세 모녀를 찾으려고 했지만 그녀들은 이미 사라지고 없었다.

"아! 진짜 그분들 정말이지 너무 하는군!"

조금 전까지도 세 모녀와 재미있게 웃으면서 이야기하던 사장의 얼굴은 순식간에 분노로 변했고 너무 한순간에 돌변해서 무서울 정도였다.

"정말이지 내 살다 살다 이런 경우가 다 있나 진짜!"

분위기는 순식간에 얼음으로 변했고 나는 자리를 피하고 싶어서 짤막하게 인사하고 자리를 떠났다.

"하아… 정말 베네치아 하면 아름다운 지역으로 알려져 있는데 나에게는 왜 이렇게 악몽 같냐."

나는 민박집으로 돌아왔다. 문을 열자 방에서 같이 온 한국인 두 명이 있었는데 한 명은 울고 있었고 한 명은 그녀를 위로하고 있었다.

"안녕하세요."

"흑흑흑…."

오늘 아침 기차역 ATM에서 현금이 인출 안 된다며 짜증 냈던 여자 두 분이다. 민박집까지 오는 내내 얼굴이 좋지 않았으며 무슨 일 생겼냐고 말도 못 붙일 정도였다. 하지만 그들을 만난 덕분에 베네치아 길바닥에 노숙하지 않고 이렇게 민박집까지 구했으니 나에게는 은인과도 같았다.

"아… 괜찮아요, 들어오세요. 보트투어 신청하셨다고 들었는데 벌써 끝났나 봐요."

"네, 기대하고 갔는데 실망만 엄청 했어요. 돈 아낀다고 곤돌라를 포기하고 간 건데 차라리 돈 더 주고 곤돌라를 타는 게 낫겠더라고요. 보트 앞자리를 이상한 세 모녀가 점령하고 다른 사람에게 양보를 전혀 안 했어요. 더 웃긴 건 도착하자마자 투어 값도 지불하지 않고 도망쳤고요."

"푸~ 풉!"

울고 있던 한 명이 웃음을 터트렸다.

"하하하! 상황이 웃기긴 했지만, 그때 다른 민박집 사장님은 화가 엄청 나서 분위기가 살벌했어요."

"하하하! 우리 다 기분도 꿀꿀한데 술 마시러 갈래요? 제가 살게요."

"저야 고맙지요."

우리들은 민박집을 나가서 골목 쪽에 위치해 있는 작은 술집으로 갔다. 날이 어두운 데다가 전등도 없어서 매우 깜깜했는데 그 작은 술집만이 은은한 초록색 불빛으로 빛나고 있었다.

"이곳이 모히토로 유명한 곳이에요. 가게 주인이 직접 재배한 민트로 모히토를 제조하거든요. 어디에 앉을까… 여기에 앉을까요?"

가게 밖에는 조각배가 술집에 묶인 채 둥둥 떠다니고 있었다.

"네. 이 배에 앉고 싶어요!"

"하하하! 그래요. 저는 모히토 시키고 올게요. 자기도 모히토?"

"네, 모히토요!"

"네, 여기서 기다리세요."

그녀들은 술집에 들어가서 모히토를 시킨 뒤 쟁반을 들고 나왔다.

"자. 마셔요, 마셔!"

"감사합니다."

"오늘 하루 완전 최악이라고 했죠? 우리는 더 대박이었다니까. 자기는 우리에 비하면 정말 운이 좋은 거예요."

"숙소를 어쩌다 구한 거 빼고는 정말 최악이었는걸요."

"최악 이래 봤자 피자값 두 배내고 먹은 것뿐이잖아요. 곤돌라는 지금 여기서 타고 있으니까 아까 것 퉁 친 거고."

아래를 내려다보니 조각배는 살랑살랑 강물 위 초록빛에 비친 채 출렁이고 있었다.

"하하하! 그러네요. 이게 곤돌라보다 낫네요. 그리고 이렇게 배 위에서 모히토도 마시고."

"그래요. 자기는 정말 운이 좋은 거예요. 우리는 어땠는지 알아요?"

그녀들은 자기들의 여행 이야기를 말했다. 영국에 도착하자마자 첫 날부터 소매치기를 당해 핸드폰과 여권을 도둑맞은 것과 여행보다 한국 대사관에 머문 시간이 더 많았던 이야기. 그래서 여행 일정이 몽땅 꼬여 예약한 기찻값과 저가항공 티켓을 모두 날려서 처음부터 다시 사야 했던 일, 그리고 겨우 베네치아에 도착했지만 ATM에서 돈이 안 뽑아져서 폭발하기 일보 직전 나를 만나게 된 이야기까지 모두 말했다.

"거의 드라마 수준인데요?"

"그러니까… 자기는 우리가 어떤 일을 겪었는지 상상도 못 할 거야, 피자값 26,000원? 풉, 한국 피자 브랜드 세트보다 싸게 먹었네, 자기는 정말로 운이 좋은 거예요!"

"다들 각자 사정이 있는 걸요. 저도 이 여행 고생고생해서 왔는데 왜 엉망으로밖에 할 수 없는지 속상해요."

"그래도 캠프에서 재밌게 지냈다면서요. 여행하면서 모든 게 다 좋을 수는 없어요. 심지어 그 편한 패키지여행도 문제가 생기는데 혼자 유럽 여행 오면 별별 일이 다 겪는다니까, 다들 그거 각오하고 온 것이고 심지어 그 트러블을 겪으려고 온 사람들도 있고, 우리들은 그 트러블이 꽤 크지만 자기는 성장통을 겪고 있는 것이라고요."

"그렇게 말해주니 고마워요."

"자자! 기분도 꿀꿀한데 모히토나 마시자고!"

우리들은 모히토를 들었다. 시간이 지나자 현지 마을 사람들이 모여들었고 각자 자리를 잡은 채 일상을 이야기하면서 모히토를 마셨다.

베네치아의 작은 조각배 위 초록색 불빛은 오랫동안 꺼지지 않았다.

피렌체 화가의 꿈

"여보세요? 여보세요?!"

아무리 전화를 걸어도, 연결이 되지 않아… 라는 이탈리아 안내 음만 나오고 꺼져버린다.

나는 피렌체 중앙역 한가운데 있고 민박집 주인과 통화는 전혀 되지 않는다.

미쳐버리기 일보 직전이다.

모히토 베네치아를 떠나 바로 피렌체로 왔고 이날 만큼은 정말로 안심하면서 왔다. 왜냐하면 숙소예약을 베네치아에서 미리 하고 왔기 때문이다. 피렌체 민박집과 직접 연락을 했고 몇 시에 역 앞에 기다리고 있을 테니 도착해서 전화하면 픽업해 주겠다라는 약속까지 받아놔서 전혀 걱정하지 않고 왔다. 하지만 문제는 아무리 전화를 걸어도, 통화가 안 되니… 라면서 꺼져버리는 것이다.

"이거 정말이지 미치겠네… 핸드폰도 멀쩡한데 왜 이러는 거야?!"

나는 바로 옆에 있는 맥도날드로 들어가서 와이파이를 잡은 뒤 연락을 하려고 했으나 회원가입 하라는 이탈리아 말만 가득한 페이지만 나왔다.

"아! 진짜 지금쯤 날 픽업하러 왔을 텐데 이거 원 도통 찾을 수 없으니."

난 문밖을 나가 민박집 사장을 찾으려고 애를 썼다. 하지만 동양인이 한두 명이 아닐뿐더러 바삐 지나가는 사람들도 태반이어서 누가 민박집 주인인지 알아보기 힘들었다.

"따르르르릉!"

"여보세요?"

"안녕하세요 ***민박입니다. 지금 어디에 게시나요? 찾을 수가 없어서….."

"맥도날드 앞이에요!!"

나는 누가 보든 말든 그 자리에서 미친 듯이 손을 흔들었다. 그러자 핸드폰을 든 단발머리의 안경을 동그랗게 쓴 여자가 나에게 다가왔다.

"안녕하세요. 혹시 민박집 예약하신…."

"네, 맞아요. 바로 접니다!"

"아! 다행이네요. 그럼 갈까요?"

"네."

난 그녀를 따라 민박집으로 가는 버스를 탔다.

"짐이 정말 크네요. 며칠 동안 여행하신 거예요?"

"글쎄요. 두 달 넘은 것 같아요."

"와 정말요? 어디 어디 갔다 오신 거예요?"

난 그녀에게 있었던 이야기를 모두 들려주었다.

"아, 그렇구나. 우선 집에 도착하면 하루 안에 피렌체 거리를 다 구경하실 수 있을 거예요. 피렌체는 관광지가 다 모여 있거든요."

"그래요? 전 이틀 동안 있을 거니까 그 안에 다 볼 수 있겠네요?"

"이틀이면 충분하죠."

나는 그녀의 도움을 받아 민박집에 도착했다. 빈티지 느낌에 카페 형식 같은 느낌으로 지은 민박집이 굉장히 고풍스러웠다.

짐을 놓고 집주인에게 피렌체에 대한 설명과 찾아가는 거리를 간략하게 듣고 길을 나섰다. 분명 관광지가 다 모여 있는 것은 맞았다. 문제는 길이 여러 갈래로 나누어진 곳이 많아서 찾기가 힘들었고 건물들도 똑같이 보여서 마치 미로 같았다. 마치 수상 길이 없는 베네치아와 같았다.

원래 사는 사람에게만 쉽고 간단하지 완전 미로였다. 하지만 재밌는 것은 어느 골목으로 들어가든 한 광장으로 통하게 되어 있고 사진기를 들고 이리저리 찍고 다니면서 한 골목의 특색 있는 장소를 머릿속에 기억하면서 다니니 어지럽던 미로가 이제야 제 자리를 찾아갔다. 골목을 이리저리 돌아다니다가 우연히 구석에 있는 화가 갤러리를 발견했다.

—여자모델 구합니다.

문 앞에는 여자 모델을 구한다는 문구가 적혀있었고 나는 안으로 들어가 보았다. 갤러리에는 흰 수염이 까칠까칠하게 난 파란색 점퍼를 입은 할아버지가 있었다.

"오! 보나세라(안녕하세요). 어쩐 일로 오셨죠?"

"문 앞에 있는 문구를 보고 들어 왔어요. 그 여자모델 제가 할 수 있나요? 화가님의 그림모델이 되고 싶어요."

"좋아요. 그럼 내일 3시까지 여기로 올 수 있나요?"

"물론이죠! 내일 피사 가는데 다 보자마자 이쪽으로 올게요."

"좋아요! 내일 봐요."

이럴 수가! 내가 예술로 유명한 이탈리아에서 화가 모델이 되다니! 남들이 다 가는 똑같은 박물관에서 유명한 그림과 조각 작품을 보는 것보다 한 화가의 모델이 되는 것이 더 재밌을 것 같았다.

나오자마자 큰 광장으로 나올 수 있었다. 이곳이 바로 피렌체의 중앙 광장이며 옆에는 작은 회전목마가 빙글빙글 돌아가며 있었고, 거리 공연을 하는 사람과 원으로 둘러 지켜보는 사람들 그리고 가운데는 커다란 야외 텐트에서 특별한 이벤트가 열려 있었다.

"와인이에요! 와인 시음하세요!"

큰 텐트에 각 지역에서 직접 재배한 와인이 가득했고 10유로(14,500원)의 와인 잔을 구매하면 그 와인들을 맛볼 수 있었다. 브랜드 와인 보다 직접 재배해서 만든 와인을 맛볼 수 있는 것이 얼마나 행운인가! 나는 바로 와인 잔을 구매했고 여기 있는 모든 와인들을 다 시음할 것이라는 욕심에 있는 와인이란 와인을 다 시음했다. 단맛, 쓴맛, 독한 맛, 이상한 맛.

"이제 그만 마셔야… 욱."

갑자기 머리가 띵해지기 시작했다. 머리를 흔들고 정신을 똑바로 차려보니 모든 사람들이 취한 채 목소리를 높이며 깔깔거리며 이야기하고 있었다.

"이제 집에 갈래…."

취기가 올라올 무렵 이곳은 나 혼자고, 내가 정신 똑바로 차리지 않으면 끝장난다. 뇌를 최대치로 사용해서 돌아왔던 길을 곰곰이 생각했다. 그리고 귀에 이어폰을 꽂고 볼륨을 최대치로 높인 뒤 눈을 부릅뜨고 앞만 보고 걸었다. 사람이 절박해지면 기적을 발휘한다고 했나 신기하게도 그 복잡했던 거리를 헤매지 않고 곧장 민박집으로 다시 돌아올 수 있었다.

"다… 다녀왔습니다….'

"아 피렌체는 어떠셨어요? 관광지가 모여 있어서 찾기 어렵지 않았죠?"

"관광지가 모여 있기는 했지만 거리가 너무 복잡해서 몇 시간이나 걸었는지 몰라요…."

"네? 관광지가 다 모여 있어서 찾기가 쉬울 텐데….'

"… 어려워요… 복잡해….'

나는 방으로 들어간 뒤 쓰러져 밥도 먹지 않고 죽은 듯이 잤다. 그리고 다음 날 아침.

"… 오늘 피사 가야 해… 피사탑….'

나는 좀비처럼 아침밥을 먹은 뒤 피사 중앙역으로 향했다. 가는 길은 몰랐지만 사람들이 우르르 가는 곳을 따라가니 곧장 도착할 수 있었다. 피사탑에 가는 이유는 교과서에 나오는 사진을 실제로 보기 위해서 가는 것이기 때문에 별 관심은 없었다. 웬만한 유명 관광지를 가도 별 감흥이 오지 않기 때문에 실제로 피사를 봐도 사진이랑 똑같다라고 생각했다.

"헐 대박! 저게 왜 안 쓰러지지? 대박 대박!!!"

하지만 내 생각과는 달리 실제로 본 피사는 매우 놀랍고 신기했다. 사진에서 본 피사는 안 쓰러질 수도 있지라고 단순하게 생각했지만 실제 눈으로 보는 피사는 놀라웠다.

"저곳에 올라가 볼 수 있을까?"

하지만 막상 들어가 올라가 보니 밖에서 보는 것과 달리 전혀 감흥을 느낄 수 없었고 탑이 기울어진 것도 느낄 수 없었다. 입장료 15유로(22,000원)가 아까웠다.

"괜히 올라왔네, 힘만 뺐어….."

탑 꼭대기에 올라와서 아래를 내려 보았다. 기울어진 탑 그늘 부분에서 돗자리를 깔고 낮잠을 자거나 샌드위치를 먹는 사람들이 가득했다.

"그래도 바람 불고 시원해서 좋네."

나는 팔을 크게 뻗어 불어오는 바람을 느꼈다. 그렇게 피사를 구경하고 피렌체 화가 갤러리로 갔다.

"오! 왔군요. 피사는 어떠셨나요? 재밌으셨나요?"

화가는 나에게 피사에 관해서 물어봤다.

"음… 피사탑은 신기했지만 막상 올라가 보니 별거 없어서 실망했어요."

"허허허. 그래도 올라가지 않았으면 그거대로 후회했을 거예요. 우선 옷부터 갈아입어요."

"네? 지금 옷은 괜찮지 않나요? 이거 새 드레스인데….."

"음… 지루해요, 지루해. 옷장 안에 그보다 더 세련된 옷이 있으니까 그것으로 갈아입도록 해요."

"네."

화실 안으로 들어가 옷장을 열어보니 빨간색 발레리나 옷이 있었다. 하지만 옷이 너무 작아서 잘못 하면 배가 퉁 보일 정도였다.

"이거야 원, 살이 조금이라도 찌면 만화에 나오는 발레리나 하마 같겠어."

"다 갈아입으셨나요?"

"네… 네! 들어오세요."

"좋아요. 좋아… 그럼 소파에서 아무 포즈나 취해보세요. 긴장하지 않고 편안하게."

난 화가 위에 그려진 그림들을 보았다. 벌러덩 누워있는 여자, 첼로에 기댄 여자, 소파에 다소곳하게 앉은 여자 등… 나는 그림 포즈들을 따라 하거나 최대한으로 몸을 배배꼬며 특별한 포즈를 취해 보았다.

"지루해요, 지루해. 긴장을 푸세요. 최대한 편안하게… 음… 아니야, 아니야…."

포즈만 30분을 했는데 계속 아니다, 지루하다라고 했다. 이제는 나도 지쳐서, 에라 모르겠다. 안방에서 텔레비전 보는 것처럼 소파에 누워 머리를 받혔다.

"그래! 바로 그거야! 그 상태를 유지해요! 그거야 바로!"

화가는 눈을 동그랗게 뜨더니 곧장 그림을 그리기 시작했다.

나는 최대한 편하게 있었으나 30분이 지나자 하품이 나오기 시작했다. 화가는 초반엔 클래식 그다음에 재즈를 틀었지만 너무 지루해서 참을 수 없었다. 나는 MP3를 틀고 한국에서 다운받은 라디오 쇼를 틀었다.

"코리안 코미디 쇼인가요?"

"네."

"그 상태 그대로 유지하세요. 좋아 좋아 편안하고 자연스럽고 좋아요."

똑똑똑!

"?!"

"알베르토 씨!"

"아…."

"알베르토 씨!"

"잠깐만 여기서 기다려요."

화가는 붓을 내리고 밖을 나갔다. 소리를 들어보니 웬 나이 많은 여자가 화가에게 소리 지르고 있었고 화가도 지지 않고 말했다. 그리고 10분 뒤 화가는 다시 화실로 돌아왔고 볼멘소리로 중얼거렸다.

"예술가는 돈이 있어야 해… 자기도 그림을 좋아한다 했지요? 예술가는 돈이 필요해요. 첫째도 둘째도 돈이야…."

"… 무슨 문제가 생겼나요?"

"뭐, 아무것도 아니에요. 다 돈이죠 돈…."

화가는 잠시 허공을 쳐다보고 한숨을 쉬었다.

"자, 그럼 다시 가죠."

나는 그 상태로 4시간이나 있었고 손은 쥐가 나서 막판에는 감각이 오지 않을 정도였다.

"오늘은 여기서 끝내고 내일 마무리 짓죠. 그러고 보니 로마로 가는 기차가 몇 시라고 했죠?"

"오후 2시에요."

"좋아요. 그럼 이곳에 9시까지 오도록 하세요, 그림은 거의 끝났으니까."

나는 갤러리 밖으로 나가 민박집으로 돌아갔다.

"오늘은 계란조림과 부대찌개입니다!"

"와! 요즘 한국 음식이 그리웠는데 고맙습니다!"

나는 민박집에 머무는 사람들과 밥을 먹었다.

"피렌체, 너무 아름답다니까! 예술작품들이 어찌나 멋지던지, 역시 사진에서 보는 것과는 틀려, 자기는 오늘 어디 갔댔죠? 박물관 간다고 했나?"

"아뇨, 그냥 피사 갔다가… 여기저기 둘러보고 왔어요."

"피렌체에 있는 미술관은 갔다 왔어요? 세계에서 유명한 박물관인데."

"아니요. 저는 미술관 안 좋아해서요. 그냥 여기저기 돌아다니거나 오늘은…."

"에이… 피렌체에 미술관 안 가면 팥 빠진 붕어빵인데, 그럼 피사 보려고 피렌체 왔구나, 너무 아쉽다. 그래도 피렌체에 왔으면 예술을 즐겨야지."

"저도 예술을 즐기고 왔어요!"

나는 더욱 힘을 주며 말했다.

"예술을 체험하고 왔거든요. 오늘은 피렌체 유명 화가 갤러리에서 그림모델 했어요."

약간 과장도 보탰다.

"정말요? 이 근처에 갤러리가 있다고?"

"네. 골목 어디쯤에 있어요."

"어머~ 너무 부럽다. 박물관 안 가도 되었네, 완전 좋은 경험 했잖아!! 부럽다 부러워."

"뭘요…."

"그럼 자기 그림 완성된 거야?"

"거의 요, 내일 오전 9시에 가기로 했어요. 1~2시간이면 완성된대요."

"좋다, 좋아…."

그들은 부럽다는 표정을 감추지 못했고 나는 뿌듯해 하면서 부대찌개를 먹었다.

그리고 다음 날 아침

"화가님! 저 왔어요!"

"오! 왔군요. 어서 들어와요."

나는 발레리나 옷을 갈아입고 어제와 같은 포즈를 취하고 누웠다.

"휴우…."

"… 포즈가 이상한가요?"

"아! 아무것도 아니라네 아무것도…."

화가는 깊게 한숨을 쉬었다.

"… 그놈의 돈돈돈…."

"네?"

"어어? 아… 아무것도 아니야 신경 쓰지 말게. 그래 자네 그림을 좋아한다고 했지? 그럼 이 여행 끝나고 예술학교에 들어갈 건가?"

"아뇨, 대학 졸업까지 1학기 남았거든요, 그 뒤로는 직업을 구할 거예요."

"그럼 그림은 어쩌고?"

"그림은 포기하지 않을 거예요. 틈틈이 시간 날 때마다…."

"예술을 취미 삼아 한다는 것인가? 예술은 혼신의 힘을 다해 그려야 해!"

"저도 예술학교에 다시 들어갈 돈이 없거든요."

"…휴… 그런가…."

화가는 한숨을 쉬고 다시 그림에 집중했다.

"자, 다 완성되었네!"

"와! 너무 멋져요!"

그림 속에는 아무것도 겁내지 않은 건방진 발레리나가 소파 위에 앉아 세상을 깔보는 표정을 짓고 있었다.

"하하하! 이거 정말 마음에 들어요. 사진 찍어도 되나요?"

"물론이지!"

나는 카메라를 들고 내 그림을 마구 찍었다.

"좋아 좋아, 자네 시간 있으면 나랑 드라이브 가지 않겠는가?"

"네?"

"마침, 내 오토바이가 수리가 다 되었거든. 시험해볼 겸 바람 쐴 것인데 이리 와 보게."

화가는 오토바이를 보여주었다. 평범한 오토바이라기보다는 슈퍼바이크인데 두 대로 구성되어있었고 운전용 바이크와 작은 바이크가 붙어 있었다.

"무슨 만화 속에 나올 것 같은 오토바이인데요?"

"허허허 마음에 드는가? 원래는 혼자 타고 다녔는데 아름다운 아가 씨와 같이 타게 되니 기분이 좋군. 그럼 가자고!"

화가는 파란색 점퍼를 입더니 바이크에 앉아 시동을 걸었고 나는 헬 멧을 쓴 채 옆 바이크에 앉았다. 지나가는 사람들은 나이 많은 화가와 동양 여자아이가 이상한 오토바이를 타고 다니니 신기하게 쳐다보았 고 온 시선이 집중되었다. 도롯가로 나오자 시선이 뻥 뚫렸고 주변에 는 차도 거의 보이지 않았다.

"완전 최고예요!"

"허허허! 이대로 멀리 도망가고 싶구먼."

"무슨 소리예요?"

"아무것도 아니라네. 자네 그러고 보니 우피체 미술관은 갔다 왔는 가?"

"아! 그 유명 미술관이요? 안 갔어요. 딱히 관심 없고요. 전 화가님 모델로 서는 것이 더 좋아요!"

"허허허! 고맙군. 나는 가끔 이런 생각을 한다네. 우피체 미술관에 있는 작품들을 보면, 저 양반도 돈 때문에 엄청 시달렸겠구나, 불쌍한 사람 같으니라고 말이야."

"대부분 유명 화가들의 작품이잖아요. 돈 때문에 굶주린 일은 없을 것 같은데."

"유명한 사람도 있지만 그렇지 않은 사람들도 있다네. 그리고 그들 을 보면 질투가 나는 것과 동시에 부럽다고 해야 하나? 내 작품도 먼 훗 날 사람들이 알아줘서 우피체에 나란히 설 수 있을까? 그래서 대부분 의 화가들이 박물관 근처에서 거리화가를 나서는 것이네. 케리커쳐를 그려주면서 내 작품도 박물관 밖이 아닌 안에 자랑스럽게 설 수 있을까?"

"화가님 작품이 우피체에 있는 것을 보고 싶은가 봐요."

"물론이지, 그것을 꿈꾸지 않고 오지 않은 화가는 없을 거야. 그래서 나도 피렌체에 갤러리를 세운 것이고… 하지만, 역시….'

"……."

"부끄럽게도 역시 돈이 문제더군. 자네는 어리니까 그런 것은 생각하지 말고 그림을 충분히 공부하고 활동하는 것이 좋을 거야."

"네…."

나는 졸업하자마자 직업을 구할 것이라고 차마 말할 수가 없었다.

"자 도착했군!"

우리는 화가의 갤러리에 도착했다.

"고마웠네. 오늘 머리가 어지러웠는데 자네 덕분에 같이 바람도 쐬고 말이야 정말 즐거웠어. 자네 그림은 줄 수 없지만 이것은 모델을 해준 보답이라네."

화가는 자기의 작품 복사본을 나에게 주었다.

"감사합니다."

"줄게 이것밖에 없어서 미안하네."

"아니에요, 이것만으로도 충분해요. 저야말로 고마운 걸요."

"오늘 로마로 떠난다고 했나? 역사가 깊은 곳이지 공부하는 데 큰 도움이 될 거야."

"네… 감사합니다."

"그럼 잘 가게나!"

화가는 내가 멀리서 보이지 않을 때까지 손을 흔들어 주었다. 나는 박물관의 작품을 감상하는 것보다 한 사람의 작품이 되었다는 것이 더 감명 깊었다. 우피체 미술관에 자신의 작품을 걸리길 바라는 한 화가의 소원은 이루어질 수 있을까?

하루 만에 로마를 산책하다

기차로 4시간 동안 달려 로마로 도착했다. 사실 더 좋은 기차를 타고 일찍 도착할 수 있었지만 유레일 예약비 10유로(14,000원)가 아까워서 느린 기차를 무료로 탑승했다.

지금 생각하면 참 바보 같았지만 그 당시의 나는 그만큼 돈에 절박했다.

로마 하면 소매치기라는 불안감 때문에 역에 도착하자마자 아프리카 한가운데 떨어진 사람마냥 오들오들 떨었고 수많은 인종들이 내 앞을 지나갈 때마다 불안감은 증폭시켰다.

소매치기당한 대부분의 사람들이 로마에서 소매치기를 당했어…

나는 소매치기와 범죄의 두려움 때문에 백 팩 위에 재킷을 입었다. 그 모습은 마치 거북이 같았지만 상관하지 않았다. 가방과 지갑을 도둑맞는 것보다는 나으니까!

로마에서 지낼 숙소는 호스텔도, 민박도, 호텔은 더더욱 아니다. 바로 BNB!!

BNB란 무엇이냐? 쉽게 말해 외국 사람이 하는 민박집이라고 생각하면 되는데 자기 집에 외국 사람을 재워주는 것이다. 유럽에 오기 전에 미리 BNB 사이트에 예약한 뒤 집 주인과 연락까지 하고 집으로 찾아오는 길을 프린트 해왔지만 문제는 도무지 집을 찾을 수가 없었다.

"로마 레비비아 역까지는 왔는데 그 뒤로 어떻게 찾아가야 하지?"

지도를 보는데 젬병인 나는 1시간 내내 같은 곳을 빙빙 돌았다. 해가 저물고 밤이 되자 더욱 불안해지기 시작했다. 이곳은 로마 도시 한복판도 아닌 지하철 종점 역에 위치한 곳이라 사람들도 많이 보이지 않는다. BNB 주인에게 전화를 걸었지만 이탈리아 자동음성만 나오고 뚝 끊겨졌다. 이제 전화 연결이 되지 않는 것은 매우 당연한 일이 되어버렸다.

"아… 정말 어떡하지? 큰일이네…."

나는 지나가는 사람 붙잡고 국제번호 아니니 제발 집주인에게 전화 좀 걸어달라고 사정사정을 했다. 운이 좋게도 한 친절한 분의 도움으로 겨우 통화를 할 수 있었다.

"여보세요?"

"안녕하세요! 집주인 알리 씨죠? 레비비아 역까지 왔는데 그 뒤로 어떻게 갈 줄 몰라서 전화 드렸어요."

"찾기 쉬울 텐데… 잠시만 기다려요. 그곳이 지금 어디시죠? 역 근처인가요?"

"네, 역 근처 신호등 앞에 있어요."

"그곳이 혹시… 음… 지금 전화 주인 바꿔주실 수 있나요?"

"네!"

둘은 한참을 통화하다가 나에게 말했다.

"지금 집 주인이 5분 뒤에 이쪽으로 온다고 했어요."

"감사합니다."

그리고 5분 뒤 멀리서 나를 보고 손을 흔드는 사람이 보였다.

"혹시 BNB 예약하신…."

"네. 바로 저예요!"

"그렇군요! 짐 이리 주세요. 정말 많네요. 이쪽으로 오세요."

나는 그의 안내를 받아 집에 갔다. 허탈하게도 그의 집은 신호등 건
너서 바로 앞에 있었다.

"집이 정말 바로 앞이네요."

"찾기 정말 쉬울 텐데 헤매신다고 하셔서 놀랐어요. 대부분 알아서
잘 찾아오시던데."

"제가 지도를 잘 못 봐서요. 하하하!"

"밥은 드셨나요?!"

"아뇨 사실은…, 아침부터 아무것도 먹지 않았어요. 혹시 저 밥 좀
먹을 수 있을까요?"

"네. 밥은 제공하지 않는다고 예약하기 전에 미리 글 올렸지만, 설이
씨 얼굴을 보니 너무 피곤해 보여서 오늘은 특별히 저녁을 드릴게요."

"감사합니다."

집은 3층 아파트로 구성되어있었는데 아파트 전체가 다 그의 집이
었다. 1층은 페루에서 온 손님이 묵고 2층은 주인집 어머니, 3층은 이
미 나처럼 BNB 예약을 통해 머물고 있는 독일 여자 두 명이 있었다.

"안녕하세요. 우리 집에 온 것을 환영해요."

한 아주머니가 집 안에서 나를 반갑게 맞이해주었다.

"이쪽은 제 어머니예요. 어머니, 이 사람은 설이 씨라고 오늘 머물 손님이에요."

"안녕하세요! 알리에게 들었어요. 오늘 아무것도 먹지 않았다고."

"네… 오늘 할 일도 많았고 밥 먹을 시간이 전혀 없었거든요."

"이런 불쌍하게도… 조금만 기다려 봐요. 내가 맛있는 음식을 만들어 줄게요."

그녀는 프라이팬에 빵을 튀긴 뒤 설탕을 잔뜩 뿌렸다.

"이것을 먹으면 속이 든든할 거예요."

"감사합니다."

"오늘 피곤한 것 같은데 이거 먹고 푹 자요. 내일 열심히 관광해야죠."

"네."

난 설탕이 듬뿍 뿌려진 통통한 빵을 4개나 먹고 짐도 풀지 않은 채 곧장 잠이 들었다. 다음 날 아침, 나는 오전 7시에 일어났고 로마의 기본 관광, 콜로세움과 포로 로마노를 보기로 했다. 나는 어제 로마 패스를 끊으면 더 경제적이고 심지어 지하철도 무료로 탑승할 수 있다는 집주인의 말을 듣고 바로 관광 안내소에 들어가서 로마 패스를 끊었다.

"삐~~~."

하지만 문은 열리지 않았다. 지하철 표 찍는 기계는 빨간색 X 표시만 나오고 나를 도통 들여보내 주지 않았다.

"아니 이건 또 무슨 경우야?"

세 번이나 시도해보았지만 역시나 안 된다는 삐~~~ 소리만 났고 사람들은 나를 이상하게 쳐다보기 시작했다. 나는 관광 안내소로 가서 교환하려고 했지만 기차역 24번 플랫폼에 있는 창구로 가라고 해서 어떻게든 찾아가서 겨우 바꾸었다. 하지만 그 이후로도 삐 소리만 나고 문이 열리지 않은 것은 물론이요. 콜로세움, 포로 로마노로 들어갈 때도 오류 표시만 나왔다.

"저기… 이거 제가 새로 패스인데…."

"아! 이거 불량이에요. 들어가세요."

콜로세움으로 들어갈 때 직원은 패스를 찍어 보고 매우 당연하다는 듯이 "불량이네요"라고 말한 뒤 전산처리로 통과시켜주었다.

처음 본 콜로세움은 듣던 것처럼 매우 놀라웠다.

이곳에서 사람들이 둘러싸 앉으면서 사자경기를 관람 했겠구나라고 상상하면서 관람했다. 포로 로마노는 콜로세움 바로 옆에 있었는데 같은 감흥은 오지 않았다. 최대한 옛 로마인들이 여기서 지낸 이야기를 상상하면서 관람했지만 느낌이 오지 않았다.

"내 감성이 메마른 건가… 그냥 전쟁 통에 부서진 폐허들을 보는 것 같아."

나는 장소를 옮겨 지하철을 탄 뒤 스페인 광장으로 발걸음을 돌렸다.

스페인 광장은 로마의 휴일에서 오드리 헵번이 젤라토를 들고 계단을 내려오는 장면으로 유명한데 영화는 보지 않았지만 그 장소로 가서 영화를 느끼고 싶었다.

"이곳이 오드리 헵번이 영화를 찍었던 곳이지? 그녀같이 행동하면 어떤 기분일까?"

나는 젤라토를 사서 계단을 오르락내리락 거렸다.

그리고 분수대 앞에는 노래하는 사람들이 있었다. 사람들은 계단에 앉거나 그의 주위를 둘러앉아 공연을 관람했고 나는 계단에 앉아 샌드위치를 먹으면서 공연을 관람했다.

"어떻게 보면 이게 바로 신선놀음이다, 진짜!"

나는 샌드위치를 우걱우걱 먹으면서 그들의 노래를 끝까지 듣고 다음 장소로 발걸음을 옮겼다.

"음… 어디 보자… 스페인 광장 근처에 200년 된 커피집이 있다고?"

커피집을 찾는 것은 쉬웠다. 정말 고급스럽게 생겼고 사람들이 유난히 북적거렸다. 나는 가이드북에 나온 200년 된 커피집으로 가서 에스프레소를 시켰다.

"퉷! 아 써!"

장담하건대 내가 여태껏 마신 에스프레소 중에 제일 쓰고 맛이 없었다.

"내가 맛을 모르는 건가? 그래도 커피 좋아한다고 자부하는데….'

나는 에스프레소에 우유를 타 달라고 부탁했고 커피는 더욱 부드러워졌다.

"이제 좀 마실 만하네."

나는 커피를 마신 뒤 앞에 있는 명품 거리를 돌아다녔다. 상점 하나하나 다 들어가 구경했고 섹스 앤드 더 시티, 악마는 프라다를 입는다 등의 패션 영화를 머릿속에 그리면서 옷, 가방, 구두를 하나씩 살펴보았다. 에르메스, 프라다, 구찌 등 역시 명품의 나라답게 작은 크기의 상점일지라도 깔끔하고 정돈이 잘 되어있었고 엘리베이터 하나씩은 꼭 있었다.

"2층으로 올라 가볼까?"

나는 2층 버튼을 눌렀고 엘리베이터는 매우 천천히 문이 닫히고 천천히 올라갔다.

"누가 명품 엘리베이터 아니랄까 봐 올라가는 느낌도 부드러운데?"

나는 매장 안 상품 가격을 확인해 보았다. 가방 하나에 몇백만 원인 것은 이미 알고 있었지만 작은 하이힐 하나가 60만 원인 것은 충격적이었다.

"이 손바닥만 한 것이 60만 원이라고? 도대체 뭐로 만들었길래 이렇게 비싼 거야?"

그 하이힐을 신어도 신은 것 같지 않은 것으로 유명한 브랜드였다. 그리고 현지 가격으로 60만 원이고 한국에서는 2배의 가격을 주고 사야 하는 브랜드였다.

"60만 원도 충격인데 이걸 120만 원이나 주고 사는 사람이 있다고?!"

나만 60만 원, 120만 원이 커 보이는 것일까? 가격이 어찌 되었든 그 구두는 정말 예뻤다.

"나중에 120만 원짜리 구두를 사도 아깝지 않을 정도로 많이 벌게 되면 꼭 이 구두를 꼭 사야지."

나는 명품 거리를 다 둘러본 뒤 스페인 광장 계단 꼭대기에서 음악을 들으며 경치를 내려다보았다.

이게 혼자 여행의 즐거움이구나!

처음 이탈리아 로마는 소매치기와 무법자의 도시라고 생각했지만 지금은 과거 역사와 패션 문화를 주도하는 색깔이 넘치는 도시로 자리 잡았다. 그 날의 로마는 나에게 처음으로 안정된 느낌으로 로마의 휴

일을 느끼게 해 주었다.

"다녀왔습니다!"

"어서 와요. 오늘 로마는 어땠어요? 콜로세움은 갔다 오셨죠?"

"물론이죠. 야경까지 다 보고 왔는걸요. 완전 재밌고 멋있었어요. 더 보고 싶은데 아쉽네요."

"내일 또 보면 되죠, 뭐."

"내일은 카프리 섬으로 갈 거예요. 완전 기대돼요! 지상 낙원이라고 들었거든요. 내일 날씨가 좋아야 할 텐데…"

"괜찮아요. 일기예보 보니까, 맑음이라고 되어있던데, 그럼 혼자 카프리 섬으로 갈 건가요?"

"아뇨, 하루일정으로 여행사 통해서 가는 거예요. 분명 동행할 사람들이 있겠지만 신혼 여행자분들이겠지요."

"하하하! 내일 여행 잘하세요. 몇 시부터 여행 시작하세요?"

"오전 7시요. 아침 6시부터 일어나서 가야 될 것 같아요."

"일찍 자야겠네, 저녁은 먹었어요? 오늘 빵 좀 구워놨는데 한번 먹어봐요."

"괜찮아요, 밥 먹고 들어왔어요. 내일 아침에 먹어도 될까요?"

"물론이죠, 식탁 위에 올려놓을 테니까 내일 나갈 때 가져가면서 먹어요. 아침을 든든히 먹어야 여행을 잘할 수 있으니까."

"감사합니다."

카프리 섬의 악몽

"으으음… 지금이 몇 시야…."

밖은 여전히 평소와 같이 깜깜했다. 침대에서 부스스 일어나 눈이 떠지지도 않은 채 핸드폰을 보았다.

—6시 20분.

"뭐? 6시 20분!!"

심봉사 마냥 눈이 저절로 떠졌고 핸드폰을 다시 열어봤다. 분명히 6시 20분이다.

알람을 5시 30분에 맞춰놨는데 뭐지? 울리지 않은 것인가? 이 핸드폰이 가끔 알람 울리지 않을 때가 있는데 하필 오늘 같은 날에!! 젠장, 7시까지 역 앞에서 만나기로 했는데 이곳에서 약속장소 테르미니 역 24번 승강장 **슈퍼 앞까지는 적어도 20분, 초 스피드로 준비해도 최소 7시다. 나는 재빨리 옷을 주워입고 아주머니께서 만든 빵도 잊은 채 무작정 달려나갔다.

정확히 6시 57분에 도착했다. 약속 시간까지는 3분 남았으니 늦지 않았다.

근데 왜 아무도 없지? 약속 시간까지 3분 남았는데… 가이드가 늦나?

혹시나 싶어서 가이드에게 전화를 해도 이탈리아 어로, 연결이 안 돼 오니… 라는 음성만 나올 뿐이었다.

됐어, 조금만 기다려 보자.

10분을 기다렸지만 아무도 오지 않았다. 불안해서 가이드 전화번호 세 개 중 무작정 인터넷 전화번호를 눌렀다.

"따르르릉…."

"여보세요…."

"안녕하세요! 혹시 ***여행사 가이드신가요?"

"아니에요… 부인이에요."

"제가 약속장소에 왔는데 아무도 없어서 전화드렸어요."

"그럴 리가… 가이드 분께 전화해 볼게요."

그리고 3분 뒤

"가이드 분 왔다는데요? *** 슈퍼 맞지요? 계속 기다리고 있다는데."

"네 저 *** 슈퍼 앞이에요."

"혹시 24번 승강장이 아닌 다른 곳으로 간 것이 아닌가요?"

"네?!"

"그 슈퍼가 테르미니 역에 두 개 있는데 하나는 24번 승강장 앞에 있고, 하나는 반대편 쪽에 있어요. 약속장소는 24번 승강장 앞에 있는 슈퍼구요."

그 즉시 핸드폰을 닫고 무작정 달려갔다. 이른 아침부터 미친 여자처럼 머리를 휘날리며 달리느라 사람들이 이상하게 쳐다보았지만 전혀 상관하지 않았다.

그리고 24번 승강장 *** 앞에 드디어 도착!

"하하하! 이걸 어쩌나 버스 떠났어요!"

도착하자마자 키 큰 한국 남자가 이를 환하게 보이며 나를 향해 방긋 웃었다.

"네?!"

"버스가 떠났다고요. 그러게 왜 이렇게 늦게 왔어요? 벌써 7시 15분이에요. 승강장 숫자를 안 보시고 다른 곳에 있었다면서요. 이를 어쩌나 7시까지 기다렸는데…."

"그럼 어떡하죠?"

"어쩌긴 뭘 어째요? 투어 못 하는 거죠."

난 그가 매우 태연하게 마치 농담 따먹기라도 하는 듯이 말해서 매우 놀랐다.

"그… 그럼 환불은 받을 수 있나요?"

"무슨 환불이에요? 당연히 못 하지!"

"그럼 저에게 전화라도 주시지 그랬어요? 적어도 10분 전에 전화를 주었다면 다른 장소에서 기다리지 않고 더 빨리 왔을 거예요. 솔직히 제가 부인에게 전화를 걸지 않았으면 그곳에서 하염없이 내내 기다렸을 거 아니에요? 그리고 버스가 출발하기 전에 손님이 어딨는지 확인부터 해야죠."

"제가 굳이 왜 그래야 되죠?"

"네?"

"이보세요, 당신이 늦은 거예요. 난 당신에게 굳이 전화 걸 필요 없어요. 당신이 나에게 전화를 걸어야지."

"아니! 여행사가 손님에게 전화를 걸어 어딨는지 확인해야 하지, 뭐 이런 경우가…."

"잠깐 조용히 하고 우리 쉽게 생각합시다. 호텔, 기차, 비행기가 한 손님 늦었다고 기다려 줍니까? 전화 줍니까? 아니잖습니까? 그리고 여행 가이드 할 때 손님 오십, 백 명인데 그 몇 사람 안 왔다고 일일이 전화합니까?"

"여긴 호텔도, 기차도, 비행기도 아니고 여행사잖아요. 심지어 비행기도 손님이 안 오면 공항에 안내방송이라도 한다구요. 그리고 카프리 투어 손님이 저를 포함해서 세 명이라면서요, 그럼 전화 줄 수 있잖아요. 그리고 손님이 몇백 명 일지라도 다 확인하고 손님이 안전하게 탑승했는지 확인하는 게 여행사의 의무 중 하나구요."

"아아아! 듣기 싫고, 당신 듣자 듣자 하니까 말 또박또박 말대답하는 게 참 버릇없네요. 당신 몇 살이에요?"

"스물세 살이요."

"난 서른세 살이에요. 이거 참 나이도 어린 것이. 나 이래 봬도 가이드 투어, 민박까지 바닥 10년 있었고 당신보다 여행도 많이 했어요. 새파란 것이… 참 어처구니가 없어서, 나는 당신 생각해서 다른 투어 생각 하고 있었는데 그렇게 나오니 정말 서운하네요."

"무슨 투어요?"

"바티칸 투어나 시내투어…."

"바티칸 투어가 카프리보다 세 배는 더 저렴한데 무슨 소리에요?"

"난 환불 못 합니다."

"와…."

나는 20분 내내 테르미니 24번 승강장에서 그와 실랑이를 벌였다. 나는 손님이 어디 있는지 확인하지 않은 것과 그의 비꼬는 말투, 나이를 따지는 것까지 화가 배로 났다.

"진정하고… 같이 커피라도 마셔요. 당신이 말이죠, 흠흠… 내게는 카프리 첫 손님이라서 뜻깊었어요. 카프리 투어하면 신혼 여행자가 대부분인데 혼자 지원해서 누군지 궁금하기도 하였고…."

커피를 마시면서 그는 나를 이리저리 설득하는 데 공을 들였다.

"자, 그럼 이렇게 합시다. 당신이 내 첫 손님이고 특별하니까 반값으로 환불하죠. 계좌번호 줘요."

"네?"

"바티칸 투어라도 하는 게 어때요? 오늘 딱히 할 일도 없으실 거 같은데…."

"그러죠."

"그럼 투어 값까지 쳐서 25,000원 환불해 드리죠. 어때요?"

그는 25,000원을 매우 강조해서 말했다.

"좋아요, 좋아. 좋은 게 좋은 거죠."

그는 뛸 듯이 기뻐하며 사람들이 모여 있는 지하철역에 나를 데려다준 뒤 바티칸 투어 가이드에게 날 소개시켰다.

"이분 지금 카프리 놓쳐서 내내 똥 씹은 얼굴이거든, 바티칸 투어라도 안 하면 오늘 하루 나 때문에 얼굴 안 좋으니까 이분도 투어 시켜줘. 푸하하하하!"

바티칸 가이드는 당황해하며 나에게 최대한 미소 지으려고 노력했다.

"하하… 네 안녕하세요. 그럼 여기서 잠시만 기다리세요. 지금 손님 여섯 분이 약속장소에 안 오셔서요. 네… 네! 안녕하세요. 저 여행 가이드 ***입니다. 지금 어디쯤이십니까? 저희 다들 기다리고 있는데…."

"… 이 분은 손님들에게 일일이 전화 주는데 이건 무슨 경우예요?"

난 카프리 투어 가이드를 노려보았다.

"음… 얘가 여기 일한 지 얼마 안 돼서. 하하하! 투어 잘하시고 오세요!"

그는 나를 바티칸 투어 가이드에게 던져 놓다시피 맡기고 가버렸다. 그리고 몇 달 뒤 그가 강조한 25,000원 환불은 되지 않았고 메일을 보냈더니 본인은 그런 말 한 적 없으니 홈페이지 게시판이나 읽어보고 메일을 보내라 하였고 이런 식으로 질질 끌면 가만두지 않을 테니 억울하면 법원에 신고하라는 답만 받았다.

그리고 바티칸 투어? 당연히 짜증 100%였다.

먼저 간 신혼부부는 카프리 섬에서 천국을 누리고 있겠지… 나는 여기서 이 많은 사람들과 뭐 하고 있나…

속이 뒤틀렸고 머릿속은 폭발하기 일보 직전이었다.

"저기… 혼자 오셨나 봐요. 저도 혼자인데…."

한 여성이 나의 어깨를 두드렸다. 하지만 그 당시 나는 누가 건드리기만 해도 폭발할 것 같았다.

"죄송해요… 저 음악 좀 들을게요."

"네…."

이어폰을 끼고 혼자 걷자 그나마 마음이 진정이 되었다. 나를 제외한 투어 사람들 모두 바티칸 베드로 성당, 천지창조, 피에타에 넋을 잃었으며 자기가 얼마나 대단한 작품을 보고 있는지 약간 오바스러운 표정과 셀카 찍는 것도 잊지 않았다. 하지만 나는 너무 마음고생을 해서 감흥이 전혀 오지 않았다.

하느님… 이제 제발 힘든 일은 없게 해주세요….

그 말은 진심이었다. 나는 이미 모든 것에 지쳐있었다.

가이드는 점심으로 한국인들 사이에서 유명한 레스토랑으로 데려다주었고 봉골라 파스타와 피자를 시켜 주었다. 그리고 후식으로 생크림을 위에 올린 젤라토를 먹었는데 내가 여태까지 먹은 젤라토 중에 최고로 맛있었다. 이 최악의 투어에서 그나마 좋았다고 말할 수 있는 것이 맛있는 점심과 젤라토였고 참 단순하게도 배가 부르니 금세 기분이 풀어졌다. 초반에 똥 씹은 얼굴로 혼자 묵묵히 다녔던 것과 다르게 사람들과 어울리며 다녔다.

"딸기 티라미슈는 꼭 먹어야 해요."

같이 다녔던 동행 분 중 한 사람이 말했다.

"로마에 유명한 디저트 가게가 있는데 그곳에 안 들리면 후회할 거예요. 딸기 티라미슈는 정말 최고예요!"

"고마워요. 오늘 당장 사야겠네요!"

나는 동행분이 알려준 가게로 가서 딸기 티라미슈를 시켜서 먹어 보았다. 그 순간 눈이 번쩍 뜨였고 이렇게 맛있는 티라미슈는 처음 먹어 봤다.

최악의 날이지만 그래도 먹는 복은 있구나! 조지와, 조지네 엄마 그리고 내 것까지 다 사야지 히히.

나는 그동안 겪었던 스트레스를 딸기 티라미슈들을 사는 데 풀었다.

"다녀왔습니… 어?"

문 열고 제일 처음 보이는 것은 내 짐들이었다.

"어… 이게 어떻게 된…."

"체크아웃은 12시까지지만 괜찮아."

그는 빙그레 웃으며 말했다.

"네? 오늘 나가라는 것은 아니시죠?"

"오늘까지가 마지막 날이에요. 오늘이 체크아웃 날이었구요."

"20일까지 머무는 것인 줄 알았는데…."

"그 20일이 체크아웃 마지막 날이에요…."

애써 진정하려고 했지만 먼저 있었던 카프리 사건과 숙소도 없이 나갈 생각을 하니 패닉이 되었다. 하지만 조지는 친절하게도 숙소를 알아봐 주겠다고 했고 자기 친구가 BNB를 하니 그쪽으로 연락해보겠다고 하였다.

"미안, 친구 집도 다 찼대… 호텔로 전화해볼까?"

나는 고민에 빠졌다. 하루 더 머물 수 있냐고 물어보고 싶었지만 이미 거실에서는 나 때문에 들어오지 못한 멕시코 모자가 소파에 앉아 감자 칩을 먹으면서 TV를 보고 있었다.

"제가 한국 가이드 북을 가지고 있는데 여기 나와 있는 한국 민박집으로 전화할 수 있나요? 이탈리아 현지전화번호이고 국제전화는 아니에요."

"네, 제가 해볼게요."

그는 컴퓨터 전화로 내가 알려준 한국 민박집으로 일일이 전화를 다 걸었다.

"한 곳은 헝가리 말로 옮겨지는데?"

대부분이 다 찼거나 심지어는 외국 음성만 나오기도 했다.

"이곳이⋯ 마지막이네요."

따르르릉⋯

"안녕하세요 *** 민박집입니다."

"안녕하세요! 오늘 하룻밤 묵고 싶은데 가능한가요?"

"음⋯ 잠시만요⋯."

"음⋯ 1호점은 다 찼지만 2호점에 자리가 있네요. 테르미니 역 24번 출구로 오셔서 전화하면 픽업해드릴게요."

또 거기다. 테르미니 역 24번 출구.

"오후 6시 반까지 도착할 것 같아요. 그쪽에서 뵐게요."

"네, 그럼 기다릴게요."

성수기에 운 좋게도 당일 날 민박집에 전화를 걸어 방을 얻을 수 있었다.

"미안해⋯ 미안해, 네 사정 다 알지만 자리가 없어서⋯."

"괜찮아요. 제가 실수한 것인데요."

"그래도 코리안 BNB에 자리가 있어서 다행이다."

조지는 내 짐을 들어주어 같이 지하철역까지 가주었고 가는 내내 미안하다는 말을 되풀이했다.

그리고 테르미니 역에 도착! 그놈의 테르미니 24번 출구!

참고로 테르미니 역은 엄청 넓어서 자칫하다가는 길을 잃어 먹기 딱 좋은 곳이고 플랫폼 번호도 작게 써 있어서 어디로 가야 할지 보기도 힘들었다. 나는 이리저리 헤매다가 민박집에 전화를 걸었으나 여전히 오류가 난다는 이탈리아 안내 음성 음만 나올 뿐이었다.

"여기에요 여기!"

"?"

"****민박이에요!"

자세히 보니 얼떨결에 이미 24번 출구 쪽에 도착해 있었고 나를 보고 손을 흔든 한국 아주머니가 있었다.

"큰 빨간 캐리어를 끌고 있을 거라더니 진짜였네. 이리 와요!"

나는 아주머니의 안내를 받아 민박집으로 갈 수 있었다. 동내는 약간 뒷골목에 위치해 있었고 주변엔 흑인, 인도인들이 이리저리 돌아다니고 있었다. 아주머니의 안내를 받지 않고 혼자 갔으면 정말로 무서웠을 것이다.

"이곳이에요."

엘리베이터를 타고 도착한 곳은 작고 아늑한 집 안이었다.

"이곳이 우리 집이에요."

비록 밖은 낡았지만 안은 영락없는 포근한 한국 집이었다. 도착하자마자 아주머니가 차려준 저녁을 먹었다. 그날이 처음으로 제대로 된 한국 음식을 먹은 날이었다.

"세상에나, 천천히 좀 먹어요. 그럼, 우리에게도 연락이 안 되었으면 영락없이 길거리를 헤맸을 거 아니야? 로마, 밤 되면 위험해요, 위험해. 특히 여자는 더 위험해, 우리 집에 전화하길 잘했어요."

"고맙습니다. 정말 고맙….”

밥 먹다가 갑자기 감정에 복 차올라 눈물이 글썽거렸다.

"아니 먹다 말고 왜 울어요?"

"그냥… 너무 힘들어요. 너무 다 힘들어요… 오늘 오전에는 카프리 투어 놓쳐서 기분 다 잡쳤고 숙소에서나마 편안히 쉬려고 했는데 밖에 쫓겨나다시피 나가고, 여기도 못 찾았으면… 흑흑… 그냥 다 싫어요… 제가 여행을 하러 온 건지 고생을 하러 온 건지…."

"진정하고 물 마시면서 천천히 이야기해요. 아! 그러고 보니 이 비닐봉지에 있는 거 자기 거지?"

아주머니는 안에 있는 딸기 티라미슈를 주었다.

"네… 사실 이거 조지 네랑 같이 나눠 먹으려고 산 건데."

"오늘 자기에겐 이게 필요할 것 같네."

나는 딸기 티라미슈와 받았다.

"오늘 사람들과 로마 야경 보러 갈래요? 기분전환이 될 거예요."

"네…."

아침 일찍 바로 스페인으로 가는 비행기를 타야 하기 때문에 야경 볼 계획은 없었지만 이거라도 안 하면 정말 미쳐버릴 것 같았다. 기대 없이 나갔지만 로마 야경을 본 건 내가 여행하면서 최고로 잘한 선택이었다. 깜깜한 어둠 속에서 주황색 불빛이 화려하게 비추는 것은 사람들을 매혹시키기에 충분했다.

"이 분수대에 동전 한 번 던지면 로마에 다시 올 수 있고, 두 번 던지면 연인과 같이 올 수 있으며 세 번 던지면 소원이 이뤄진대요."

사람들이 모두 너나 할 것 없이 동전을 던졌고 분수대는 이미 사람들로 바글바글해서 마치 개미 떼들 같았다.

"설이 씨! 이리 와서 같이 사진 찍어요!"

"잠시만요… 전 여기 앉아 있을게요."

나는 분수대 앞에 앉았다. 가만히 앉아 눈을 감았는데 사람들의 시끄러운 소리가 뒤섞인 나머지 머리가 멍해졌다. 주머니 속에 손을 넣어 뒤져보니 정확히 3유로(4,500원) 동전이 있었다.

동전 하나를 던졌다.

다음에도 이곳에서 동전을 던질 수 있게 해 주세요.

하나를 더 던졌다.

남자친구와 같이 올 수 있게 해 주세요.

한 번 더 던졌다.

그때는 고생 없이 여행할 수 있게 도와주세요.

현실로 가는 기차

3번 게이트였지? 어디 보자….

나는 비행기 티켓을 뚫어져라 쳐다보았다. 정확히,

―스페인 마드리드행, 3번 게이트.

오늘은 실수 없이 완벽한 여행을 해야지!

오늘은 저가항공을 처음 타는 날이다. 하늘을 나는 기차라고 할 만큼 편하고 값싼 저가항공, 하지만 기차 플랫폼도 제대로 못 찾는 나인데 비행기를 제대로 탈 수 있을까?

"26kg입니다. 짐 무게 6kg이 초과 되었네요."

"그래서요?"

"30유로(43,500원)를 추가로 내서야 짐을 부칠 수 있어요."

"네?!"

역시 처음부터 쉽지 않다.

"배낭 하나는 기내 안에 들일 수 있나요?"

"물론이죠."

그 즉시 바닥에 캐리어를 열어 모든 짐들을 한 가방 안에 쑤셔 넣었지만 6kg 짐들을 다 넣기에는 무리였다. 할 수 없이 30유로를 추가로 내고 타는 수밖에….

3번 게이트를 찾은 뒤 간단하게 샌드위치를 사 가지고 돌아왔는데 3번 게이트 팻말에는 스페인 마드리드가 아닌 오스트리아 빈으로 가는 행선지로 적혀 있었다.

아니! 이게 뭐 어찌 된 일이야? 조금 전까지만 해도 스페인 마드리드라고 적혀있었는데 이거 내 눈이 이상해졌나? 뭐가 어찌 된 거야?

탑승할 시간은 얼마 안 남았는데 순간 패닉이 되어서 마드리드로 가는 게이트를 미친 듯이 찾아 헤맸다.

"찾았다!"

바로 1번 게이트였다. 기다리고 있는 사람에게 물어보니 탑승하기 10분 전, 마드리드가 3번 게이트에서 1번 게이트로 바뀌었다고 한다. 아니 그럼 안내방송이라도 나와야 하는 거 아닌가? 신기한 건 단 10분 만에 이 많은 사람들이 한꺼번에 게이트를 옮겼단 것이다.

다행히 저가항공을 놓치는 불상사는 없었다. 탑승하자마자 바로 잠에 곯아떨어졌다.

그리고 다음 날 아침, 눈을 떠보니 이미 호스텔 안이었다.

비행기에 내리자마자 바로 호스텔로 간 뒤 짐도 풀지 않고 침대에 누운 게 기억났다.

우선 밥부터 먹고 보자….

스페인 마드리드에 대한 정보는 하나도 가지고 있지 않았다. 나는 호스텔 식당에서 좀비마냥 시리얼을 우걱우걱 씹었다.

"저… 혹시 여기에 휴대전화 보지 못했나요?"

"네?"

한 중국인 여자가 나에게 말을 걸었다.

"아니요. 못 봤어요."

"그런가요? 하아….'

"무슨 일이세요?"

"제가 테이블에 휴대전화를 놓고 화장실 갔다 왔는데 없어졌지 뭐에
요."

"네?"

"저번에는 아이팟을 컴퓨터 위에 놓고 갔다가 웬 남자가 가지고 있
는 거예요. 그 자식을 쫓아갔지만 달리기도 얼마나 빠른지…."

그녀는 갑자기 내 옆에 앉더니 내내 하소연했고 나는 시리얼을 먹으
면서 그녀의 이야기를 묵묵히 들었다.

"그나저나 오늘 시내 투어 나가실 거세요? 호스텔에서 마드리드 무
료 시내투어를 한다던데."

"정말요?"

나는 무료라는 말에 귀가 쫑긋거렸다.

"네네! 갈래요 몇 시부터 하는 건데요?"

"10시요."

"갈래요!"

나는 그녀와 같이 시내투어를 가기로 했다. 투어를 하는 사람들은
서른 명이었고 가이드는 빨간 머리에 키 큰 영국 여자였다. 그녀는 마

드리드의 역사와 건물에 대해서 친절하게 설명했지만 대부분 알아듣지 못했다. 마치 토익 리스닝 같았다.

"자자! 여러분, 제가 재밌는 이야기를 해드리죠. 옛날 귀족들은 하나같이 긴 망토를 쓰고 다녔는데 이유가 오물을 맞지 않으려고 하기 때문이에요. 집에 화장실이 없어서 항상 요강에 볼일을 봐야 했기 때문에 요강이 다 차면 집 밖으로 던져요. 그 앞을 지나가는 사람은 오물을 맞지 않으려고 그 즉시 망토로 몸을 둘러쌌답니다. 거짓말 같지만 진짜예요."

"하하하!!"

"하지만 그런 재밌었던 일도 옛날이야기죠. 여러분도 아시다시피 스페인의 실업난은 심각하답니다. 뉴스에서 보는 것보다 훨씬 요. 광장에 많은 인형 탈들을 보셨죠? 일자리가 없다 보니 인형 탈을 쓰는 젊은 이들이 많아졌어요. 씁쓸하지만 현실입니다."

가이드는 스페인의 많은 이야기를 해주었고 우리는 그녀의 이야기를 들으면서 거리를 돌아다녔다. 심지어 몇 군데는 기억해서 혼자 다시 올 수 있을 만큼 익숙해졌다.

"오늘 제 투어를 신청해 주어서 고마워요. 투어가 마음에 드셨다면 팁을 부탁드려요. 부담 주려는 건 절대 아니에요! 마음에 안 드셨으면 안 주셔도 상관없어요."

모두들 눈치를 살폈다. 다들 안다. 이 태양 볕에 30분 넘게 투어를 해 주었는데 팁조차 주지 않은 것은 예의가 아니라는 것을.

아… 이거 얼마 주면 되지? 차라리 액수라도 정해주었으면 편하기라도 할 텐데.

우리들은 머리를 맞대어 5유로(7,250원)면 딱 좋다 싶어서 각자 5유로를 주었다.

"고맙습니다, 제가 좋은 정보를 드리지요. 이 마드리드에 코스요리를 10유로로 먹을 수 있는 레스토랑이 있습니다. 그곳에서 점심을 드실 수 있을 거예요. 10유로 레스토랑으로 가실 분은 이쪽으로 오세요!"

나는 다섯 명의 사람들과 같이 가이드를 따라 레스토랑으로 갔다. 가이드는 본인 친구들을 만나 다른 곳으로 합류했고 우리들은 다른 테이블에 앉았다. 우리는 총 미국인 여자 두 명, 독일 여자 한 명, 브라질 남자 한 명 그리고 나와 중국 여자 이렇게 구성되었다. 하지만 어색해서 모두 침묵만 유지하고 있을 뿐이었다.

브라질 남자는 어색할 때마다, 배고프다! 라는 말을 했고 독일 여자는 핸드폰만 쳐다보았다. 미국 여자 두 명은 본토 애들이라 그런지 말을 빨리했고 나도 뭔가 말을 하려고 하면 이미 다른 주제로 가버렸기 때문에 붕어마냥 멀뚱멀뚱 쳐다볼 뿐이었다.

나는 말없이 혼자 손가락만 꼼지락거렸다.

띠링!

메시지가 왔다. 할 일이 생겨 너무 기쁜 나머지 입이 귀에 걸렸다.

―안녕! 설이. 나 아란챠야! 이 날이면 스페인 마드리드로 온다고 했는데 정말 도착했니?

아란챠다. 프랑스 워크캠프에서 만난 스페인 아란챠! 나는 당장 답변을 썼다.

―웅! 지금 마드리드야 너는?

―당연히 마드리드지! 우리 만나자 점심은 먹었니?

나는 문자에 뜸 들였다. 곧 있으면 우리 음식이 나온다. 하지만 이 것을 먹고 나면 아란챠와 점심을 먹을 수가 없는데… 나는 망설였다. 점심을 먹고 만날 것인가, 바로 일어나서 아란챠와 점심을 먹을 것인 가….

"저… 미안한데 스페인에 사는 내 친구가 방금 연락이 왔어. 먼저 일어나도 되니? 내 것 먼저 계산할게."

나는 점심을 먹지 않고 바로 레스토랑을 나왔다. 10유로를 버렸지만 상관없었다. 우리는 바로 솔(SOL) 광장에 있는 말을 탄 남자 동상 아래에서 만나기로 했다.

"HEY!"

동상 아래에서 고개를 들어보니 분홍색 원피스에 립스틱을 진하게 바른 스페인 여자가 날 보며 환하게 웃고 있었다. 분명 아란챠다.

"아란챠!"

"헤이! 혹시나 싶어서 문자 보냈는데 이렇게 만나게 될 줄이야! 마드리드에 언제 온 거야?"

"어제 왔어. 오자마자 하루 자 버렸지 뭐야. 그리고 오늘 시내투어 나갔고."

나는 프랑스 워크캠프 이후에 있었던 일을 이야기했다. 스위스에서는 인종차별을 당했고, 이탈리아에서는 카프리 섬을 날린 뒤 민박집에서 쫓겨났고 저가항공을 놓칠 뻔 한 일 등등

"오! 이럴 수가! 도대체 어떻게 된 거야?"

"나도 모르겠어… 정말 모르겠어…."

"하지만 나를 만났으니 안심해! 오늘 내가 시티투어 시켜줄게."

"고마워! 하지만 사양할게. 방금 호스텔에서 시티투어 하다가 왔거든."

"정말? 그럼 밥부터 먹자!"

나는 아란챠를 따라 한 레스토랑으로 갔다. 바로 내가 방금 나왔던 10유로 레스토랑이었다.

"여기 값도 저렴하고 맛있기로 소문난 곳이야."

"하하… 그렇구나."

웨이터는 방금 내가 앉았던 방으로 안내했고 다행히도 같이 시티투어를 받은 사람들은 이미 떠났다.

"이렇게 만나니까 정말 반갑다. 나 6일 뒤에 핀란드로 떠나."

"왜?"

"일자리를 구했거든. 정확히 말하자면 2개월 인턴직이지만, 핀란드 대학에서 행정과 비서로 인턴 자리를 구했어."

"정말? 잘됐다. 너에게 정말 잘 되었어!"

"하하하! 맞아 난 정말 운이 좋은 거지. 지금 이 상황에서 비록 2개월 인턴 자리를 얻은 건 정말 운이 좋은 거라고 생각해, 지금 여기 상황이 좋지 않아서 말이야…."

"나도 가이드에게 들었어. 하지만 핀란드에서 일한다면 많은 기회가 생길 거야 그리고 네 경력에도 좋지."

"맞아. 요즘 잠이 들 때마다 항상 워크캠프가 떠올라. 다시 브리트니로 돌아가고 싶어. 그곳에서는 정말 행복했어. 비 오는 것을 투정하거나, 아침밥이 저렴한 것 외에는 별로 스트레스받을 일이 없었거든. 항상 친구들이 있고, 돈이나 앞으로의 미래에 대한 걱정할 필요가 없었

지, 마치 천국 같았어. 하지만 스페인으로 돌아와 보니 역시… 현실과
마주해야 하더라고, 스스로 먹고살아야 하며, 모든 일을 판단해야 하
지."

"맞아… 나도 유럽에 와서 온갖 고생을 했지만 한국에 가면 이 고생
이 그리워질 만큼 차가운 현실과 마주해야 할 거야."

"너는 한국에 가면 뭐할 거야?"

"나도 몰라, 별로 생각하고 싶지 않아. 지금은 여행에만 집중하고 싶
어 비록 이 여행이 고생스러울지라도 말이야."

"하하하!"

난 아란챠와 많은 이야기를 했다. 앞으로의 미래와 워크캠프에 대한
이야기 그리고 우리가 스페인에서 만났다는 것을 캠프 아이들에게 보
여주기 위해 슈퍼에서 스케치북과 펜을 사서, 보고 싶어! 애들아!(We
miss you)를 쓴 뒤 사진을 찍어 포스팅했다.

그래. 고생하는 여행으로 힘들지언정 한국으로 돌아가면 이것마저
그리워할 테지.

파리에서 만난 사람들

아란챠와 헤어진 이후로 한 여행은 단팥 빠진 빵 마냥 먹먹했다. 해변에서 금발 여자가 상의실종한 채 태닝을 하는 것을 보아도, 집시에게 이국적인 목걸이를 사도 여행 하면서 느끼는 그 두근두근한 느낌이 없어졌다. 건축물로 유명한 구엘 공원은 어린이 대공원 같았으며 맛없기로 유명한 곳에서 검은 빠야를 먹었는데 화조차 나지 않았다.

"짐 무게 5kg 초과입니다. 초과 요금은 30유로입니다."

그렇게 스페인에서 여행은 끝났고 파리로 가는 저가항공에서 짐 무게가 초과되자 짐을 한 가방에 구겨 넣었고 무게 제고를 반복하였다. 지상직 승무원도 내가 안쓰러웠는지 몇 킬로 조금 넘어도 보내주었다. 하지만….

"스킨로션은 기내에 반입할 수 없습니다."

바보같이 로션을 백 팩 안에 넣고 들어갔는데 기내 안에 화장품 반입할 수 없다는 것을 깜박했다. 결국 9만 원어치 화장품들을 쓰레기통에 넣을 수밖에 없었다.

짐 초과 요금이 5만 원이었는데….

여행 막바지까지 되었는데도 아직도 이런 실수를 하는 나도 한심스러웠다.

딩동딩동! 니스행 TGV 16번 출구 16번 출구!

프랑스로 다시 왔다. 도착하자마자 들리는 이 안내방송 소리, 프랑스 파리에 다시 왔구나! 좌석 없어요, 돈 다내요, 잘못 탔어요 등 온갖 고생이 담긴 소리를 듣는 순간 지난 일이 영화 필름마냥 내 머릿속을 스쳐 지나갔다.

하지만 이제 그런 고생과는 바이바이! 왜냐? 숙소 예약은 이미 해 놓았고 파리는 이미 여행한 경험이 있기 때문이다. 나는 핸드폰에 미리 캡처해 둔 민박 찾아오는 길을 보았다.

― ***역 밖으로 나오셔서 전화하면 픽업해드립니다.

역 출구가 여러 개인데 도대체 몇 번 출구로 나오란 이야기야?

나는 무작정 아무 출구로 나와서 민박집에 전화를 걸었다.

"역 밖으로 나오셨다고요? 그럼 까르푸 쪽으로 오세요. 그쪽으로 픽업해 드릴게요!"

"까르푸가 뭐지? 프랑스 식당 이름인가?"

나는 사람들에게 물어물어 겨우 도착했는데 까르푸가 대형 슈퍼마켓이란 것을 그날 처음 알았다.

"안녕하세요! 박설이 씨 되시죠?"

"아… 민박집…."

"네… 안녕하세요 ***민박입니다. 짐 이리 주세요. 들고 오시느라 힘

드셨을 텐데….”

“감사합니다.”

민박집 후기를 보았을 때 사장님이 조선족 사람이란 글을 보았는데 옆집 아저씨처럼 포근하고 말을 잘해서 사장이 바뀌었구나 생각했다.

“어? 티 나나요?”

“네…?”

그런 의도가 아니었는데도 사장님 얼굴이 죄진 사람 마냥 부끄럽고 숨기고 싶은 표정이었다. 그 이후로 계속, 조선족인 거 티 나나요? 를 계속 물어보았다.

“괜찮아요, 사장님. 전 그런 거 상관 안 해요.”

“하지만 손님들이 상관해요. 최근에 컴플레인 받아서….”

“무슨 컴플레인이요?”

“사장이 조선족이어서 마음에 안 든다. 뭐 그런 말 있잖아요….”

“세상에….”

“제가 괜한 말을 했군요. 신경 쓰지 마세요….”

그는 한숨을 쉰 채 걸어갔다. 민박집에 도착하자마자 사장님의 도움을 받아 짐을 옮기고 방으로 들어갔다.

“엄머~~ 우리 싸쟝님 오셨나 봐!”

방에 들어가자마자 날씬한 파마머리 아주머니가 너무 반갑게 사장님을 맞이했다.

“정말이지 체면 좀 지키라니까.”

옆에 있는 뚱뚱한 아주머니가 파마머리 아주머니 허리를 꼬집었다.

“아야앗! 아퍼엇!!!”

"하하하… 오늘 밖에 안 나갔다 오셨나 봐요."

"엄뭐~~ 어제 새벽까지 술 마셔서 어떻게 일어나서 관광을 가용~호 홍홍. 그나저나 여긴 새로 온 손님 인가 봉~."

"아… 안녕하세요."

"어머!! 귀여워라. 몇 살이야?"

"스물세 살이에요…."

"그래그래 우선 짐 싸고 들어가 봐 나와서 같이 점심 먹자!"

"네…."

나는 방으로 들어가서 짐을 정리하고 있었는데 잠시 뒤 다른 여성분 이 들어오더니 눈이 팅팅 부은 채로 울먹거렸다.

"하아… 정말이지 미치겠네…."

그녀는 스스로 화를 참지 못하고 버럭 소리를 질렀다.

"정당하게 일하면서 살지 비겁하게 남의 돈을 강탈하다니!"

"저… 저기 괜찮으세요?"

"아, 죄송해요… 정말이지 분해서 참을 수가 없어서… 흑흑흑…."

그녀는 나에게 있었던 모든 일을 털어놓았다. 소매치기를 연속으로 두 번 당했는데 한번은 동행과 길을 가다가 한 무리들이 둘 사이를 갈 라놓더니 본인만 에워싸고 가방을 가져갔고 오늘은 뒷주머니에 핸드 폰을 넣었다가 소매치기를 당했다고 한다.

그녀는 말하면서 울분을 참지 못했는데 무엇보다 이런 일에 제대로 대처하지 못한 자신에 대한 속상함이 큰 것 같았다. 비록 나는 소매치 기를 당하지 않았지만 고생을 많이 해서 그 마음을 누구보다도 더 잘 알았다. 특히 핸드폰과 카메라는 돈으로도 바꾸지 못 하는 추억이 담긴 모든 것인데 백 배는 더 아플 것 같았다. 하지만 한 편으로는 돈 많이 쓰고 바가지도 당했지만 소매치기만은 당하지 않은 것이 위안이 되었다.

"그러길래 바보같이 왜 핸드폰을 뒷주머니에 넣었어? 자기 어제 가방 소매치기당한 것도 모자라서, 정신 못 차렸구만! 은경 씨!"

갑자기 파마머리 아주머니가 들어오더니 울고 있는 분을 따끔하게 혼냈다.

"와서 밥이나 먹어. 쯧쯧… 정신 놓고 다니면 위험한 곳이 파리인데…."

점심을 먹으면서 파마머리 아주머니는 진심으로 그녀의 이야기를 들어주었다.

"오늘같이 있어주고 싶은 데 중요한 일이 있어서 그럴 수가 없네. 그러고 보니 새로 온 친구는 뭐 할 거야 오늘?"

파마머리 아주머니는 나에게 물었다.

"글쎄요… 여기 갤러리 라파예트라는 백화점이 유명하다고 들었는데 가서 쇼핑 구경하게요."

"그래그래 잘되었다."

"저… 혹시 괜찮으시다면 같이 갈 수 있을까요?"

소매치기당한 분은 훌쩍거리며 나에게 물었다.

"그래그래 같이 가~ 혼자 울고 있으면 시간 버리는 거야. 파리까지 왔는데 방구석에서 울고 있으면 자기만 손해야."

"흑흑… 네…."

나는 밥을 다 먹고 은경 씨와 같이 나갔다.

"저… 라파예트에서 뭐 사실 거세요?"

은경 씨가 물었다.

"글쎄요… 가족, 친구 선물로 핸드크림 사게요. 프랑스 제품을 한국보다 훨씬 저렴하게 구입할 수 있대요."

"네…."

나는 파리에서 가장 유명한 백화점 갤러리 라파예트로 갔다. 청담동에 있는 백화점보다 훨씬 고급스럽고 크기도 클 거라고 생각했지만 막상 가보니 생각보다 훨씬 작았고 명품 코너들도 오밀조밀 붙어있어서 그냥 동내 아웃렛 같은 느낌이었다.

백화점에 들어서자마자 많은 사람들로 북적북적했으며 프랑스 현지 사람보다 외국사람 들이 더 눈에 띄었다.

몇십 명의 손님들이 한꺼번에 우글거리는 중국 관광객들, 제품을 오밀조밀 살피며 입술을 씰룩거리는 일본 관광객들, 현지 가격과 한국 가격이 얼마 차이 나는지 살펴보는 한국 관광객들, 영어를 줄기차게 말하는 미국 관광객들, 그 밖의 다른 나라 관광객들 등… 이 백화점은 마치 인종 용광로와 같았고 나는 재빨리 핸드크림 다섯 개를 산 뒤 그곳을 빠져나왔다.

"사람들에게 치어 죽는다는 게 어떤 의미인지 알 것 같아요."

"오늘 무슨 날인가요? 주말도 아닌데…."

"그러게나 말이에요. 그나저나 은경 씨는 언제 집에 가세요? 저는 곧 있으면 집에 가는데…."

"저는 5일 뒤면 가요. 이탈리아 섬에서 6개월 동안 어학연수 했고 그 뒤로 파리하고 스페인에서 관광할 계획이었어요. 하지만 하아… 소매치기당해 기분 잡쳐서….”

“아… 하하하하… 그럼 그… 이탈리아 섬에서 6개월 동안 있으셨단 말이죠? 정말 재밌었을 것 같아요.”

“뭐, 흠흠… 휴양지로도 인기 있는 곳이니까요. 매일 해변을 보면서 공부하는 게 낙이었어요.”

그녀는 어학연수로 있었던 섬이 얼마나 아름다운 곳인지 이야기했으며 덕분에 우울했던 얼굴에 밝은 미소를 볼 수 있었다.

“그래도… 저 이렇게 소매치기당해도 잘한 것 하나는 있어요. 파리에서 스페인으로 가는 저가항공을 3만 원에 끊은 거 알아요? 일찍 예약해서 싸게 구입할 수 있었어요. 무조건 일찍 끊을수록 저렴하다니까요.”

“정말요? 저는 짐 무게 포함해서 13만 원씩이나 썼는데 저보다 4배는 더 저렴하게 구입하셨네요.”

“하하… 그나마 잘한 건 저가항공이죠, 뭐….”

그 뒤 우리들은 노트르담 성당, 생폴 거리를 걸으면서 이야기했다.

“에펠탑을 한눈에 볼 수 있는 공원이 있는데 그곳으로 야경 보러 갈래요? 저번에 가봤는데 정말 멋지더라고요.”

은경 씨는 신나면서 말했다.

“네! 갈래요! 밤에 에펠탑을 가보았지만 바로 앞이라 한눈에 보기는 힘들었거든요.”

“그럼 이번 기회에 같이 에펠탑 볼까요?”

우리들은 공원을 가기 위해 곧장 지하철을 탔다.

“헉… 저기 저거….”

"어머… 저 사람 몸매 봐….'

지하철 도로에서 우리 눈을 사로잡는 사람이 있었으니 그녀는 보통 사람보다 유난히 키가 크고 말랐으며 소화하기 힘든 옷을 멋지게 차려 입은 채 옆 남자와 이야기를 하고 있었다.

"모델인가 봐요. 너무 멋지다… 근데 여기서 뭐 하고 있는 거지?"

"글쎄요….'

패션모델을 뒤로 한 채 우리들은 공원에 도착했고 주변에는 온통 에 펠탑 기념품을 파는 상인들로 가득했다. 은경 씨는 소매치기당해 정신 이 없어 친구들에게 기념품을 하나도 사지 못해 1유로에 두 개인 에펠 탑 열쇠고리를 총 서른 개를 샀다.

"완전 짠돌이야 서른 개나 샀는데 어떻게 1유로도 안 깎아주지?"

은경 씨는 씩씩거리면서 갔지만 더 대박인 것은 그 뒤에 있었다.

"에펠탑 열쇠고리 다섯 개에 1유로요!!"

"이건 사기야!"

은경 씨는 분해하며 펄펄 뛰었다.

"은경 씨 진정해요… 그냥 잊어요."

"다섯 개에 1유로라니! 내가 산 곳은 두 개에 1유로였는데!!"

은경 씨는 씩씩거렸으나 나는 그녀를 공원 위쪽으로 억지로 데리고 올라갔다. 에펠탑의 야경은 예상보다 훨씬 아름다웠고 원근법 따위를 무시한 채 내 앞에 떡하니 있는 그 모습은 아직도 잊을 수 없었다. 마치 혼자 어둠 속에 빛나는 여자를 보는 것 같았다.

"환불받아볼까요?"

은경 씨는 이 화려한 에펠탑을 앞에 두고 고작 2유로 손해 보았다고 투덜거렸다. 몇십만 원 뜯긴 것도 아니고 고작 몇천 원 때문에 이 광경을 즐기지 못하는 그녀가 안타까웠다.

"설이 씨, 저 이대로라면 분해서 못 참아요."

그녀는 다시 처음에 산 곳으로 가서 당장 환불 해 달라 으름장을 놓았고 놀랍게도 상인은 환불은 안 되지만 교환은 가능하다고 했다. 은경 씨는 환불이 안 된 것에 대해 툴툴거렸지만 나는 교환을 해준다는 것만으로도 대단하다고 생각했다. 더듬거리는 영어로 애써 말하는 것을 보고 우리를 만만하게 여겨 불어로 호통 칠 줄 알았는데 쉽게 꼬리를 내리다니 이것은 정말로 대단한 것이다.

그리고 은경 씨는 매우 만족스러운 표정을 지으며 열쇠고리와 자석을 손에 쥐었다.

금색 빛 드레스를 입은 에펠탑 불빛과 흑인들이 던지는 파란색 야광봉이 바닥을 예쁘게 비춰주었다.

그 뒤로 우리들은 대부분의 시간을 파리 골목을 돌아다니거나 골동품을 구경하고 카페에 앉아 커피를 마시거나 산책하는 데 시간을 보냈다. 그녀의 소매치기 아픔은 시간이 지나자 점차 회복되었고 마지막 날에는 다음 여행이 기대된다며 웃으면서 떠났다.

"박설이. 여기야 여기!!"

인천공항에 도착하자마자 엄마가 나를 보더니 반갑게 맞이해주었다.

"아주 새까매졌네. 못 알아보겠어! 짐 이리 줘."

"고마워."

"여행은 어땠어? 이야기 좀 해봐."

차를 타고 집으로 가면서 모든 것을 이야기했고 도착할 때까지 나의 여행 이야기는 끝나지 않았다.

"그래서 많이 배우고 왔어? 유럽에 가서 말이야."

솔직히 유럽에 가서 신진 물품을 가져온 사람 마냥 무언가를 확 배워왔다고 말할 수는 없었다. 하지만 분명한 것이 있다면 나는 달라졌다. 우선 서양 사람을 만나도 겁나지 않은 것과, 내 말을 확실하게 말하는 방법 등 전보다 성장했다는 것이 느껴졌다.

"그럼 너 다음에도 유럽 갈 거야?"

"그러려면 우선 돈부터 모아야겠지."

"하하하."

오랜만에 집에 오니 기분이 낯설었다. 유럽에서 떠돌며 구한 6인실 호스텔이 아닌, 아늑한 나의 방.

프랑스에서 만난 다휜 언니와 캠프에서 만난 아이들, 마리, 아란챠, 담라, 두체는 뭐하고 뭐 하고 있을까? 스위스에서 만난 라딕, 보이젝, 소냐, 나초, 프루지나는 지금쯤 자고 있겠지? 사키와 아야는 학교로 복학했겠고… 마치 환상 속에서 놀다가 현실 세계에 돌아온 느낌이야, 친구들과 같이 지냈다는 것이 믿기지가 않네.

우선 잠부터 자야지.

침대에 누우니 푹신하고 스르르 저절로 눈이 감겼다. 두꺼운 이불과 보일러 난방 덕분에 오랜만에 기분 좋게 잠이 들었다.

유럽, 뭐 타면서 다닐래?

유럽으로 가는 저렴한 비행기!

저렴하게 갈 수 있는 비행기는 당연히 외항사 (외국 비행기)이다. 직항인 국내선보다 가격이 훨씬 저렴하며 운 좋게 프로모션, 이벤트가 열리는 날에는 100만 원 선에서 갈 수 있는 사실! 유럽 여행 가기 최소 4개월 전부터 항공 사이트를 여러 차례 방문하는 것은 기본! 그럼 어떤 외국 항공사가 있을까?

1. 중동 항공사
—카타르 항공
—에티하드 항공
—에미레이트 항공
유럽 취항지 거의 다 갈 정도로 노선이 정말 많다. 좌석도 편안하고 이벤트도 많이 하는 편이라서 개인적으로 선호하는 곳, 해당 공항에 경유할 때 가장 다양한 인종들을 볼 수 있고 여러 부인들이 남편을 따라가는 광경도 가끔 목격될 수 있음

2. 아시아 항공사
—싱가포르 항공
—중국 국제항공
—동방 항공
—남방 항공
—케세이 퍼시픽
—전 일본공수(ANA)
유럽 취항지가 타 항공사보다 한정되어 있지만, 한국인 승무원이 자주 탑승해서 타 항공사보다 위화감은 덜하다. 싱가포르 공항에는 비행기 기다리는 탑승구 쪽에 '무료 발 마사지 기계' 가 있는데 마사지하면 시간 가는 줄 모른다.

3. 유럽 항공사
—핀에어—오스트리아 항공

—KLM —체코 항공
—러시아 항공—터키 항공
—루프트한자—알 이탈리아
—영국 항공
해당 항공사에 있는 나라를 직항으로 갈 수 있다. 러시아 항공은 여기 있는 항공사보다 가장 저렴하지만 '짐 분실이 잦고 낙후된 비행기 VS 저렴한 가격에 요즘은 새 비행기 많이 들여온다' 등 호불호가 갈린다.

4. 여행사
—옥션 항공—모두투어 항공
—인터파크 항공—하나투어 항공
—땡처리 항공
—와이페이모어
—11번가 항공
—지마켓 항공
—키세스 *국제 학생증 소지자만 가능
여행사 항공권은 외국 항공사 홈페이지에서 구입하는 것보다 저렴하게 구입할 수 있고 항공사마다 가격이 얼마인지 보기 쉽게 나열되어 있다. 하지만 구간 날짜 변경, 환불을 할 시 수수료가 많이 든다. (5—10만 원 정도)

기차, 저가항공, 버스 대중교통 이용방법

1. 기차
1) 철도청을 이용하자!
독일 철도청: www.bahn.de 프랑스 철도청: www.tgv—europe.com
이탈리아 철도청 www.trenitalia.com 스페인 철도청 (렌페) http://www.renfe.com
기차표를 미리 예약해서 탑승해야 하며 '여행 계획대로 간다면' 가장 저렴하게 갈 수 있는 방법! 배낭 여행자들이 가장 선호하는 방법이다. 하지만 여행 도중 기차를 놓치는 등 환불이나 다른 티켓을 바꿔주지 않는다.
원래는 환불, 다른 티켓을 받을 수 없지만 나

를 포함한 몇 사람은 사정을 이야기해서 저렴한 가격, 혹은 무료로 받은 일화가 있어서 '불가능'이라고 말할 수가 없다. 이것도 어떤 직원을 만나느냐에 따르니 거의 도박에 가까우므로 웬만하면 제시간에 도착해서 타자.

2) 유레일 패스!
놀이동산 자유이용권처럼 고속 기차를 자유이용권처럼 탑승할 수 있는 개념이지만 '예약비'의 함정이 있다. 유레일로 기차 탑승할 수 있다고 생각하겠지만 '25번 C 좌석'까지 예약비까지 지불해야 완벽하게 탑승할 수 있는 사실!
a) 레일 유로 http://www.raileurope—world.com/
*외국 사이트를 이용하면 더 저렴하게 구입할 수 있다.
b) 여행사 유레일 패스 구입(옥션, G마켓, 11번가 등)
*잘 비교하면 저렴하게 구입할 수 있지만 변경 시 수수료 든다.

유레일 패스 국제선 이용 시
다른 나라로 이동하든 반드시 '예약비'를 지불해야 한다. 2등석 기준으로 어느 나라로 가느냐에 따라 천차만별이며 평균적으로 30유로(35,000원) 정도 생각하면 된다.
다만 영국으로 갈 수 있는 '유로스타' 기차는 80유로 (95,000원) 매우 비싸다!

유레일 패스 국내선 이용 시
예약비를 반드시 지불해야 하는 국내선, 굳이 안 내도 되는 국내선이 있다. '굳이 안 내도 되는 국내선'은 만석일 시 서서 가야 한다는 사실, 자리가 여유가 있으면 아무 곳에 앉아서 가도 된다.
특히 프랑스 TGV는 유레일 소지자 예약좌석이 30%밖에 없고 예약좌석이 다 차면 표를 새로 끊어야 하는 절망적인 상황이 찾아온다.

예약 필수!

나라	기차	가격 (2등석 기준)
불가리아	Ekspresen	0.25€
크로아티아	ICN	1€
	IC	1€
체코	Super city	8€
핀란드	Pendolin	3€
프랑스	TGV	9€
	InterCites	6€
	Intercites de Nuit	9€
독일	ICE sprinter Thalys	11.50€
		5€
그리스	ICE	예약비용X
헝가리	IC	2€
	IP	0.50€
이탈리아	Le Frecce /EC	10€
폴란드	EC	1.50€
	EIC	3€
	EX	3€
		0.85€
포르투칼	IC	5€
루마니아	A, R, IC	1€
세르비아	ICS	3.40€
슬로바키아	IC	5€
슬로베니아	ICS	3.40€
스페인	Arco /Talgo/Diurno	6.50€
	Avant	6.50€
	AVE	10.00€
	Euromed/Alvia/Alaria	6.50€
	TRD	4.50€
스웨덴	IC	3€
	SJ	7€
	Ceolia Transport	5€

2. 저가항공
가격도 저렴하고 시간 절약하기 위해 기차보단 저가항공으로 눈을 돌리는 사람들이 많다. 일찍 예약할수록 가격이 저렴한 것은 물론이요. 가방 하나 혹은 해당된 사이즈 케리어는 기내에 들고 갈 수 있으며 잘 끊으면 '3만 원'에 예약했다는 사람이 있다. 하지만 기내에서 주는 밥, 물 한 모금까지도 돈을 내야 하며 좌석지정 및 추가 위탁수하물을 지정하는 것도 유료다.

—이지젯 http://www.easyjet.com/
—부엘링 www.vueling.com/en

—저먼 윙스 www.germanwings.com
—에어 베를린 www.airberlin.com
—라이언 에어 www.ryanair.com

라이언 에어는 탑승 3시간 전까지 '온라인 체크인'을 해야 하는데 안 하고 몸만 가면 추가 요금으로 70유로 (78,000원)를 내야 한다. 탑승 전 1~2주 사이 메일로 온라인으로 체크인하라고 연락이 오는데 링크 따라 온라인 체크인을 하거나 메일이 안 오면 직접 홈페이지에 들어가서 '온라인 체크인' 창에서 예약을 하고 프린트해서 보여줘야 추가 요금을 안 낸다.

3. 버스
기차보다 비행기보다 저렴한 것! 바로 버스! 하지만 최대 단점은 시간도 많이 걸릴뿐더러 오랜 시간 동안 타면 불편할 수밖에 없다. 영국에서 다른 유럽국가로 가는 기차 '유로스타'가 워낙 비싸서 버스를 이용하는 사람들이 많다. 개인적으로 국내를 돌아다닐 때나, 시간이 많이 걸리지 않은 곳을 다닐 때 추천한다.

—유로라인: www.eurolines.com/en
—알사 버스: http://www.eurolines.es/en
—메가버스: www.megabus.com
—스튜던트 에이전시: http://bustickets.
 studentagency.eu
 *공짜로 커피 마실 수 있다

유럽에서 현지인처럼 사는 법!

숙식비 걱정 없이 저렴한 가격으로 유럽 한 지역에서 오래 있고 싶다면?! '워크캠프'를 추천한다. 나의 노동을 제공하며 각국에서 온 아이들과 함께 지낼 수 있다. 세계 각국에서 온 아이들이므로 대화를 통해 좁은 시야를 넓히는 계기가 될 수 있다. 일이 끝나고 자유 시간

을 갖는데 낮잠을 자거나 주변 관광지를 다니는 등 자유롭게 여행할 수 있다. 기간은 짧게는 1주일 길게는 한 달 동안 지낼 수 있으며 워크캠프가 끝나고 참가인증서까지 받으면 스펙에 도움이 될 수 있다. 단점은 지원 시 참가비를 내야 하며 항공권도 본인이 직접 구매해야 하는데 여행 겸 워크캠프를 끼워 넣으면 효율적으로 참가할 수 있다. 지원하고 싶으면 우리나라에 있는 2곳의 에이전시의 도움을 받으면 된다.

IWO : www.workcamp.org
'워크캠프' 치면 가장 먼저 나오는 유명한 곳이다. 홈페이지도 깔끔해서 정말 보기 좋게 만들었으며 '참가비 무료, 항공권 지원되는 6개월 워크캠프' 등 여러 이벤트가 있으니 홈페이지를 꼼꼼히 살펴보라.
참가비: 350,000원~ 450,000원
*특정 국가에는 현지 참가비를 추가로 내야 함

SCI : http://workcamps.info/icamps/KR
—SCI/en/ (지원하는 곳)
http://www.scikorea.org (한국어 홈페이지)
역사적으로 오래되었다. 한국어 SCI 홈페이지는 단순하지만 지원하는 홈페이지는 영어로 되어있고 어려워서 워크캠프 참여자들도 잘 모르는 곳이다. 하지만 이곳의 장점은 IWO 보다 '참가비'가 훨씬 저렴하며 여러 캠프를 더 참여하고 싶으면 80,000만 원만 내면 된다. 또한 참가 보고서를 제출하면 30,000원의 원고료도 주므로 꽤 짭짤한 곳이다.
참가비: 250,000원 (1개 캠프 더 추가 시 100,000원 추가)
*특정 국가에는 현지 참가비를 추가로 내야 함

참가방법
1) 해당 캠프 선택 후 신청서 제출
 —신청서는 주로 '지원동기'이고 영어로 써야 한다. 캠프에 따라 추가로 신청서를 해당 메일로 보내야 하는 경우도 있다.

2) 참가비 입금
　—신청서 제출 후 3일 안에 내야 하며 불합격될 시 전액 환불 혹은 다른 캠프로 지원할 수 있게 도와준다. 참가비를 제출해야 해당 캠프에 지원서를 보내주기 때문에 누가 참가비를 빨리 내느냐에 따라 합격/불합격이 갈리게 되며 결과통보는 1~3주 정도 받을 수 있다.

3) 워크캠프 참가
　—합격되면 해당 워크캠프가 열리는 지역과 시간, 찾아가는 법, 워크캠프 리더의 번호를 이메일로 보내준다. 혹시 찾아가기 어렵거나 길을 잃어버릴 시, 한국 워크캠프 지사에 연락하거나 캠프 리더에게 전화를 걸면 된다.

워크캠프 주제와 숙식
1) 워크캠프 주제
　—아이들에게 영어를 가르치는 영어캠프 선생님, 낡은 벽을 허물고 보수공사를 하는 막노동, 벽 페인트칠하기, 로마 병사 코스튬 입고 박물관 안내 등 주제는 여러 가지이다. 주로 막노동이나 환경보호 같은 주제를 많이 하는 편이며 파티나 축제 참여 같은 주제는 인기가 많으므로 경쟁률이 매우 치열하다.
2) 워크캠프 숙식
　—밥은 하루 세 끼 다 주는 곳도 있고 한 끼만 주는 곳 등 다양하다. 내가 참가한 곳만 이야기하자면 아침은 빵과 우유 시리얼 티를 주었고 점심과 저녁은 캠프가 제공하는 돈으로 재료를 사서 만들어 먹었는데 각국의 음식을 먹는 좋은 기회가 되었다.
　—숙소는 텐트, 오두막, 별장, 학교 안 매트리스, 침대 등 다양하다. 또한 샤워실, 화장실이 멀쩡히 있는 곳도 있고 찬물만 나오는 곳, 농가 옆 단체 샤워실, 공중화장실이 있다. 방은 한방에서 남녀 섞어서 지내는 곳, 2명씩 한방을 쓰는 곳 등 다양하다.

챙겨 가면 좋은 것들
1) 한국 기념품 및 먹을거리

　—참가자 대다수가 불고기를 해주어서 아이들이 좋아했다. 라고 한다. 한국을 알렸다는 뿌듯함과 함께 몇 가지 기념품을 주면서 한국을 소개하면 더없이 좋은 추억으로 남는다. 내가 참가했을 당시 불고기를 못 들고 갔지만 튜브형 바비큐 맛 고추장을 들고 가서 음식에 뿌려주었는데 다들 환호성을 질렀다.

2) 담요/패딩
　—지금 생각해도 텐트는 육체적으로 최악의 숙소로 기억한다. 여름인데도 북쪽 지역은 밤이 되면 추웠기 때문에 텐트 바닥이 너무 차가워서 하루에도 몇 번씩 깼다. 해당 캠프 지역이 북부지역, 산속이라면 담요는 필수요. 패딩이면 더 좋겠지만 좀 오버라고 생각되면 따뜻한 옷을 챙겨 가면 효율적이다.

효율적으로 여행하자!

1. 돈 관리 하는 법
　—환전 앱과 메모장은 필수!

1유로가 100원 같고 10유로가 1,000원 같이 보이는 것은 여행을 오래 하다 보면 저절로 환율 개념이 없어지기 마련이다. 당신도 모르는 사이 돈이 술술술~~그런 사람들을 위해서 환전 앱과 메모장은 필수다! 우선 물건을 사기

전 환전 앱을 이용해 그 가격이 원화로 얼마인지 확인 후, 메모장에 메모하는 습관은 틈틈이 해야 돈이 어디서 새는지 확인할 수 있다. 30유로보다 36,000원을 썼디는 게 하나하나 적다 보면 돈이 왜 그렇게 더 와 닿지 않는가!? 세어나갔는지 알 수 있을 것!

2. 프랑스 대중교통 티켓 종류
—대중교통 기본 이용권 1.70€ (2,000원)

a) RER 은 무엇인가?!
우리나라 인천공항 같은 프랑스 '샤를 드골 공항'에 도착하면 가장 먼저 사야 할 것은 바로 RER 기차 티켓이다. 기차라고 해서 유레일패스가 통용되는 고속열차 그런 게 아니라 파리 시내까지 갈 수 있는 기차다. RER A B 열차는 샤를 드골 공항에서 시내 숙소로 가는 편리한 교통수단이고 RER C 열차는 오를리 공항으로 갈 때 이용하면 된다.

RER A - 파리 디즈니랜드, 라데팡스, 리옹, 샤뜰레 레 알, 오베르 역 (라파예트 백화점)
RER B - 파리 북역, 생 미셸, 샤틀레 레 알, 뤽상부르공원.
RER C - 에펠탑, 오르세 미술관, 노트르담 성당, 앵발라드 (나폴레옹 묘), 오스터리츠, 오를리 국제공항역 (역 밖에서 공항으로 가는 셔틀버스 타야 함)

b) 나비고
파닥파닥 나비가 아니라 우리나라 티머니 비슷한 교통카드다. 1주일 나비고, 1개월 나비고가 있으며 일정 기간 동안 지하철, 버스, RER, 공항버스, 야간버스를 무제한으로 이용할 수 있다. 증명사진+카드구입비 5유로 (6,000원)와 1주일권 구매 시 월—일요일 이렇게만 계산된다. 예를 들어 화요일 날 구매했어도 일요일까지밖에 못 쓴다.

1주일 권

1—2존 20.40€ (24,000원)
1—3존 26.40€ (31,000원)
1—4존 32€ (38,000원)
1—5존 34.4€ (34,000원)

한 달권
61.10€ (73,000원)

c) 지하철 10일 이용권 (까르네)
지하철 티켓 10장을 묶어서 구매하는 것이며 원래 티켓 한 장 값이 1.70€ (2,000원)이니 티켓을 일일이 10번 사는 것보다 4.5€ (5,000원) 를 절약할 수 있다.
가격: 13.30€ (15,000원)

d) 모빌리스
월~일: 5:30am~1:00am
금, 토요일: 5:30am~2:30am(사용자에 한함)
일정이 짧은데 대중교통을 많이 사용할 경우 유리하다. 당일 날 해당 시간 동안 지하철, RER, 버스 트램등 무제한 이용과 환승 가능하며 사용하기 전 사용자 이름과 사용 날짜를 적어야 한다. 베르사유, 라발레 아웃렛, 디즈니랜드 갈 때 유용하다.

1~2존: 6.6€ (8,000원)
1~3존: 8.8€ (10,000원)
1~4존: 10.85€ (13,000원)
1~5존: 15.65€ (19,000원)

3. 어떤 신용카드를 선택해야 할까?
웬만하면 VISA, Master card를 들고 가는 것이 낫다. 왜 이런 당연한 이야기를 하냐고 묻는 사람들도 있을 텐데 당시 내가 들고 갔던 카드는 다른 회사의 국제카드였고 현지에서 카드 결제 시 오류가 난다고 하였다. 카드가 문제가 아니라 그 가게에서 통용되지 않은 거였고 이런 불상사를 피하기 위해서는 남들이 많이 가지고 다니는 카드를 가져가는 것이 좋다.

4. 파리에서 삥 뜯기지 않는 방법

파리 몽마르트르나 유명 관광지에 가면 소위 '삥'을 뜯기는 일이 심심찮게 발생한다. 최소 5€~50€ (6,000원~60,000원)까지 참 다양하게 뜯긴다. 보통 무리 지으며 '하쿠나 마타타'라며 싸구려 팔찌를 채운 뒤 돈 내놓으라 하거나 서명운동에 동참해 달라며 사인한 뒤에는 돈을 내놓으라는 경우가 많다. 이럴 때는 겁먹지 말고 혼자 팔짱 끼며 진지한 표정으로 빨리 전진하는 것이 최선이다. 조금이라도 어버버한 표정을 보이면 득달같이 달려들기 때문에 최대한 포커페이스를 유지한 뒤 갈 길을 가는 것이 최선이다.

파리를 색다르게 즐기는 멋!

1. 프랑스 3대 쇼!
   물랭루주, 리도쇼, 크레이지 호스,

물랭루주

7:00pm - 195€ (230,000원)
9:00pm— 112€ (133,000원)
11:00pm— 102€ (121,000원)

프랑스 원조 섹슈얼 쇼 '물랭루주' 오래된 만큼 벗고 화끈하게 추지만 그래도 '리도'와 '크레이지' 보다는 '캉캉' 같은 보수적인 쇼를 고수한다. 가격에 비해 쇼가 심심하다는 평이 많지만 그래도 프랑스 하면 떠올리는 붉은 지붕 물랭 루주!

리도쇼

1:00pm - 165€ (197,000원)
3:00pm - 115€ (137,000원)
7:00pm - 165€ (197,000원)

쇼보다는 음식이 맛있다는 리도쇼, 라스베이거스 스타일을 지향하는 쇼이며 이제는 물량보다 리도쇼가 더 좋다는 사람들이 많으며 평도 나쁘지 않다.

크레이지 호스

7:00pm - 105€ (125,000원)
8:15pm - 105€ (125,000원)
9:00pm -115€ (137,000원)
9:30pm - 105€ (125,000원)
10:45pm - 85€ (101,000원)
11:45pm - 105€ (125,000원)

위에 있는 쇼보다 가격이 훨씬 저렴하며 가장 화끈하고 역동적인 쇼라고 불리우는 크레이지 호스, 물랭루주가 중년, 리도쇼가 젊은이라면 크레이지 호스는 거침없는 10대 느낌이다.

2. 파리의 인공해변

우리나라로 비유하자면 한강에 인공해변이 있는 것과 같이 7~8월이 되면 파리 센강에 인공해변이 생긴다. 입장료는 무료이며 바캉스를 즐기지 못한 파리 시민들을 위한 행사로 모래사장, 파라솔, 야자수, 샤워기까지 준비되어 있다. 7~8월 달에 파리에 가면 수영복을 꼭 챙기시길.

지하철을 타고 '루브르—히볼리', '퐁네프', '샤틀레', '오뗄 드빌', '생폴', '쉴리 모흘랑' 역 아무 곳에서나 내린 뒤 센 강 쪽으로 이동하면 된다.

3. 파리에서 거리 마사지 받기

그 인공해변 근처에 거리 마사지가 있다. 센강 쪽에 많이 있으며 대부분 흑인, 백인 마사지사가 있지만 대부분이 동양계통 사람들이 하는 경우가 많다. 머리, 어깨, 발 마사지 이렇게 있는데 솜씨는 썩 만족스럽지 못하므로 재밌으니 체험해보자 식으로 하면 좋다. 가격은 무료지만 웬만하면 3유로 (3,500원)를 팁으로 주자.

혼자 다니기 심심해!
나랑 놀 사람!

1. 유럽 여행 동행 구하기

동행은 민박집, 호스텔 심지어 비행기, 공항

안에서도 생기기 마련이다. 대부분 한인 민박에서 만난 사람들 혹은 호스텔에서 한국 사람과 만나 친해지면 일정이 맞으면 같이 다니는 경우가 대부분이다. 그래도 동행이 생기지 않는다면? 그럼 다니기 3~4일 전에 유럽 여행 카페 유랑 (http://cafe.naver.com/firenze)에 '동행 구함'에 들어가서 해당 국가, 날짜에 같이 여행할 사람을 찾거나 직접 글을 올리는 것이 좋다. 하루만 다니고 깨끗이 헤어지거나 오랫동안 같이 여행할 사람을 찾을 수 있다.

2. 숙소예약 할까? 하지 말까?

숙소 예약 할 시 : 다음 날 잠자리 걱정이 안 되지만 여행 일정 변경 시 애물단지 된다.
숙소 예약 안 할 시 : 일정 변경, 자유로운 여행을 할 수 있지만 잘못 하면 노숙자 된다.

숙소예약은 꼭 해야 하나? 잘못 하다 노숙자 되면 어쩌지? 내 경우엔 숙소 예약할 시 내가 여행한 결과 아무리 성수기 때여도 숙소 한자리는 남아 있었다. 문제는 2~3시간 내내 케리어 끌면서 호스텔, 민박집 다 돌아다녀 겨우겨우 찾아야 한다는 것이 문제였지만. 그러니 혼자 배낭여행 떠날 시 숙소예약을 하기 싫으면 한국에서 미리 민박, 호스텔 목록들을 한 지역당 최소 다섯 군데를 추려서 현지 도착할 때 전화로 자리 있냐고 물어보면 된다. 또한 민박/호스텔에 자리가 없어도 집주인이 다른 곳을 추천해 줄 수 있다.

3. 아비뇽 축제 www.festival—avignon.com

프랑스 아비뇽에서 매년마다 7월 한 달만 크게 축제를 연다. 연극, 공연, 기예 등 다양한데 이 공연을 위해 오랫동안 준비해서 나온 팀들이 많다. 몇 달 전부터 예약해야 극장에서 공연을 관람할 수 있으며 모든 공연이 다 매진되지는 않기 때문에 예약을 안 하고 와도 창구에서 몇 공연 티켓을 구입할 수 있다. 아비뇽 축제는 거리에서 공연하는 사람들이 많기 때문에 굳이 극장에서 보지 않아도 충분히 축제 분위기를 만끽할 수 있다. 밤이 되어도 비보잉을 하거나 밖에 나오는 연인들과 사람들이 많은데 이때 아비뇽 성 아래에서 와인 마시는 것도 괜찮다!

너희 집에 자고 가도 되니?

1. 카우치 서핑 www.couchsurfing.com

우선 돈 하나도 안 든다는 점에서 합격점 50% 먹고 들어가지만 집주인에 따라 침대에서 잘 수 있고 바닥에 요 깔고 자야 할 수 있다. 집주인, 머무는 손님과 친해지면 현지인들만 가는 맛집, 놀이장소가 어디 있는지 알 수 있다. 이왕이면 집주인에게 한국 컵라면이라던가 작은 선물해 주자 더 특별한 날이 될 수 있으니까 말이다. 또한 혼자 돌아다니기 심심하면 카우치 서핑 사이트 내에 '***에서 모여서 같이 놀아요!' 라는 번개 모임에 참여해도 좋다.

장점: 공짜다. 외국인과 같이 지낼 수 있다.
단점: 한국어 서비스 없다. 소파 혹은 바닥에서 잘 수도 있다

2. BNB www.airbnb.co.kr

외국인 민박이라고 생각하면 된다. 사이트에 들어가 카드로 돈을 지불하면 예약완료! 여기서 주의사항은 국가설정을 한국으로 선택할 시, 돈이 원화로 지출되기 때문에 '숙소가격+카드 해외 수수료' 때문에 손해를 본다. 현지화폐로 환경설정 하고 지불하면 되며 또한 주인장이 써 놓은 글과 후기를 잘 읽어봐야 한다. 와이파이는 되는지, 침대인지 거실에 있는 매트리스 인지 꼼꼼히 살펴보는 것이 중요하다.

장점: 한인민박보다 싸다. 외국인과 같이 지낼 수 있고 현지음식을 먹을 수 있다.
단점: 환불이 까다롭다 [집주인 따라 다름], 전화를 걸 시 집주인과 영어로 말해야 함.